诺贝尔文学奖得主
奥尔加·托卡尔丘克 作品

Olga Tokarczuk

OSTATNIE

OSTATNIE
HISTORIE

最后的故事

[波兰]
奥尔加·托卡尔丘克 著

李怡楠 译

HISTORIE

浙江文艺出版社

目
录

contents

第一部　净　土　|　001

第二部　帕尔卡　|　120

第三部　魔术师　|　206

第一部　净土

1

冬日里,乡村公路上的白色标识线不再清晰可见,只有被扫到两侧的积雪为道路勾勒出粗犷而不规则的轮廓。车灯的光融化在形状模糊的路边积雪上,照出一个寂静的剧场:那里只有车轮投射在地面形成的半圆形影子不断向前滚动,仿佛所有人都在期待一个演员会从这黑暗中出现。远光灯变得无用——只能在黑暗中照出一片奶白色的冬日蒸汽,笼罩在这个世界上。

"冰冷的死人的呼吸",开车的女人想到,"死人的呼吸",这是矛盾修辞法,一个词推翻另一个词,凑在一起却又构成了某种意义。再过一会儿,她就会开到一个大一点的十字路口,在那儿右转,再向南开,然后在大路上一定能找到一家汽车旅馆或家庭旅店。这里有好多家庭旅店,黑暗中不断有广告牌跳出来:"免费房间""客房""农家乐",涂着这些字的木板被钉在路边的篱笆或大树上。车载广播发出嘶嘶啦啦的杂音,里面夹杂着一些懒洋洋的讨论,但女人并没有在听。

突然,浓雾中有一个黑影,从道路右侧映入眼帘,在雪地中很是显眼。她小心翼翼地放慢速度,扭头看向那边——一只狗侧卧在路旁一个平缓的、覆满了雪的浅坑里。狗儿的四脚放在身前,脑袋微微抬起,仿佛躺在枕头上休息。它的前爪微微弯曲,毛茸茸的尾巴像一个散开的羽冠垂落下来。这应该不是什么名贵的品种,大概是狼狗,不过体型较小,毛色棕黑,应该是"苏台德杂种狗",这里的人都这么叫。它看上去好像在睡觉,仿佛正在路边散步时被一阵突然袭来的困意击中——就在这儿,现在,立刻马上——支持不住立刻躺倒。所以它必须靠向一边,将路边积雪压成一个临时的窝,这个窝离那些心不在焉的汽车车轮只有一米的距离。

车灯照亮了这只路边狗,只那么一会儿工夫,揭示出了它突然睡着的秘密。然后,狗儿的秘密就又一次被淹没在黑暗之中。

女人加快了速度,其实这并不必要,因为她正开始下坡。汽车在公路上漂移起来,好像浓雾中一架马上就要从巨大跑道上起飞的夜航班机。这种下坡的感觉很棒——心都提了起来,轻飘飘的,没有一点重量。女人微眯了眼睛,享受着这愉悦的时刻。

黑暗中,路的右侧突然跳出一个路标,写着"巴尔多-博什库夫",就像一个夜间搭顺风车的人展开双臂,强迫路过的司机做出选择。左转还是右转?鱼还是熊掌?立刻做出决定!快点,就是现在。

没什么大不了,我的上帝,她想。道路笔直,方向正确,而且就像童话里写的那样,这是一条最最安全、最少障碍的路线,肯定能到达目的地。

而她马上就会走上一条坚硬的黑色柏油大路,路上撒了融雪盐,路中间有整齐的白色标识线。

下午,当她离开旅馆,绕着山谷里的盘山道下山的时候,在一个又滑又危险的急弯处被迫停了下来。那里的柏油路上撒了厚厚的融雪盐。一群奶牛挡住了去路,舔着地上的盐,看上去温和、安详又幸福:它们垂下那柔软的、毛茸茸的眼皮,将目光隐藏在漂亮的睫毛下面,慢慢地、悠闲地、不慌不忙地品尝着地上的盐。在金属般冰冷的冬日黄昏,站在道路中间的它们不再是动物。它们好像成了一种存在，在经年的冥想中越来越超脱。这时有一个人，一定是它们的主人，惊慌失措地想把它们从盐上驱赶开。他挥舞着棍子，抽打它们骨头凸出的屁股。可是它们并不害怕他的叫声，或者压根没听到。汽车已经排起了长龙，有人在队尾不耐烦地按起喇叭，而另一个人从车里下来，看到眼前发生的一切，点根烟抽了起来。"牛群舔路呢。"他向后面的司机传递着讯息。人们十分理解地接收了这个消息，对啊，为什么不呢？他们略带嘲讽地笑着，相互看向对方说道："母牛在舔盐。"接下来，人们擦起了车窗玻璃，或者拿出手机煲电话粥，开关后备厢的咔咔声此起彼伏。过了好一阵子，动物们才清醒过来，甚至好像为自己突然不受控制的行为造成的混乱感到羞愧，于是它们迈开蹄子，一阵小碎步向山下跑去，都没等等自己的主人。

驾车的感觉舒服得就像奶牛正在舔撒了盐的柏油路。车子现在飞快地前进，正经过一个最大的洼地。女人看到一个个从雪包后面冒出来的刷了反光漆的路障，过了一会儿才意识到这里有个急转弯。没有任何预兆！没有指示牌，或者指示牌被雪盖住了。她猛地向左打方向盘，可汽车根本不听话，继续向前飞驰，甚至有那么一瞬间，她觉得车已经离开了地面。她感到汽车有一股不受控制的力量，心下奇怪——她一直以为是自己在控制汽车,却从未想过,其实这些汽车所走的路、所去的方向,都被一个共同的坐标无形地牵引着。一种巧合使得这些汽车奔赴同一个方向,停在同一个加油站,可现在它们分道扬镳——她的银色小本田像滑翔机一样从高高的"起跳坡"上飞了出去,带起一片雪雾,仿佛在抗议着什么。车载收音机里正播放着新闻。女人并没看到车飞起来的样子,她更多是感觉到的。车灯照向天空,地面上的任何东西都看不到。这状态持续了挺长时间,直到小汽车开始不耐烦就这么一直飞着,毕竟这不是它的目的。她还知道,自己的头撞上了方向盘,她听到了脑袋里一种令人难受的声音,和拔牙时的那种声音一样。不过这种感觉只持续了一小会儿。

她没费多少力气就解开了安全带,径直从车里爬了出来——但是她站不起来,跪落在了雪地上。她用手背擦了下嘴唇,满是温热、黏稠的液体,她猜一定是撞击时咬到了舌头。小汽车的后轮扎进了雪地里,看起来像是要用车头去够那高处的树枝,结果是,机器由于对人类发动无理性攻击而阵亡。车灯无情地照亮了松树的树冠。车前盖大开着,发出了无声的愤怒的尖叫。车轮无力地在空中转动,越来越慢。收音机里播放着天气预报。

她拖着沉重的身体爬进车里,忍着晕眩把车钥匙拔了下来。刺眼的车灯熄灭了。四周突然陷入一片黑暗、寂静和冰冷。她觉得,这片黑暗中是无边无际的光秃秃的荒野,冷风打在她的身上,没有任何树木,哪怕是低矮灌木也能够为她遮挡。她感觉得到,寒风像刀子一样刮过她的脸。她摇摇晃晃地站起来,朝着上方的公路走去。

浓雾消散,黑夜显得澄澈而清冷,远处的星光清晰地透过天幕。女人站在勉强可见的公路上,抬头望向天空,寻找着天上的星座,就像父亲教她的那样——前面是北斗星,接着五颗距离相似的小星星延伸上去——那是北极星,紧接着则是小北斗的斗柄。"在斗柄的转弯处,你有没有看到大星星旁边有一个小星星?就像女儿靠在爸爸身边,你看到了吗?""是的,我看到了。""所以你可以去当兵了,"父亲说,"阿拉伯人都是用这种方法检测士兵的视力的。"

她还看到了猎户座和仙后座——那些明亮的星星排成了漂亮的几何图形,一行行大大小小按照笔直的规律重复排列,突然形成了三角形、多边形和摇摇晃晃的梯形、菱形……这还不够吗?还需要给这些漂亮的星群杜撰出各种晦涩不明的故事和传说吗?

她顺着公路边,朝着昏黄微弱的灯光走去,看到了她最喜欢的星座——后发座。那是一个由星星组成的小小的花冠，并没有什么发辫①，充其量是一束假发辫，或者一个假发套。这个星座看起来比其他星星离地球更远，好像童年时的风筝，一不留神就飞到了高空。

拐过一个弯后，道路两侧的松林消失了，女人看到了一片城郊的灯光，起初只是星星点点，渐渐地越来越浓稠，形成了一片褐色的光芒。烟囱和一幢幢细高、老旧的楼房在这片光芒中透了出来。

当她走进第一片楼群，看到了道路两侧细长、低矮的库房。那是一些批发站，上面的招牌模糊不清，到处是坡道和宽阔的大门。她发现这里静悄悄的，没有一辆车经过，仿佛已是深夜。

一条小路从一片批发商店里伸出，拐向另外一边，朝着树林的方向。路上矗立着高高的路灯，仿佛卫士守护着街道。与其他路灯不同，它们泛着紫色的光。路上的积雪被清扫得干干净净。远处有一栋房子，窗户反射着微光。她一边琢磨着后发座，不知道贝勒尼基是谁，为什么她的发辫会跑到天

---

① 古希腊天文学家埃拉托斯特尼将后发座称为"阿莉阿德尼的头发"或"贝勒尼基的头发"，波兰语为"贝勒尼基的发辫"。——译者注，本书注释如无特别说明，均为译者注。

上,一边不假思索地转过弯儿。当紫色路灯在她身上投下蓝紫色的光晕,她听到了那座亮着灯的房子里传出的犬吠声。于是她循声走了过去。

这房子并不是那种乡间小屋,倒更像一个被遗忘在乡野的度假别墅。房子只有两层,窄窄的,四周又搭建了一些棚子。也许起初房主打算在这儿建一溜儿房子,形成一片富人住宅区,但某些事打断了他——只留下了这么一座孤零零的房子,瑟缩在山丘和树林下面。远处一些难以辨认的低矮、破败的建筑和一些外形简单的仓库、平房、厂房正在遥遥打量着它。铁轨在这些房子中间穿过——女人两次越过铁轨,走进一片开阔的小广场——不过铁轨已经被废弃了,大雪阻隔了它们的用途和方向。只有一个个道岔和零星的信号灯,显示着白雪下一条条平行轨道的存在。那些信号灯就像一些单臂的雕塑,长久地矗立在这里,向过往行人打着招呼。

窗户里透出微弱的灯光,这正是她不喜欢的那种灯光,总令她感到一种无可名状的忧伤。灯泡高高地挂在天花板上,最多四十瓦。这简直是一种让人想要自杀的灯光。

不知从哪里跑来一只大白狗,背上有几块黑色的斑点——之前一定就是它在叫,现在倒是安静了下来——它例行公事地、仔细地闻了闻她,呼呼地喘着粗气,领着她走到了门口。女人走进黑黢黢的玄关,寻找着电灯开关,狗儿抓挠着里面的门。

"你回来了?不是才刚刚出去吗?"一个女人带着抱怨的语气说道。

灯光在地板上打出一条细细的影子,正好照在客人的脚上。

"哎哟,"她低声惊呼,"你是谁?"

女人试着挤进细窄的光线里。

"很抱歉,我走错了路,迷路了。我刚刚开车前往柯沃兹科,突然掉进沟里受了伤。我想,如果我找到人帮忙,这一切就会好起来……"

"请进吧,外面冷。"

这是一个宽敞的厨房,正中摆着一张桌子,靠墙放着一个大大的白色橱柜。一个年老的男人不情愿地从桌边站了起来。他穿着睡衣,上面套着一件条纹马甲。他的前面站着一个瘦骨嶙峋的矮小女人,穿着一件面料发光,但已洗得发白的浴袍。客人又一次前言不搭后语地讲述着自己的遭遇,说的都是一样的话:她把车扔下,掉进了沟里,开车前往柯沃兹科,美丽的夜色,最后还说到了后发座。他们看着她,面露异色——他们读不懂她的语言:忧伤?平静?还是疲倦?

矮小的妇人站在女人面前,就像一名卖票员,马上就要把入场券递给她。妇人小小的脸庞被门口的寒风吹得红通通,又或者是在厨房被通红的炉灶烤红。她从口袋里拿出了一张面巾纸。

"您请坐,"她说,"您的嘴上都是血。"

她轻轻地替女人擦拭着血迹,动作快速而坚定。

"您没事吧?要不要喝点茶?"她问道。

"好的,当然。茶,或者随便什么。"

男人帮她把外套脱下来,仔细地把她的围巾叠成一个方块。

"您怎么样?有没有哪里觉得疼?"

这些简单的问题,对她来说似乎复杂又难以理解。她深深地吸了一口气,想要说话,没想到却哭了出来。

"我撞伤了自己,车掉进了雪里。我好不容易爬了出来,然后走到了这里。我可能没什么事,看不出来我有什么事,对吧?我的胳膊腿都能动,您看!"她笑着动了动胳膊腿,像个提线木偶。

矮个子妇人端了杯水,放在她面前。水杯外侧装饰着金属花纹。他们在桌子对面坐下。

"这天气就是这样。让人迷失方向。"男人一边说,一边打量着窗户。窗玻璃上反射着那个只有四十瓦的灯泡的影子,灯泡上罩着一个白色的半圆形灯罩,看上去像个月亮。

"这冬天长得没个头。"

"明天我孙子会过来,让他给您看看。我们在楼上有房间,您就住在我们这儿吧。今天太晚了,什么也干不了。只要把电炉打开取暖就行了。"矮个子妇人一边说,一边看着丈夫。

男人披上一件厚厚的毛衣开衫,一言不发地走了出去。过了一会儿,他的脚步声在楼上响起。玻璃灯在天花板下面毫无意义地晃动着。

矮个子妇人两手交叉放在桌上,有些出人意料地高兴地说道:

"我的记性有些问题,所以如果您有什么要紧事,就和他说。"她用下巴指了指天花板。"我能记住很久以前的事情,比如战争时期的事,或者我们如何来到了这里,我甚至记得刚解放的时候面包的价钱。你知道多少钱吗,孩子?我就知道,20个格罗什①。可是我记不住昨天发生的事情。这不是那个'阿'什么症,就是大家都得的那个病。我就是老了。"

---

① 波兰货币单位,100个格罗什相当于1兹罗提。

"好的,我记住了。"

老妇人从橱柜里拿出一瓶开封了的伏特加,倒了一点在女人的茶杯里。

"快喝吧,喝了就暖和了。"

老妇人接着说,"我叫奥尔加,他呢,"她看向楼上,"他叫斯特凡。"女人喝了一口热茶,想要回答;她已经张开了嘴,却突然意识到,她的脑袋里充满了冰冷的浓雾。她用手指指向自己的胸口,感受到了指头的触感。她知道应该集中精神,那样她就能想起来。思绪在翻腾、涌动,像许许多多不安的蝌蚪。一定是撞击造成的,所以她才会觉得怪异,仿佛是在睡觉,在梦游,她一定是得了脑震荡,所以思绪才如此纷乱,像冰雕一样破碎、倒塌。她知道,她马上就能想起来,只是必须集中注意力。老妇人仔细地看着她,等着她的回答。可是她很累,还在努力地整理思绪。谢天谢地,奥尔加的注意力被什么东西从那个并没有提出的问题上转移开来,她站了起来,向墙角走过去。那儿立着一个平顶的木头箱子,箱子上盖着一块深灰色的毯子,毯子上卧着一个黑色的毛茸茸的家伙。那是一只狗。它那长长的毛就像羊毛绳索,又好像又厚又乱的头发,特别是脑袋和臀部。它喘着粗气,发出低低的声音。女人和奥尔加一起俯下身去看这个黑绒球。一股酸臭味扑上脸颊。狗儿好像感觉到了她们的存在,睁开眼睛,短短地瞄了她们一眼。这目光黑黑的,难以穿透,就像深深的井底,仿佛从这个井底就能看到地下水的表面。

女人在楼梯上踉跄了几步。他们扶住了她,把她带进一个有点冷的空荡荡的房间。这里立着一个低矮的柜子,上面放着一个陶瓷半身像,是一个女孩,金色的头发用蓝色的丝带绑起来。房里还有一张铁架床和一把柳条编的破椅子,以前应该是白色的,现在已经斑驳。地板上的油漆一块一块,就像家具上长出了头皮屑。窗下,在一些打开的报纸上放着一些苹果,尽管现在已是二月底,果皮不过微微发皱。空气顺滑而湿润,就像他们的皮肤。电暖器的热度渐渐将她包裹。

他们两人还在一边说着些什么,一边打开了柜子(里面净是些陈旧的、光滑的、没有套被罩的被子),拉上窗帘,挪了挪水壶,整理了一下桌布。女人没有听他们说话。她慢慢地、小心翼翼地躺在床上,好像她是个金贵的瓷娃娃,只能平放在用来防撞的麻线团里。过了一会儿,老妇人带着浴巾和洗过的绒布睡衣走了回来。

"浴室就在楼下。"她低声地说,消失在黑暗中,和男人说着些断断续续的话,继续发出些窸窸窣窣的声音,把椅子挪来挪去,又开开关关电灯,把门锁扭来扭去。

她仰面躺着,闭上了眼睛。她应该吃一片安眠药,用耳塞把耳朵堵上,侧躺着等待安眠药发挥作用,等待着美梦慢慢从湿润静谧之中冒出芽来。可是她没有助眠胶囊,也没有耳塞。她把双手放在胸前,像平常一样,看看自己的心脏是不是还在跳动。她的身体很僵硬,对抗着手掌的压力。"硬得像木头",她仿佛听到、看到了自己,从山上跑下来,那时她可能只有十三岁,穿着一件印花布做的连衣裙,上面满是罂粟花,那裙子后来穿烂了,妈妈拿去做了抹布,她和玩伴们在河边的废墟里相约,她们的名字她都想不起来了,是叫波热娜?还是雅佳?

有人教过姑娘们这个游戏,但是不知道是谁,一定是很久以前的事了。然后年纪大的姑娘再接着教年纪小的。周而复始,从未失传。

大家跪在地上围成一个圈,谁都不说话,就这么一直沉默着,直到所有人都觉得这很自然,很平常,直到谁都不想再开口说话。这时候每个人用手指头比画一个数字,大家一起数。数错的那个人就要躺在圈里,闭上眼睛。

接下来大家用手指尖碰这个人,一开始只是轻轻地点,然后越来越用力,并且不断重复:"硬得像木板,冷得像冰块,轻得像羽毛。"然后从头开始,直到最后这个人的身体上布满了手掌。然后大家把这个躺着的身体使劲地往土里面推,不停地说着同样的话:"像木板,像冰块,像羽毛。"然后,突然——一切都自动地再来一遍——大家发现应该继续念叨:

> 轻得像羽毛,
>
> 硬得像木头,
>
> 我们把你送进坟墓,
>
> 我们的睡美人。
>
> 硬得像木头,
>
> 冷得像冰块,
>
> 我们把你埋进土里,
>
> 这样就能永久冷藏。
>
> 硬得像木头,
>
> 轻得像羽毛,
>
> 你的房子,
>
> 就是那地上的一个洞。

一排小姑娘的指尖上,一个僵硬的、没有生气的、吓坏了的身体毫不费力地站了起来,就好像她是个空心的用塑料泡沫做的小人。

不,不,最好永远也别进入这个圆圈;最好自己动,而不是被别人动来动去;最好施魔法,而不是被别人的咒语控制;最好做个活人,而不是死人,哪怕是装死。万一她们中的某一个人没能从恍惚状态中醒过来,变成了僵硬的、紧闭双眼的、不死不活的好似不存在的人,那该怎么办呢?万一这个人无法从那个梦游中回来,成了其他人眼中和断了的树枝、小溪里的石头一样的物件,又该怎么办呢?不过每个人都回来了。她们坐在那儿,眨着眼睛,被远远地隔开。

那一幕挺可笑,所以其他人都笑了起来,然后游戏就这么结束了。圆圈里的那个姑娘排在最后回到村里,隐约觉得自己被耍弄了,就像剧场里被催眠师随机选中的一名观众,被拉到舞台上,被要求做一些不好的事情。她有些不高兴,动作也磨磨蹭蹭,不过当大家一起下山回到村里,一切都恢复如常,她强迫自己把一切都忘掉。

女人在这游戏中从没被轮到过成为圆圈中间的那一个,所以她不知道躺在圆圈的中间,失去重量是一种什么感觉。她把它想象成做梦,而梦很少是一样的,梦里总会发生各种各样的事情,而且这些事情总是脱离现实。很多不可思议的事情变得理所当然,而时间在跳跃和翻转。所以那时候的知识可能尽是些无用的。也许那时大家看到的那个圆圈里的身体,姑娘们用几根手指就能举起来的身体,看起来十分正常,一点也不违背常识。就像那个死人一样的呼吸:不可能,却有意义。她又一次感到了指尖的重量,那是一种自嘲的重量,是一种重压和轻盈同时存在的感觉。

早晨,她在某一个时刻醒来,突然就睁开了眼睛,看到了一片灰蒙蒙的天光把天花板上的裂纹和褶皱罩进一片泛着珠光的表面之中。一定还很早。

她听到了关门声和柴油机勉强发动的声音。发动机颤抖了好一会儿,然后就熄火了。这样重复了好几次,终于蹦跶起来,她松了口气,马达声也渐渐远去。

每次醒来她都听自己的心跳,看看是不是一切如常,心脏还跳不跳,怎么跳。她还会摸摸自己的身体,看看是否一夜之间就散了架。可是现在她一动不动地仰面躺着,舒服极了,甚至懒得把胳膊抬起来放到胸前。她看着天花板清一色的表面,感到很放松;双手依旧摊开放在粗粝的、上过浆的床单上。她想起来了。

她叫伊达·玛热茨。五十四岁。住在华沙的亚当·普乌戈大街89号21室。身份证号:50012926704。赞美上帝!

门轻轻地发出吱扭声,她听到一阵细碎的脚步,就像钟表的秒针在走动。她没有睁眼,脸上感到一阵温暖的喘息。她知道,是那只白色的狗。它一定正在看着她,在她的脸颊上发出粗重的呼吸声。她没做反应,于是狗轻轻地走开了。她又躺了一会儿,慢慢意识到,自己在哪儿。她发现自己睡觉时穿着长筒袜和上衣,裙子则扔在了地板上。那是一条灰色的、厚实的羊毛裙,价格不菲,剪裁别致,又收身,又时尚。看着这条裙子,她想起了一些不愉快的事情,一种想法涌进她的脑袋,而她抵抗着,想把这种想法遮住,隐藏起来。

她的父母坐在房子前面。父亲正在缠绕羊毛线团,没有看她。母亲很年轻,长相和玛雅酷似,仿佛是那个长大了的、陌生的、总也不在家的玛雅。"你从不来我们这儿,我们都快把你给忘了。"妈妈不高兴地说道,生气地站起身,走进屋里。她跟在母亲后面,看着她的后背,觉得母亲似乎在躲避她。她开始在房子里走来走去,从一个房间走到另一个房间,好像那些房间形成了一个无穷无尽的、纵贯串联的恩菲拉德式建筑[①]。这时,恐惧攫住了她,因为她突然想起来,她把玛雅,她

[①] 由一排房间串联而成,房间呈直线排开,纵横贯通,是文艺复兴时期、巴洛克时期和古典主义时期广泛盛行的一种建筑风格,17世纪起开始在波兰流行。

的小女儿留在了屋前。她想回去,走出这个迷宫,可是不知道怎么走。一切都变成了蓝色。

2

她又听到了门的吱扭声和人们的低语声,接着是对狗的轻声警告:"不许进来,下楼去!"有人小心翼翼地走到她的床前,坐在床边。没办法,她只好睁开眼。

男人站在门口,脸上带着一副忧虑的表情。奥尔加坐在床边,向她微笑——老妇人身材瘦小,皮肤黝黑,脸上布满皱纹,有一种令人不安的扭曲。

"孩子,你睡了一整天,马上天就黑了,亚德里安就要走了,他想给你检查一下,看看你有没有哪里骨折了。如果那样的话就得找医生了,因为亚德里安是个兽医,不过其实都差不多……他可以进来吗?"没等女人回答,她就叫道,"阿德[①],进来吧。"

一个年轻男人走了进来。他的皮肤白皙,个头不高,微微冒着汗,好像是急匆匆地跑上楼来的。他和玛雅的年岁差不

[①] 亚德里安的小称。小称是包括波兰语在内的许多斯拉夫语言的一个特点,通常用于非正式、相对随意的场合。

多,三十上下。他穿了一件厚厚的羊毛衫,用蓝白两色羊毛混织而成。他的发色很浅,头发很稀疏,贴在前额上面。他的笑容有些尴尬,长得跟两位老人谁都不像,倒像个外人。他很年轻,平静地看着她,带着审视的微笑。过了一会儿,他非常专业地检查了她的眼睛和下眼睑,动了动她的手掌,摸了摸她的肚子。他让她坐起来,动动腿脚。他还让她往他身后看看。伊达对这种检查总是有些害怕,因为所有的医生都是年轻的男人,最令人感到陌生的一类存在。

"您没什么事,"兽医最后说道,他说话的声调挺高,"您吓坏了,是吧? 您别起来,请躺着吧。"

"我不知道是种什么感觉,反正挺奇怪的。"

"我明白,这没什么好奇怪的,是您当时太紧张了,过阵子就好了。"

"我想报警,那是我借来的车。"

"是的,这需要解决一下。明天再打电话吧?"

"今天行吗? 得把车拖出来。"

"今天太晚了。而且一直在下雪。这也不是着急的事儿,对吧? 明天我还会来。后天也是。"

"嗯,可是我只是路过。"

"那倒是可以理解。"

男人笑着看向她,就像看一个跟医生玩耍的孩子,好像并不相信她。他玩笑似的点点头,向她告别,然后快步走了出去。他有力地走下楼梯,脚步踩在雪上的咯吱声从外面传进来,接着是柴油机发动的声音。汽车打了三次火才打着。奥尔加把她的旧格子睡袍给了女人,然后下楼进了厨房。

"他是个兽医,"奥尔加说着,把一杯热牛奶放在她的面前,很高兴地把蜂蜜倒了进去,"他在城里开了一家诊所。你有孩子吗?成家了吗?"

蜂蜜在牛奶里丝丝缕缕地化开,最后消失在这片白色的液体之中。

"我有个女儿。"她回答,看着那杯混搭的饮料,要是以前,她一定不会喝这个,不过现在倒想试试是个什么味道。她拿起小勺搅了搅,喝了一口:"我有个女儿,而她也已经生了儿子。"

"噢,那你也已经是姥姥了。"奥尔加高兴地说道。

斯特凡走了过来,擦了擦手,看样子是从外面回来。他从冰箱里拿出了白奶酪和黄奶酪放在砧板上,又放了几个西红柿。然后他拿了把大刀开始切面包。

"我应该很饿了,一整天都没有吃东西。"伊达说着,看到老妇人带着假牙,牙套有点松,说话的时候不太好看。

他们两个人把奶酪三明治切成正方形的小块,然后慢慢地、带着一种庄重的情绪,把它们放进嘴里。他们一边慢慢地咀嚼,一边看着她。人的动物般的目光,伊达这么想着,悄悄地把目光移开。她看着食物,却感觉不到饥饿。她走到水龙头边上,用手接了一捧自来水喝了下去。

她想,他们会问问她事故的事,可是他们一直保持着沉默,吃着软软的奶酪和西红柿以及面包,只是向她投去满意的目光。她掰了一块奶酪放进嘴里,却尝不出任何味道。

"我这辈子从没遇到过交通事故,连剐蹭都不曾有,"她说,"我开车一直很谨慎。大概是雪遮住了路牌,我并不知道那儿有一处拐弯。车是我向朋友借的,为了重访我童年时生活过的地方,在列文①附近。"

"列文?明白了。"斯特凡满嘴都是食物,说着,"你知道吗?"他扭头看向妻子,而她正抚摸额头,好像在努力想起些什么,"咱们曾经去过那里,为了那匹马,你记得吗?那地方在波兰尼查的后面。"

---

① 列文-科沃茨基(Lewin Kłodzki),波兰村庄,位于下西里西亚省柯沃兹科县。该村最早归属于捷克,是捷克人进行贸易结算的地方。1345年之前获得城市等级,但不幸于1428年被毁,14世纪下半叶被重建。18世纪时,该地主要发展亚麻织造业。1945年归属波兰行政管辖,由于面积较小,级别由城市降为村镇。

奥尔加赞同地点点头。

"你以前住在那附近?"他带着一丝遐想问。

"我们住在那里的一个小村子里,在山上,不过很快我就离开那儿了。"伊达笑着说道,手在下一块奶酪前犹豫着。

"那你的父母呢?"奥尔加问。

伊达痛快地回答,父母已经不在人世了。父亲去世后几个月,母亲也逝去了。母亲死后,她卖掉了那个房子,并将它遗忘。那房子在山上,破旧狭小,一点儿也不舒适。她还说,她之前一点儿也没有想念过那个房子,直到几天前,她来到这附近,突然想去那儿看看。

"我原本早上从绿山城出发,晚上就返回,可是没能如愿。后来我想着,在路上找一个农家乐住一晚,第二天一早就能赶到那个小村庄。结果,现在碰到这么多麻烦,车肯定也散架了。"

"是啊,吃点东西吧,别担心。"奥尔加说道。

不过伊达没什么胃口。油腻的黄奶酪吃起来就像潮湿的树叶。奥尔加一边吃,一边用一种空洞的、动物般的目光看着她。那脸庞看上去像只猫或者狐狸——充满了警惕。一阵突然的窸窣声引得她看向箱子,狗儿正卧在那里。她丈夫做出和她一样的动作。两人都定定地看着箱子。

"你想出去,是吗？你想出去,可自己又出不去,是吗？"老人问道。

并不魁梧的老人抱起大狗,把它搂在怀里。人怎么才能帮助到动物呢？狗儿黑色的毛茸茸的头老老实实地垂着。

"帮我把门打开。"他说。

伊达快速地站起身,推着门,然后跟在他们身后走到外面。狗儿站在雪地里,摇摇欲坠——这是一幅让人难过的画面,伊达不由自主地收回目光,狗儿的虚弱让她感到一种隐秘的尴尬。男人温柔地轻拍着狗儿,让它走几步:"去吧,动一动。"

伊达整理了一下格子睡袍的下摆,这才意识到自己还光着腿。可她没觉得冷。外面一点点地暗下去,好像黄昏倔强地要在他们的眼中降临。雪还在下着,几乎已经把车轮的痕迹都遮盖了。狗儿摇晃着四条腿走了几步,还没来得及坐下,就撒了一泡尿,在雪地里留下了一片深色的印记。它无力地站在这片黑斑上面,一动不动,显然那几步走动耗尽了它的全部力气,它又垂下了头。

老人把它抱起来,将它抱进屋子,很明显,老人也很吃力。

"它怎么了？"

"它快不行了,"男人说,"它得了癌症。它是条母狗,名字叫伊娜。"

"什么都做不了了吗?切除?放疗?"

"都做过了。太晚了。"

"那它会怎样?"她问,带着一种突然的不安和恐慌。

"它会死。"他一边说,一边喘着气把狗儿放下,消失在黑黢黢的门洞里。

伊达没有跟着他去厨房,而是留在了黑暗之中。她扶着楼梯扶手,感觉自己现在有千斤重,重得好像整个世界。她试着抬腿,却只能将脚往前挪动一小步。她的身体不听使唤。她想叫奥尔加,却发不出声音。喉咙和舌头像被什么东西卡住了,而空气从她的身体上方飘过,并未触碰到她。因为害怕,她觉得很热。她想,自己可能心脏病发作了,或者突发脑溢血,又或者有什么东西突然像网一样缚住了她。慢慢地,一个词接着一个词,一个念头接着另一个念头,她慢慢意识到,这是她的双腿,她理应指挥它们。她将精神集中在双腿上,过了一会儿终于迈出了一小步。她好像得了重病,开始往楼上爬。她感觉越来越好,是的,最坏的时刻过去了。她在黑暗中摸索,想要找到开关并把它拧开——那是个老式的、棕色的、硬橡胶制的电灯开关,她的手指必须记住,这个开关不能摁,而是要拧。她感到一阵眩晕。

"抱歉,"她冲楼下说道,"我得躺一会儿。"

她看到奥尔加站在楼梯下面,不安地看着她。

她又走了几步,终于在灯泡营造出的有点吓人的阴影中走到了自己的房门口。这时她才知道,刚才的不适只是因为恐惧,而不是任何的病症。

奥尔加走进了她的房间,坐在床边,拉起她的手。

"我就在这儿,和你在一起。没事儿。"

伊达感激地反握住那粗糙、瘦骨嶙峋的手。

3

她的眼前出现了一幅画面,带着一种勉强的、沉重的情绪——长方形的窗户先在房间的一片漆黑中依稀地露出来,然后发出银色的、冰冷的光,就像电脑屏幕刚从待机状态中开机,马上就有人要开始在上面设计代码。伊达不知道自己是什么时候醒过来的。但是她隐隐约约地知道会发生什么,她有种感觉,这就是另一个早晨的重复,甚至是很多个早晨的重复。

清醒和梦境截然不同——梦里有很多的思绪,它们是不朽的,是一些有弹性的原子,是颤抖的、嗡嗡作响的琴弦,没有开头也没有结尾。它们还是以光速穿过太空的子弹,好像来自外太空的种子。这些思绪和想法在人们的头脑中扎根,用许多细节、概念和比喻相互连接成一串串无穷无尽的链条。谁也不知道,这些思绪如何连接,又是什么东西把它们连在一起,它们之间有种怎样的秩序。而且它们自己对此也一无所知。它们不需要秩序,只是假借秩序之名,创造一个短暂的、有逻辑的组合,好像一些神奇的雪花,可笑地排成一行行,每一行都有原因、理由和结果,以便接下来将它们破坏、打散、阻断、上下颠倒,抑或螺旋式地前进:转圈、旋转、弯曲,又或者完全相反:消失、死亡、休眠,然后突然爆炸,像雪崩一样倒塌。我们可以盲目地抓住一个思绪,就像抓住一根风筝线,让它高高飞起或者停留一小会儿,仔细打量然后放在一边,给另一些更纷乱、更固执的思绪腾出空间。清醒的时候,思绪能表现出秩序和欺骗性;梦境则能够将思绪从表象中解脱出来。夜晚的生命尽是狂欢。

随着阳光照进窗户,思绪变得越来越清晰和挑衅,形成了一些有欺骗性的叫喊,开始了白日的征伐,它们彼此拉扯,粉身碎骨。思考的机器开始运行。

其中一个思绪最为强烈,把其他的想法都挤开,一瞬间就在所有的想法中占了上风。那是这样的一幅画面：五月的春天。伊达能闻得出土地的味道，第一拨春芽刚刚长出，现在大地稍作休息。阳光从狭小的、磨得发花的窗户玻璃照进来，带来一室光辉，连房子也变得宽敞明亮了起来。几乎水平的光带在墙上照出了墙灰的结构，以前一次次粉刷墙壁的痕迹显现了出来。阳光是这世上最狡猾的艺术品商人，比艺术家还狡猾。

伊达那时八岁，学习变戏法，每到下午就制作各种能给她带来神力的药水。她待在楼上自己的房间里，走到窗边，看到阳光照在一只不知哪儿来的蝴蝶身上。它躺在窗台上，脏兮兮的，落满了灰，一定是去年就掉到了这里。它不是普通的凤蝶，应该是一只稀有品种。黑灰色的翅膀上有两个眼睛一样的花纹。这营造出了一种完美的错觉——杏核眼中间有灰绿色的虹膜和黑色的瞳孔。蝴蝶一动不动，像一个漂亮的、耐人寻味的物件，一个精致的、巧夺天工的首饰。她觉得蝴蝶的翅尖在颤动。小伊达小心地将手掌放到蝴蝶下面，然后把它放到手心，手心掌纹交错——竖着的命运线将心脏线和紧接着的生命线切断。她常常和母亲玩看手相的游戏，所以伊达懂得这一套。她闭上眼睛，想象着掌心冒出了给予生命的仙气。轻盈的蝴蝶沐浴在这仙气之中，将它身上的寒气和尘土洗尽，让它重生。她越来越激动，终于真实地感到了一阵悸动，一种轻微的颤抖,当她睁开眼睛,看到蝴蝶的翅膀真的在动,而且想要伸得更直,忽闪得更大。蝴蝶开始在她的手心前后左右地乱撞。伊达屏住呼吸,小心地打开窗户,把捧着蝴蝶的手伸出窗外。一阵轻微的气浪袭来,是那种特别微小的风。蝴蝶活了过来,它感觉到了阳光和白日的温暖,开始快速地抖动翅膀。伊达的心脏跟着快速跳动,又不得不屏气凝神。蝴蝶把目光锁定在伊达的中指上,观察空气中的光纹,就像驾驶着滑翔机的飞行员,正在等待起飞时刻的到来。"飞啊,飞啊。"伊达对蝴蝶说。可是蝴蝶待在原地,扑扇着翅膀,细细的腿还站在指尖的皮肤上,一点儿都不听话。终于,蝴蝶不情愿地、慢慢地离开了她的手掌向前冲去,一开始头还往下栽,过了一会儿便飞了起来——伊达看着它飞到了房顶那么高——在那里转了几个圈,然后终于朝着烟囱飞去。还是个小姑娘的伊达,用眼角余光瞥见了左边的一小块阴影。这一切发生得太快了。一只棕色的鸟,有麻雀那么大,尾巴是橙红色的,冲着茫然飞翔的蝴蝶俯冲下去,轻轻抓住了它,仿佛抓住了一片随风飞舞的废纸片,然后消失在了屋子后面。

　　伊达站在那里,惊诧不已,伸出的手僵在空中。

　　伊达坐在床边,收拾着自己的东西,开始穿衣服。天气很冷，夹杂着苹果香的潮湿侵入她的皮肤，她在这股味道中感到了腐烂的来临。

在这种天气开车去看老房子是个愚蠢、欠考虑的想法。这是种不聪明的感伤，那房子说不定都不存在了——当她卖掉房子的时候，那房子就岌岌可危。就算那房子还在，住在里面的也肯定是些陌生人，他们从城市到那里去度假。她的突然造访会让大家都觉得别扭。她会看到，门厅堆满了成捆的滑雪板和滑雪杖，厨房里堆着旅行背包，炉子上烤着陌生人的袜子。贴了瓷砖的炉子被弄坏了，那里搭起一个挪威铸铁炉。房子里可能进行了装修，那里已经没有她认识的东西了。

而且，就算那里一切如旧，又能如何呢？她能将那些画面置于何处？用什么东西将它们连接起来？那些并不需要的记忆又于何处安放？她冲自己笑了笑，套上了裙子——她的母亲以前经常开车去东部，重访那些被遗弃了的地方，父亲不愿意去。她想起那些德国人，每个夏天都会去那里看看，拍些照片，用脚步丈量着那里的土地，以此确认，那个曾经的世界，存在于他们的脑海之中的世界，与外界存在着某种联系，而他们并不像孩子们嘲讽的目光中看到的那样，因无数的回忆和梦境而陷入轻微的偏执。那一定是种神奇的信仰，相信人们能够令时间短暂地倒退,触碰到曾经存在的事物,伊达想。这世上一切宗教的内核——不是重生,不是解放,而是时间的倒退,是让人们不断反思,重复自己曾经说过的话,哪怕是些难以理解的胡言乱语。每次妈妈从那地方回来,都充满了活力,似乎更年轻了。所以,她是不是让时光倒流了?那是不是一个安息日,可以追溯过去?是否因为这样,母亲的脸上才会露出一反常态的笑容?

伊达在自己的脸上试着做出如妈妈一样的表情。她轻轻地练习脸部肌肉。她打量着房子,看看这里有没有镜子,但却没找到。于是她走到窗玻璃前。可是她没看到自己的脸,或者看到了,只是她注意不到自己。

浓雾中,一个阔大的院子映入眼帘,空荡荡的,覆盖着刚刚落下的积雪,像一张白布铺陈在眼前。房顶上方远山高耸,不过峰顶消失在了浓雾之中。山峰陡峭,光秃秃的,只长了些小树,从这边看上去就像些黑色的逗号,抑或一些急匆匆画在黑白速描上的横杠。山峰下是一些仓库的房顶、关闭了的矿山的起重机。伊达沉浸在这景色之中,挨着冻,等着浓雾升得再高一点,最终把峰顶露出来。可是过了一会儿,她发现这画面正在消失——之前灰蒙蒙的雾气正在变白,如瀑布般缓缓地下降,将之前一切勉强展示出的景色都遮盖住。

伊达小心翼翼地下楼——楼梯又陡又暗,上面铺着一块块红色地毯的碎片。她闻到一股木头烧焦了的气味。当她打开那扇熟悉的厨房门,一股热浪扑面而来,空气中满是树脂的味道,还有煮土豆的香味。锅子在烧热的铁板上微微冒着气。她还闻到了燕麦的气味,咕嘟嘟往外扑,已经煮好了——伊达拿起锅盖,看了看。她更愿意吃这个气味而不是食物,燕麦粥看上去一点激不起食欲——灰色的黏稠的一锅粥。

主人们都不在。狗儿伊娜的窝也空空如也。伊达想要看看窗外,却发现窗玻璃外面已是一片灰雾,正是伊达之前看到的山上的那种。医院,她想起了儿时的医院,那里的窗户玻璃都被刷成了白色。

父母把她带到医院,然后把她丢在了那里。她哭了一整晚,第二天也一直在哭,又痛又惊,没想到父母会这么干。第二天,因为痛哭和高热,虚弱的她开始想象,她死了,看到了送葬的队伍和自己的棺材,当然还有他们俩:美丽的、不安的母亲,现在伤心难过,追悔莫及,唉,她多么后悔,以及捂着脸哭泣的父亲,他的手掌全是泪水,还有整个学校的同学、老师,以及医生、护士。想象自己的死亡是个不错的事儿,酸酸甜甜,像新结的醋栗,像头茬的苹果。

透过这样的窗户什么也看不到。于是她坐在铺着破旧油布的桌子旁边,打量着屋子,等着水烧开。这里没有什么多余的东西,也没有什么昂贵的物件——可能只有挂历还算特别:上面印着一些花式菜肴色彩艳丽的照片。三月适宜吃鱼,长方形的鱼盘上放了一条烤鱼,鱼儿死掉的身体被一些黄色的柠檬片和绿色的香菜枝装点得有了些生气。挂历上的绿色和黄色是这间毫无色彩的厨房里唯一的亮色。厨房的窗户就像眼球上的白内障,害得厨房失了明。炉灶上方挂了一排陶瓷杯子:她拿了一个,从水龙头接了水。她咕咚咕咚地喝了一杯、两杯,又半杯。她看了一眼茶壶,去找厕所,于是走进了漆黑、冰冷的门厅。她没找对路,打开了一个储藏室的门,里面全是纸箱子。其实昨天她还去过洗手间,就在房子里的某个地方。这时,大门打开了,白色的大狗先冲了进来,然后过了一会儿,奥尔加抱着生了病的母狗站在门口——寒冷的雾气涌进门厅,急急地挤到她瘦小的身体两边,形成了一片稍纵即逝的、奶油色的光晕。伊达赶紧为她打开了厨房门,低声地问了早安。奥尔加道了声谢,说道:

"左边最后一个门。"

然后就和狗儿一起消失在厨房里。

浴室里冷冰冰的，没什么装饰。地上立着一个电鼓风机——风扇不情不愿地、沉沉地转着，发出难听的声音。

伊达在水龙头上面的小镜子里打量自己的脸。没有伤口，但是有些变形，可能是昏暗的光线造成的，这里的灯光到处都是这样。这张脸并不让她感到陌生，但却与众不同，似乎不值得她长时间注意——我们日常可见的事物，都会因视觉疲劳不再被关注。她触碰镜子的表面，脸就藏在了手指头的后面，镜面上反射出的镜像并不清晰。伊达一点点地触摸自己的双臂、肚子，检查胸部的硬度、颈部的软度——看看有没有哪里骨折，有没有什么地方疼痛、发出预警。双腿、双脚、膝盖、大腿、大腿根、臀部、胯部。哪儿都没事。

她看着自己。长发笔直垂肩，白发被"自然色"的染发剂遮盖。她一般用威娜或者施华蔻，50号色，是一种浅栗色——多年来她的肤色已经适应了这种颜色。她的脖子上满是颈纹，好像缠绕着好几条细线。颈纹的产生无可阻挡，任何颈霜或者按摩都不奏效。肩膀现在变得瘦削、脆弱，覆盖在上面的组织失去了弹性，在重力的作用下开始下垂。胸部——她现在已经很少注意它——变成了泪珠的形状，像一个用柔软、细腻的绒面革做成的水滴。现在她看到：她整个身体向地面倾斜,好像所有部件都很疲累,悄悄地放弃了与地球引力的日常斗争。是的,身体说,我投降,我向你妥协,我不跟你斗了,我服软,我低头,我屈服,我下跪,我俯首帖耳,你把我吸进去吧,让我渗进地里,被分解掉,让我变成液体里的粒子,在地下流动,留在那里。

伊达触摸着自己的胸部,胸骨下面就是心脏。那是个得过病的心脏,伊达这么认为,她也会因为心脏死去。最好就是可以一辈子都知道自己会因为什么原因死去。然后有时,我们无法知道死亡的原因,有时,生命会有些属于自己的演练。

最开始是胸颤。心脏剧烈地跳动,就好像一直被关在盒子里的蜜蜂,在盒壁上横冲直撞,发出滋滋、嗡嗡、砰砰的声响,最后力竭而亡。这一般会持续十几秒钟,从不会更久,然后心脏会停跳几分钟。伊达这时就会坐在黑暗之中,因为这最常在夜里发生。这是一场死亡演习——突然而至的白茫茫的寂静。每当她快走、跑动、失去正常的活动节奏的时候,心脏就会抽搐,而这时恐惧就会涌上心头。伊达发现,身体的状态会带来情绪的变化。当心脏停止抽动,恐惧也就消失了。这时她就会把灯打开——因为她很好奇,这次心脏会不会真的就停跳了,这会不会是她的幻觉,还是说这是她的歇斯底里或者疑神疑鬼。这是不是意味着,她已经死了。指尖沿着静脉的细沟找到熟悉的位置。那里没有丝毫的脉动来触碰她光滑、温热的皮肤。心脏真的停止跳动了。

"您知道的,女士,心脏停跳是不可能的。这一定是您的错觉。"年轻的护士说着,将一些数据记录在纸上,可是目光里却带着一些不自觉的、不能完全为她所理解的敬意。

伊达现在坐在候诊室里,左手的手指环住她的手腕。这是一种完美的贴合:手腕与拇指和食指形成的环完全吻合。她摸了摸凸起的半圆形的骨头,很小,从皮肤下鼓出来,像个圆球。那个骨头叫什么,跟我又有什么关系?她想。她有些生气,医生迟到了。那块伊达不知道名字、也不理解本质的骨头,到底有什么存在的意义?如果没了那块骨头,伊达还是她吗?缺了哪个器官,她就不是她了?心脏?还是大脑?她必须问问大夫。

她想象着自己身体的内部成了生物课上老师给孩子们放映的教育片里的主角:"你的皮肤"或者"人的大脑如何工作",这些器官总是会被放大显示在屏幕上,组成它们的细胞同样巨大,这些细胞挑动着其他一些更大的、有时甚至想象不出来为何物的零件。她的身体由一些神秘的凹凸组成,还有层层相叠的人体组织、肉质的管子、光亮的表面和海葵状的东西。这就像海底一样陌生,就像一个珊瑚礁,上面栖息着可怕而令人震惊的生物。

子宫——那有一个黑暗的隧道,在它的尽头,在血淋淋的肉的褶皱中,你可以看到一个黄色的、珍珠一样的小水滴,它沿着这条隧道掉出来,过了一会儿,带着一种遗憾,它的肉壁开始剥落,一块块血掉下来化为成千上万滴黏稠的血珠。心脏——由像橡胶一样有弹性的肌肉丝组成的巨大集合体。它跳动的节奏和男女交配的节奏是一样的。每一拍产生一个瞬间,这个瞬间立即逝去。就像一个小小的、无色的气泡,在你看到它之前就爆裂了。

她想要直接从医院的无菌手术室来到喧闹的街头大喊:"不要相信医生!"不要以为,他们每一个人在任何时候说的话都真的有意义。你们要小心,他们的知识都是伪装出来的,实际上与一些低俗的游戏无异。他们只不过是在适当的时刻把目光从纸上抬起来,或者取下压在别人身体上的听诊器,然后立刻夺取主动权:我知道有关你身体的你不知道的事;虽然我不是你,但是我知道一些你意识不到的问题。正是知识让我们不一样。我知道这些,因为我不是你。你无法了解关于你的事情。因为人只能认识到与自己无关的事。就是这样。你确实拥有你的身体,但你对此一无所知。我知道有关你身体的一切，它几乎和我以前就了解到的其他人的身体一样。我摩挲你的身体，从上到下，我看到你的身体内部，把它想象成一个个小块，任何部分都逃不过我的眼睛。任何事情都不会让我感到惊讶。身体实际上就是简单的液压装置。医生不过是认识症状，采取行动——开几张处方和进一步检查的单子。把你的身体继续交给其他医生。他们也会假装自己知道的更多。

她舒服地躺在床上，等着连接到胸前和脚上的电极捕捉到身体内部的节奏和电压，然后把它们变成几条有象征意义的线条，这些线条就像吐着墨水的笔，在纸上描绘出一幅动人的心灵图景。然而伊达该对它们说些什么呢？医生，我的心脏不跳了，而且停跳了好一会儿，所以我已经死了，然后又奇迹般地活了过来。当我的心脏不跳的时候，周围会非常安静。您从未听说过这种事。这种寂静特别巨大，它一定来自地球深处，好像一个上古时代的怪物的头浮出水面，环顾四周，然后从它来的地方游回去。我的心脏会抽搐、颤抖几秒钟，就像是发动机突然抖动起来。那感觉就像是经历了一次死亡。

医生说：

"您是心动过速，没什么大事，您小时候一定得过心绞痛吧。"

"俄国人会给'死'这个词编个小称,"伊达回到厨房的时候,奥尔加说道,"比如死掉了。小动物死的时候可以说它走了。"

奥尔加笑着,和伊娜一起跪在箱子旁边。她丈夫一言不发地给炉子里加了些炭,然后悄悄走了出去。伊达这会儿才意识到,奥尔加说话时带着东部口音,利沃夫或者维尔诺一带——她也辨认不出。有些像她父母的口音,不过又有点不一样。

"波兰语听起来可不太好:'走了'。"伊达看到老妇人用枯枝般的手指拨开伊娜黑色的毛发,找可以扎针的地方。

"您别这样看着我,"奥尔加说,"我必须给它打一针,它很痛苦。亚德里安说了,尽管给它用止痛药。"

"怎么能看出来它很痛苦呢?您怎么知道它疼?"

"从它的呼吸就能看出来,"奥尔加说道,"您看,它的呼吸多么急促、不规律。一旦药劲过去,这母狗就呼呼喘粗气。这和人是一样的,能有什么不同?您自己泡咖啡吧,水已经烧好半天了。"

伊达把热水倒进杯子里。咖啡粉浮起来,在水面形成一层棕色的表皮。"你们没有想过,让它安乐死?"她问。

奥尔加没有回答。她瘦骨嶙峋的、明显有风湿的手指将注射器的柱塞按下去,以便排出里面的空气。然后针尖就消失在黑色的毛发之间。白狗站在篮筐上方,看着奥尔加打针,好像一个穿着白大褂的专家,正在检查操作质量。跪在地上的老妇人费力地站起身,把针管放在窗台上,看向伊达。

"您感觉怎么样?好点了吗?"

"哦,是的,好多了。已经没事了。我得通知警察和朋友们,我没事,然后我就要走了。感谢你们为我做的一切。我可以打个电话吗?"

伊达看着挂在橱柜旁边墙上的电话,突然意识到,也许根本没有人会注意到她的消失。最多英格丽德会给她的手机留言——唉,可是她肯定把手机落在车上了。

"当然,您打吧。"奥尔加说着,把燕麦倒进了一口锅里。

伊达往杯子里倒了满满一勺糖,手突然停在了半空中——她已经很多年都不给咖啡加糖了。她冲着自己笑了笑,拿着咖啡站到了电话旁边。电话机看上去很古老:一个红色的塑料电话,圆形的旋转拨号盘。她在想,该说些什么。还是一样的话,她在拐弯处冲出了路面,刚过那个写有博什库夫和巴尔多两个方向的路标,她记得很清楚。汽车一拐弯就掉下了路堤。也许人们已经在那里找到了汽车。她的手已经摸到了听筒的手柄,又缩了回来。

奥尔加揉着燕麦面,往里面加了个鸡蛋和一点粉末,又倒了点儿油。

"这是给谁做的?"伊达问。

"我们还有其他宠物。亚德里安经常会送过来。"

过了一会儿:

"您不给女儿打个电话吗?"

伊达抿了一口热咖啡。

"她在旅行,而且我不知道,她现在在哪儿。"

"和她的孩子一起?"

"是的,跟孩子一起。她的工作性质就是旅行——她是写旅游手册的。"

伊达想起了女儿寄给她的卡片,就放在华沙家里厨房的小台子上,卡片放倒了,光滑的桌面正看着另一面上色彩斑斓的珊瑚礁。玛雅的笔迹充满稚气,她在卡片上写到,抱抱亲爱的爸爸妈妈,她那里一切都好,他们都很健康平安,那边三月就要刮起季风,到时他们就打算回去。每一句话前面都有个短破折号。签名下面还有个像墨迹一样的图案。如果你一直看着它,就会看出一个仓促或者蹩脚地画出的心脏的形状。她画了一个心形。还有些别的:一个漂亮的乌龟——这一定是小男孩画的。可惜她没有随身带着这卡片,不然就可以给奥尔加看了。

奥尔加没再问什么问题。倒是当伊达回忆起厨房里卡片的时候,突然想起她明天应该去医院做检查。她把这事告诉了奥尔加。奥尔加说:

"检查心脏?"

"您怎么知道?"

"我瞎猜的,不过猜中了。所有人都是心脏有问题。"奥尔加看上去高兴了起来。

"医生说,我没什么事。"

伊达觉得,奥尔加似乎想说些什么,但她只是用力地搅拌着燕麦面,然后把它从火上挪开。

她们俩沉默了一会儿,接着伊达一边看向窗外,一边问道:

"房子后面的山是什么山?"

奥尔加说,那里是一片采矿堆,以前这里有好些矿。

"在咱们脚下有数千米的地下坑道,一整座城市。"奥尔加抱起狗儿,抚摸着它,亲了亲它的耳朵,"夏天可以去参观。"

"看来很壮观,像个金字形神塔。"

奥尔加疑惑地看着她,显然没明白那个词,不过就在这时斯特凡的脑袋出现在了门口。

"过来吧,亚德里安来了。"他对妻子说。

而她则费力地站了起来:"您吃点东西吧。吃点三明治。黄油在冰箱里。"

4

雾气再一次在窗外变换着形状,现在可以看到它的构成——柔软起伏的条带、流动的气层和像烟雾一样弯弯曲曲的气流,细小柔和的漩涡、各种幅度的平滑波浪,这些气流相互缠绕、阻隔,形成了各种扭结、圆圈和螺旋。伊达看着窗外的这种雾气流动,觉得自己看到了一些黑暗悠远的形状,隐藏在这气浪的后面。她放下之前一直无力地攥在手里的听筒,从锅里拿出一个冒着热气的带皮土豆。土豆很烫,土豆皮一块块地掉下来。

她的妈妈以前也给家里的母鸡煮这种土豆。母亲把土豆碾成泥,然后往里面加一些黑麦粉。那时他们养了不少母鸡,后来都被狐狸叼走了。那狐狸很勤劳,每天晚上来偷一只鸡——坚持了一个月。最后只剩下了一只勇敢、好战的母鸡。

这只母鸡天天坐在家门前的楼梯上,有时还会凑到人群里,可能是因为孤独,也可能是因为害怕狐狸。后来母亲把它从人群中赶走,因为她不喜欢母鸡或者任何鸟儿,她讨厌羽毛、蛋和肉。每次父亲把抓来的鸟儿杀死,用开水烫过之后拔毛,这时母亲就去园子里锄草,或者就是单纯出去。她穿着长筒袜——在家里她穿一种厚实的袜子,用袜带固定,而外出时穿那种又薄又光滑的袜子,使她的腿看起来像是塑料娃娃的腿。她在这些轻薄的长筒袜上系一根带子,袜带上的橡胶夹子紧紧地抓住尼龙,仿佛时刻注意着将其拉紧。后来,某一天晚上,那只勇敢的母鸡也消失了。

伊达咬了一口土豆,很不错,一口下去,绵软、温暖的口感在口腔中蔓延开去。

母亲出门的时候,她和父亲两个人看着妈妈穿着花裙子的曼妙身材。母亲几乎是一路向下跑进村里,父亲扫视了女儿一眼,眼神中有一种请求女儿理解母亲的意味,仿佛在说:"她这样,并不是她的错。"然后接着默不作声地干着手里的活。

检查没发现什么特殊之处。她就是有点轻微的心律失常,应该是天生的,或者是由儿时的心绞痛引起的。

"没什么事。您很健康。"医生说着,看了一眼病历卡上方的两个数字——"54","以您这个岁数看,您的身体挺好。"

然后医生静静地开了药方——一点温和的镇静药、助眠药和增强免疫力的药。

12月初,她在一个周六去了一家私人诊所,那里干净又卫生。取号之后,她拿到了一杯咖啡和一张像菜单似的东西:一张精致的印有医院徽标的硬纸片上罗列着这家医院可以提供的所有检查项目。旁边用小号字标着价格。她拿了一支铅笔,坐在那里画起了圈——弓形虫病、B型黄疸病、艾滋病、高密度和低密度胆固醇、甘油三酯、血尿素氮、大便潜血、红细胞沉降率、白细胞……大部分名字她都不懂。她把那些字圈起来,只是因为它们看起来像是史前动物的名字——血小板、血细胞比容、单核细胞、尿胆素原、胆红素。然后,接待处的一个年轻优雅的护士从她手里接过了像订单一样的卡片,给她指定了检查时间,并嘱咐她空腹前来。护士递给她一个精巧的、又有点好玩的尿杯,并祝她愉快。这是个新的工作风格,以前可没有护士祝病人愉快。伊达从那里出来,在医院的药房买了一个装在塑料盒里的体温计,决定以后每天一起床就测体温。一开始她坚持了几天。把测量结果记在纸上,然后把这张纸用磁石吸在冰箱上。36.7℃;36.4℃;36.6℃;36.6℃——这温度曲线看起来应该平平无奇，不过也正因现在看着这无波无澜的体温记录，她才意识到，她已经不会排卵了，她身体里的那片漆黑的深海已经沉寂了下来，上面笼罩着比海洋还黑的夜。那是一种平静的浩瀚。那里的海浪，已不会拨动任何一个贝壳。

三十几年前，她上大学的时候，也这样测过体温。那会儿宿舍里所有女孩都有体温计，还有个小本子记满了数字，而每月相对固定的几天，体温会略高，那数字旁边就会打上感叹号。她记得那伸向温度计的昏昏欲睡的女孩的手，那个被水银柱刺穿的蒙蒙胧胧的身体。

那是一种令人尴尬的体验——用冰冷的工具——一根玻璃棒来检查自己，以一种相对应的比例显示发生在封闭、黑暗身体内部的过程。尴尬之处还在于，人需要工具来检查自己的身体，因为由于某些糟糕的原因，由于大自然的某些错误，人类对自己的身体一无所知。人应该与身体合一，人就是这个身体，他用手指指着胸口说"我"，但他却不知道这里面发生了什么。他好像感觉到了什么，比如刺痛、头晕、疼痛，特别是疼痛，却不知为何疼痛。只有当你成为你自己的一个对象，在你自己身体里插入一个玻璃管子，才能了解你自己的身体内部发生了什么。

我们的身体内部就是一个个无声的、黏糊糊的角落和缝隙，又像一块肉乎乎的、无形无状的手表，这只手表没有滴答作响，而是释放出一些能够精确测量时间的圆形颗粒。组织肿胀，然后缓解。一个圆形的"o"沿着狭窄的迷宫滑向未来。身体对自己一无所知，只有通过给自己做检查，才能知道自己的机体是如何工作的。

伊达想，她和她的身体一定没有共同的缘起，她和它来自不同的地方。所以她和它必须依靠体温计、B超和X光片才能交流。

护士让她脱了衣服接受检查。她进到一个没有窗户的小房间，里面有洗手池和衣架。她穿上了一件白衣服——一种像睡衣或者亚麻西装似的衣服。她抽了两次血——一次静脉血，一次指尖血。然后她跟着一个年轻女人去拍片子——她们之间没有交谈，甚至没说一句话，都好像彼此知道各自有更重要的事情在忙，不需要遵守某种社交规则。护士急匆匆地把她一个人扔给了机器，她的乳房贴到了金属板上，由圆变平。上帝的灵魂在一瞬间降临到了这机器上，于是她能够看到隐秘的、被隐藏的东西，它们存在于黑暗之中。另一位护士从她手中拿走了接了尿的容器，这是一个令人羞耻的化学过程的证据，它在五十多年前由一些未知的原因开始出现。容器上写了她的姓名，和其他被同样方法命名了的容器站在一起。那上面还有日期——"2003年12月8日"。她来过这里，留下了自己的痕迹，而且从这上边可以看出，这痕迹是什么。

然后她被带到这个私人诊所的地下咖啡厅。这里提供给她一杯咖啡和一个法式牛角包。邻桌坐着另一个女人，侧身对着她。她看到女人有一张紧窄的嘴，每次咬食物的时候，就像鳄鱼张嘴的样子。她记得这样子。她们微笑着相互看了一眼，继续安静地吃东西。

几天后，她再次去到那里。年轻的女医生，还是个姑娘，仔细地看了检查报告，然后说了跟之前的医生同样的话——伊达很健康。

"血红蛋白这里有一点点超标，这是唯一一个还可以再复查的地方，"医生说，"除此之外您的身体非常好，值得羡慕。"

女医生以为，病人一定会很高兴，会松口气，开心地走出医院，进城大采购。节日前的城市有股湿润的味道。她以为，她凭借自己的经验让伊达放松了下来，可是她显然想错了。伊达向她说了声谢谢就出去了。年轻女医生留在了自己的诊室里，就像会预言的女神皮提亚，等着下一个病人——而她有可能要对这个病人说同样的话；或者完全相反——她现在准备下判决，对那个长着鳄鱼嘴巴的女人说：您得了重病，就要死了。我们什么也做不了。如果她对着每一个坐到她面前的人说：女士您会死，先生您会死，小朋友你会死，我也会死，那才算是说了实话。所有人都会死，我们应该对此做好准备。应该成立一个临终支持组织，给学校投资，教会学生面对死亡，让我们在人生最后一次经历中不犯错误。应该在体育课上训练，如何死亡，如何缓缓地躺进黑暗之中，如何失去清醒，如何让自己在棺材里看起来整洁体面。应该组织示范课，肯定有人同意把自己的死亡过程拍摄下来，拍成教育片。死亡培训中还应该有民俗课，讲解有关死亡的一切，提起死亡我们会想到什么，我们会怎么理解，为什么有的语言里，"死亡"这个词是阴性的，可在有的语言里又成了阳性。人死后去向何方，抑或，人死后是否真会去向某处。这门课就应该像生物课一样，成为高考科目，还应该有死亡学，这些知识都应该通过期末测试进行考核，在结课证书上面标明成绩。"我的死亡学考试可能要挂科"，学生们可能会一边违反校规在厕所抽着"有害健康"的香烟，一边这么说，然后复习所有可能考的定义、曲线和数字，直到天亮。而且所有人都会对学习这门功课心存感激。

伊达的心脏并不在乎检查结果。依旧时不时地在夜里搞一次小抗议。它会停跳一小会儿，就像是在反抗——它已厌倦了这无聊的工作。

伊达听到外面响起一阵嘈杂声，谷仓大门吱扭作响。一定是主人们在那里，伊达这样想。她怀疑房主在那些谷仓里养了动物，也许是为了获取狐皮、貂皮而养的狐狸和水貂，又或许就是养了些鸡。那燕麦粥就是他们为这些动物熬煮的。奥尔加的岁数应该和伊达的妈妈差不多大，如果妈妈还活着。不，可能比妈妈小一点。房子里现在空空荡荡。伊达站在烧热了的炉盘前面，烤着双手——这样的炉台可真不错。她记着要给炉灶加柴火，还得把开水倒进茶壶里。母狗微微抬起头，目光追寻着她的动作。

伊达走到窗边，感受到母狗停在自己身上的目光。

"你想要什么？"她问。

狗儿看看茶壶，又看看碗。碗空了。它想喝水。

"你就像个哑巴。"她一边对狗儿说，一边笑着对自己说，她说的是些废话。她给碗里倒了些水，把碗推到了狗儿面前。可是它没反应——它看着碗，似乎想用目光把碗挪动，于是伊达小心地拽起它的头。伊达从指下感觉到,狗儿的脖子轻颤,它的头很沉。狗儿一动不动,鼻子贴着水面,似乎在积蓄力量,然后不连贯地吸溜了几口水,溅起了水花,然后再次僵在原地,鼻子贴着水面。伊达一只手拿走碗,另一只手把毛茸茸的狗头放在垫子上。它喘了口气。这时伊达抚摸着它的——可以说是——脸颊。

主人们回来了。他们跺着脚,把鞋上的雪甩掉,又开始下雪了。雾气碎成小颗粒,然后化作雪花。奥尔加在冰箱里翻找,拿出了刚才吃的那块黄奶酪、一罐辣根和蛋黄酱。伊达帮忙做着准备,把餐桌整理干净。

"我应该给你打个电话,但是忘记了。我也不知道自己在想什么,"她说,"我今天睡不着觉,一有灯光我就醒了,然后就睡不着了。"

"那会儿的光很奇怪,所以你不自在。"斯特凡慢慢地说。

伊达仔细地看着他的脸,在上面寻找着某种解释:笑容意味着他在开玩笑,严肃的表情则说明了他的偏执,可能他记性也不好,许是因为年龄,虽然他看起来并不老态龙钟。她的目光撞上了奥尔加的眼神。奥尔加微微耸了耸眉毛,那意思就是说,他说啥,照单全收就是了。

男人把一罐狗粮加进煮着燕麦的锅里,用木头勺子搅拌着。

"我觉得您看起来状态不错。我们这儿的空气和水质都很好。人在这里越活越年轻。"斯特凡两手端起装着燕麦的锅子,快步走向门口。

伊达为他打开门。

"赶紧回来吃早餐,戴上帽子!"妻子在他身后叫道。

伊达和奥尔加两人将黄奶酪切成片,摆放到盘子里。然后切了酸黄瓜,也放进盘子。

奥尔加问:

"你从哪儿来到这儿?你可能已经告诉过我了,可是我不记得。从弗罗茨瓦夫?"

伊达答道:

"我从华沙来。"

"噢,你怎么来的?"

伊达耐心地把自己的经历又讲了一遍。

"那父母呢?你的父母可还健在?"奥尔加问。

"不,他们已经不在了。我们的房子已经被卖掉了。"伊达答道,突然有种想要逃离的冲动。她在脑子里快速地检查:钥匙、证件是否齐全,她的外套被他们挂在哪儿了?她看向电话——她必须打个电话,现在就走,她已经完全恢复了。她受够这些人了——他们老是打乱她的思绪。她急促地走到画着鱼的挂历前面看了一下,今天是星期六。星期六还是星期五?星期一她要去华沙看医生。星期三她必须回去上班。

奥尔加把茶倒进玻璃杯里,她用一个茶包泡了两杯茶。

"可我觉得,我们一直就住在这里,"奥尔加说,"多少人已经来过这个房子了。我跟他说过的,"她用下巴指了指门,"做一个广告牌,上面写上'农家乐',然后立在路旁,因为我们这个房子在路上看不到。可是没有广告牌,人们还是来了。你呢?你在华沙做什么工作?成家了吗?我觉得你看起来是个聪明的女人。"

伊达冲着自己笑了笑,对这种出乎意料的老式恭维感到满意,并敦促自己记得向主人支付食宿费用,显然他们对像她这样迷路了的旅行者是收费的。然而,她主动忽略了奥尔加问题的第二部分。她决定在出发之前再喝杯茶。奥尔加好奇地看着她,一片一片地吃着面包;下巴一动一动的,就好像跟脑袋的其他部分都不相连。

"我带领旅游团旅行。"

"有这种职业?"奥尔加感到稀奇。

这时斯特凡进来了,准确地说只是把头伸了进来,冲着妻子说:"过来!"他的声音听起来很紧急,很严肃,好像发生了什么重要的事情。伊达张着嘴愣住了——她觉得好像同样的场景今天或者昨天已经发生过了,她仿佛进入了一个奇怪的、时间被拉长了的、已经发生过的、似曾相识的循环。她用力摇摇头,这种感觉就像耳朵里进了水——声音被扭曲,一种无处不在的噪音充斥耳中,必须使劲摇动才能摆脱。

奥尔加乖乖地从桌边站起来,披上毛坎肩,戴上毛呢帽,然后走了出去。他们的活计可容不得拖拖拉拉。

没什么好等待的。伊达拨出了报警电话——997,这是她从电视上看到的,从那些粗制滥造的警匪节目中。她听到一声长长的"哔"声,就像一个凄美的空虚信号。无人接听。她又试了一次。依旧是悠长的、悲伤的声音,好像远处火车头的汽笛声。从这里到任何地方都很远,哪怕对于电话信号的传递。突然她觉得,在电话的另一端,尼科林拿起了听筒,用他那微弱、疲惫的声音说:"喂?"

每当她想到自己的丈夫,总是先想起名字:尼科林——曾经,这名字听上去不错,曾经,就是他们还年轻的时候,那时他们穿着一样的牛仔裤,梳着同样的发型。但现在"尼科林"听起来就像它本来的样子,和事实一致——是一个朋友的姓而已。必要的时候，他们会在咖啡厅见个面，他自己也总是在那里一坐就是一个上午。人们从大街上、从人群中、从汽车的嘈杂声中进入那里，穿过黑暗的大门，进入一个突然安静下来了的世界，那里很平和，略带些潮湿的气味，那是一种小花园的味道，其实就是夏天摆放的几个带有藤蔓的、用来将桌子隔开的花盆的味道。

尼科林——他总是坐在最靠里面的角落，那里逼仄又昏暗，只有借着头顶小壁灯的光才能阅读。

伊达远远地注意到他苍白的、略显松弛的脸和灰白稀疏的头发。他总能从某处感知到，她，他的前妻，正走进来，这时他坐在角落的黑暗里，目光逡巡着她。他确信，她还没有看到他，至少距离还很远，她看不出他脸上的表情。所以他总是犯同样的错误，因为事实上伊达甚至在他调整表情之前就看到了他那张充满怨恨的臭脸。他总是换上一副面孔，抿唇笑笑，不过分热情，完全是一种友好的、普通朋友的笑容。她看到了他不愿被别人看到的表情，并且知道它所表达的情绪：厌恶、愤怒、嫌弃——不一定只针对她，更是对一切跟他自己不一样的人和事。

尼科林穿着各种不适合自己的衣服，或者故意选了一些风格不相配的衣服：衬衫、羊毛背心、一条像丝巾一样的方巾、肘部带补丁的西装、宽松的灯芯绒裤子，西装的胸兜里还放着一块手帕。太烦琐了，这是一种奇怪的优雅，一个人把所有东西都机械地穿在身上。尼科林一边放下书，微笑地看着她，这笑容现在是友好的，一边伸手去拿已经嘎了一个小时的啤酒。

一般都是他先打电话给她，一般都是他需要一些小小的帮助：推荐个医生，借点钱；邀请她一起干点什么——看场演出，吃顿晚餐，听场讲座——都是些他不想自己去做的事。她总是出现得不情不愿，面露疲态，常常是在外出办事的空档之间，有时手里还拎着采买的东西。事实上，他的意思总是一样的：我很无助——他的格子夹克、秃顶的脑袋、胸兜里的手帕、嘴巴周围疲惫的皮肤、发灰的眼袋、小而纤细的手和手指上握笔留下的老茧，这一切都在述说着——我迷茫无助，我不知道该如何应对这一切，邻居家淹了我的浴室，我丢了保险合同，我的血糖升高了，我晚上睡不着觉，我有自杀的念头，我老了，我虚度了光阴；带我回家吧，照顾我，我病了，我很虚弱。

可是从他嘴里说出的只有具体的事实：我家的热水管破裂了，你认不认识什么技工，你能不能找他来帮帮我？我现在一直在家。"我把电话号码给你。"伊达说。"嗯，好的，我自己打电话。"他安静下来，又说，"我能去你那儿喝杯咖啡吗？"

伊达耸耸肩。"我又要出门了。"她说。"那你什么时候回来?"他追问。

他总是带着一份报纸来,在厨房的餐桌旁占据他原来的位置,她在那儿切着一些东西,随便做点吃的。他坐在她的厨房里,看着摊开在桌子上的《周刊》,大大的纸张垂落下来。厨房很小,尼科林和那张打开的报纸占据了整个空间,吸入了所有的空气,所有的光线。他们低声交谈,有气无力。他们偶然发现——看着彼此都会感到厌倦。伊达会给他点儿吃的,把一碗汤放在他鼻子下面的报纸上。尼科林感激地笑笑,默默地吃饭。他就像一只已经长大的小鸟,却失去了离开巢穴的能力。他的笑容越是充满感激,他越是觉得汤好喝,伊达就越生气。那种感觉就好像被禁锢、无法动弹时的愤怒。这太疯狂了。伊达试图控制自己的情绪:她等着男人喝完汤,从他手中接过空碗。放在水槽里,然后让他离开。他一言不发,没有丝毫叹息,从衣架上取下外套就离开了。只会说一句"再见"或"保重"之类的话。可是这话更像是喃喃自语,含糊不清。

玛雅上大学之后,他们就把房子卖了,重新买了两套小的,分开住。第一年,他总是过来拿他那些放在纸箱子里的书,每次拿三四本,这样就总有借口经常过来。他总是说,他家里的书架不够用。他总是去冰箱里觅食,和伊达一起吃顿饭,然后离开。他总是磨磨蹭蹭的,在门口徘徊。

尼科林研究媚俗艺术已有多年,他本应在二十年前就此写一篇博士论文。现在他在高中教历史课,但这并不影响他研究这个东西——他在他遇到的每件事中都能找到媚俗的影子。他分析媚俗艺术,反复解析,对它又爱又恨。这个游戏他永远也玩不够——他把所有现象作为媚俗的潜在载体去研究。他和缓地、固执地用他那小小的女性一样的手在笔记本上系统地记录下他的观察,然后把这些话当作警句抛给他的学生。

媚俗艺术是对真正经历过的、第一次也是唯一一次发现的东西不加思考的、空洞的模仿。它试图使用一种曾经创造过的形式进行次要的、重复的、屈从的创作。媚俗艺术是对情感的模仿,它挖掘基本的、原始的情绪,并用过于紧凑的内容来修饰它。任何为了唤起感情而假装不同的东西都是媚俗的。

任何一种模仿在道德上都是坏的——因此媚俗是危险的。对人类而言,没有什么比媚俗更危险,哪怕死亡也比不上。

伊达怀疑,这个话题有另一个象征性的深渊,而尼科林无可救药地陷入其中,扮演着某种神秘,走近一个深刻而黑暗的秘密,在这其中媚俗只是一个借口,一把钥匙。

人们相遇,只是为了看到彼此之间有多么地不同。那些相差最大的人们,留在一起的时间最长。就好像生活想要展示给人们一切和他们不一样的东西。和尼科林在一起的每一天都在证明,他们之间的差距是无法消弭的。他们共同生活了十八年。

她看着他在索引卡片上做着简短的笔记,每句话最多只有两个词,看起来像一串密码。最危险的是情绪,因为它们痴迷于寻找任何形式的表达,它们不耐烦,等不及创造一些崭新的、具体的东西——所以它们在匆忙之间流于一些陈旧的形式。情感越强烈,使用陈旧形式的诱惑就越大——脚越痛,就越容易找到旧的、踩烂了的拖鞋。"媚俗是情感的强迫",尼科林在他的笔记本上写下一行行小而凌乱的字,看起来就像一串染色体。

他们曾面对面地站在厨房里。这场景持续了好久。他们用目光彼此较量——他们也就能玩得起这样的战争。她看到他难看的表情,转瞬间消失在因为惊讶而扬起的眉毛下面。她也记得他脸上那看似一闪而过、被小心隐藏起来的异色。这是一张空洞的、陌生的面孔。一切爱情都是骗人的,爱没有新的形式,因为爱的所有形式都已经被用过千百次了。没有形式,所以没有爱。伊达在她心脏附近的某个地方感到一阵疼痛,因为她的尼科林已经死了。

有些人总是干些不该干的事,她这样想着。如果他们开始第二个话题,他们甚至不知道那个对他们真的重要的话题是什么,他们可能会说一些重要的话。同时,他们不了解自己的话题,完全专注于其他的事。这就是他们,因为生活而死去。

听筒里传出单调的、长长的信号音。没人接电话。这怎么可能?

母狗突然喘了口气,然后坐了下来,左右摇晃着。它冷漠地看着前方。费力地大口喘着粗气。

"你想要出去?你想要干什么?"

狗儿没有反应。伊达又给它端了一碗水。母狗先是毫无兴趣地闻了闻,然后,突然,仿佛记起了一切,开始大口大口地喝水,搅动水花飞溅在它的窝和伊达的裙子上。然后,它又像一开始的时候那样,突然停了下来,笨拙地躺回原来的姿势。它侧躺着,呼吸又快又浅。它的眼睛闭着——伊达不确定,这母狗能否看得见,或者它的眼睛已经失明,最多只能看到一些它内心想象的图像。她觉得一直朝一边侧躺着不太好,于是小心翼翼地挪动着狗的身体,这时她听到一声呻吟,和人的声音很像。

"我只是想帮你翻个身,很疼吗?"她小声说。

她轻轻地扶着狗儿的腿,慢慢地把它翻过来。狗儿的身体毫无反应地随其摆布,没有任何调整姿势、躺得更舒服点的尝试,她抚摸着它的头和耳朵,它的眼睛在抽动,眼皮微微上扬,伊达知道,母狗注意到了她。

她回到桌边,打开面前的电话黄页,这本子从昨天起就放在这儿,就好像是他们特意为她准备的。她要再次打电话,先打给警察局,然后打给道路救援,打给公司。还要给玛雅打个电话,给她电话留言。还得打给英格丽德。她要告诉他们:你们知道我发生什么事了吗?我出车祸了。我撞到了树上,车撞坏了。砰!哈哈哈!不过我没事,嗯,至多有点头晕,一对老人收留了我,为我提供了一个房间,我会留在这里直到一切都解决。最晚到明天。他们人非常好,有一个养鸡场或类似的东西。此外,一切都很好。哒哒哒哒。伊达突然感到一阵愉悦的能量在涌动,仿佛终于从半梦半醒的疲惫中醒了过来。

就在这时，一辆汽车开了过来，就是那辆柴油车，老人们的孙子开的那辆蓝色面包车。他们关上了大门。伊达听到了他们三个人的声音。她透过窗户看到了亚德里安——他正打开皮卡车的后门，从上面拿出几个大箱子，箱子表面有些孔洞，这是用来运母鸡的箱笼。他们小心地、一个接一个地把箱笼放进谷仓。然后消失在谷仓里面。

浓雾散去，柔和、慷慨又大方的太阳露了出来。屋顶的排水沟流出的水形成了一个个刀子形状的闪着光的冰柱。天气就要转暖了，也许春天就要来了。伊达走到另一个窗户跟前。在一片灰色的灌木丛中，一座山显露了出来，上面覆盖着层层叠叠的白雪，形状对称而完美；山几乎是秃的，上面只有些斑斑点点的白桦树。两条笔直的路在山上交叉着，盘旋地伸向顶部。是的，现在可以看出来，那是矿山，右侧可以看到老生产线留下的一些金属零件，矿车就从上面驶过，沿路掉下些从地底下挖出来的东西，看上去是没啥用的。在那山包的下面，应该有一个相似的山包，一个虚空的存在，地上和地下两个山包的方向正好相反。伊达把它想象成一个相同形状的圆锥体，被缠绕在一条螺旋形的山路之中——只是在那里，在地下，它的顶峰直指下方，山路也向下盘绕，而不是向上攀爬。

这座地下的反向的山包由虚空构成，指向地心，从地底垂下，如同虚无的石笋。沿着矿山往上爬的人，其实同时也在往下落，好像被分成了不同的两个人。肉身向阳，爬上斜坡，向着天空；由空虚构成的无形体向下移动，去到地球的中心。

5

她机械地拨着打往华沙的电话——区号是22，然后是一个她熟记于心的七位电话号码。听筒里传来长长的信号音。无人接听。她眼前浮现出几支笔，一个文件夹，一本德语的维也纳旅游手册——出门前她还翻看过，然后她突然明白，为什么电话线的那一端一直静默——她把电话打到了自己的家里。她放下听筒，可是刺耳的声音并未消失——是水壶的水烧开了。她把水壶从烧烫的炉灶上拿了下来。周围突然安静下来。听不到任何外面的声音，就好像白色的晨雾进入室内，吸收了所有的声音，模糊了物品的轮廓——只剩下一团白色的柔软。伊达俯身看向母狗，她突然想到，因为它死了，所以这里才如此安静。然而并非如此，母狗的呼吸声非常微弱，但还可以听到，于是她用勺子敲打水池的金属边缘，好让这房子里有点声音。那是一种刺耳的声音，和往常一样，但在这寂静中听起来倒有种戏剧效果,仿佛是特别制作的音效。空气中充满了细节,就连寂静也是种声音：越是关注它,它看起来就越复杂,由相互接触、相互承受的振动组成。再来一次,嘣,嘣,声音如钟声一样深沉,爆发出数以百万计的微小碰撞。

在她小的时候,常跟着父亲坐火车去镇上买纱线,那是为了编织地毯。她总是坐在窗边,假装她的视力是某种物质——比如说,像一把刷子,像纺织机上一只柔软的摇臂,能触摸你看到的每一件东西,甚至在上面留下印记——标记或者印章之类的东西,能一劳永逸地记录下我们所看到的一切。

这样的"看"是个苦差事,因为每个细节都要注意到。注意力要集中,像绳子一样绷紧,而且还要用一个词来确认,用那个最短,也最有力的词——"是的"来告诉所有人她所看到的东西。是的——一根电线杆,是的——十字路口的白色起降杆和两辆汽车,是的,是的,一个交通岗亭,一顶带绒球的红色帽子,一只狗,一条沟渠,田野里一棵孤独的树,一个旧轮胎,她不停地对所有人说"是的"。不可欺骗。如果这个过程意外中断,那么外面的世界,从火车上看到的风景,可能就会崩溃。这差事非常要求责任感。其他人当然想不到,坐在窗边的小女孩正维护着这个世界的秩序。他们以为秩序一直存在,并且是一早就由上帝赐予的,不会受到任何威胁。他们永远不会想到,他们的内心平静当归功于这个孩子。

那时候,每次旅途中她都努力地工作着。他们坐着火车穿过山谷,然后走过空旷、平坦、单调的平原——她看到每一棵树、每一栋房子、每一座桥、芦苇、废墟和远处的压力塔,一切的一切。她一一标记,放置在记忆里,小声地说着"是的,是的,是的",仿佛自己是一只手表,必须用细节来测量世上的时间。父亲看到了她嘴唇的动作,有些惊讶地打量着她,却从没问过她在做什么。

她在弗罗茨瓦夫火车站放弃了这个举动。因为那里的细节实在是太多了,她甚至没办法对着所看到的事物说"是的"。"是的",这个世界上的东西太多了。后来,当她试图回忆她在那里看到的东西时,只记得一群群鸽子和它们在车站玻璃屋顶上的脚步声。

她成年后的工作、她的职业是寻找,并把找到的东西展示给别人。当然,是用讲述的方式,因为讲述能够记录下所见到的一切。

文字——她每天早上都把它们放在脑海中,将它们打磨得失了棱角。她不由自主地把它们背下来。这些文字就像计算机病毒一样,进入她的大脑并不断复制,依附到其他词语之上,像侵入性的歌曲和诗歌一样,对她的头脑进行攻击。不过这些句子都必须无可指摘。她的工作就是这样,对着其他人说话,并向他们解释他们正在看的东西。没有她,人们就无法理解他们所看到的,他们会在自己内心的某个地方徘徊,因为在那里,在他们内心,一切从那里开始,一切又在那里结束。当然,她并不以自己的名义发声,她也并不发表自己的观点,如果是那样的话就太难了;她只是从其他人从不阅读的书本上和他们永远都不会触碰的作品中收集些知识。她就是一个传递知识的中间人。她所代表的,是一个伟大的、多样化的、几乎没有边界的集体。她试图造出一个简单的陈述句,即使她应该说出一些不清不楚的、难以解决的问题。有时,当她累了,当她看到她的听众开始像一群公鸡一样散去,不再集中注意力,抱怨着饲料的好坏——她就会变得困惑起来。这时,她还能设法吸引他们的注意力,不过也就一段时间。粘在她脑子里的句子就像一个个柔软的面团,它们在她的脑海中滚动,并不属于她,她只是根据要求将它们生产出来。

她是个导游,在一家名为"欧洲之心"的大型旅行社供职。"欧洲之心",用波兰语或者英语说都行,随你喜欢。这个名字生硬、夸张,和这城市的许多东西一样。旅行社位于一座写字楼里,楼名"萨斯基花园",由波、英两种语言组成,挺有些骄傲的味道。谁也不知道,欧洲的心脏到底在哪儿,这事儿还没定下来，不过旅行社主推的城市有五个：华沙、克拉科夫、布拉格、柏林和维也纳——一个巨大的、摇摇欲坠的五边形，就像是地图上的一个神秘印章。"欧洲之心"组织各种环游旅行，这时这五个城市就成了一道难以消化的菜，客人们会把那些教堂、博物馆和老城搞混，也记不住那些河流的名字。谢天谢地，人们发明了旅游纪念品这个东西——印着卡夫卡头像的马克杯和查理检查哨的文化衫能帮助游客们正确地区分布拉格和柏林，懂得把华尔兹舞曲的卡带归为维也纳的纪念，而克莱兹默音乐①归于克拉科夫。

这种五城八日游的旅行团广告一般都印成彩色的手册，伊达会把它们放在自己家的书桌上。鲜红的字体写着公司的标语："倾听欧洲心脏的跳动！"

旅游团第一天早晨从华沙出发，午饭前抵达克拉科夫。第二天晚上出发去维也纳，第四天离开维也纳，前往布拉格，两天后到达柏林，并在参观完所有景点后直接返回华沙。旅行社老板成功地说服了其他城市的旅行社一起合作，所以现在环游旅行可以从任意一座城市开始，按照一个既定的节奏

---

① 东欧德裔阿什肯纳兹犹太人传统器乐，起源于犹太婚礼及其他庆祝仪式上使用的舞蹈音乐。

进行，于是利润就滚滚而来。

每次带团出去都是一样的套路——游客们跟在她的身后。女人们总是精力更充沛，富有活力，准备好了去征服世界。去博物馆的路上，她们看着关了门的店铺里的陈设。男人们总是晕晕乎乎，一头雾水，最喜欢待在酒店里，数一数酒店电视频道的数量。旅行团里的人从没能一起在绿灯亮起时过马路。总是一拨人走过去，再等下一拨。伊达举着一把绿色的伞，其他人像小鸡一样围着她。带着他们走吧，绿伞！

两座巨大的博物馆建筑相对而立，就像两个聋人，必须相互看着对方的嘴巴才能交流。一个是自然博物馆，另一个是文化博物馆。一个博物馆里有恐龙骨架和成千上万只从世界各地的海滩挖出的贝壳。还有从地底深处采出来的矿物，被放置在陈列柜中，配着一些密密麻麻的小到难以辨认的说明文字。其中一些矿物是珍贵的宝石——被赋予了丰富、具体的名称：玉、孔雀石、透明石膏。其他的则相反——只是些有趣的玩意，不值多少钱，仅能描画一些无关紧要的事实：这里有一片蕨叶嵌在了石头里，一片草叶淹没在琥珀里。整个展厅都被各种动物填满。动物标本上用玻璃仿制的眼睛倒映在长方形的窗户上，仿佛那些空荡荡的尸体还幻想着能跑出去。它们的毛发早已失去光泽，身体上还有些地方已经没了毛，只剩下光秃秃的皮和开膛破肚后缝合身体的痕迹。蝴蝶的翅膀被小心翼翼地展开，它们小小的腹部似乎只是一个麻烦的附件，一个用来插标本针的地方。这里还有猛犸的牙、大猩猩的爪子、泡在福尔马林中的绦虫、蟒蛇皮、煤和云母。

第二个博物馆里总是挂着一幅巨大的、蓝色的广告条幅——"新展"。大部分游客不爱看自然展，而更喜欢文化展。人们不想看那些干枯的、塞得满满当当的、大自然的碎片标本。这种东西看看电视就行了——在电视里比在现场看到的更清楚。珠宝商店里不缺玉石和孔雀石。动物园里有的是各种动物。贝壳被装在方便的包装里，在花店和浴室装饰品商店出卖。

人们顺着宽阔的楼梯走上去，并等她一小会儿——她得去购买团体票。他们可能是第一批游客，博物馆里还很空，他们的脚步在满是画作的一层层展厅里挪动。博物馆的餐厅里飘出新煮好的咖啡的香气。

她想向游客们展示的东西无法立即看到。大家必须穿过一个个满是象形文字、石棺和墓碑的展厅,然后才能看到一些五颜六色的光滑的木板画——人们的眼神在这些画作上飞舞,难以集中注意力。圣母总是一样的——线条柔和而光滑,无论丑陋还是美丽,都没有腿。这些神圣的半身像似乎是从某种物质的褶皱中生长出来的。画上的小孩子看起来也不像现在的婴儿。

她一早给游客们打了预防针,告诉他们无法看到全部展品,只能选择三到四幅画作仔细欣赏。这些作品太多,太多了。这一切都太多了,一切都发生得太快。他们全神贯注地走着,伊达觉得他们身上已经积聚起一种永恒的需求,要形成一种哪怕很小的属于自己的观点,因为不加判断的观察只是一种视觉练习,就像在眼科医生那儿识别字母一样。他们的脸在乞求,让他们能够稍稍地做出一点自己的判断。不如此,他们就是不自信的、无能为力的。

直到进入勃鲁盖尔厅,伊达才打开了她的扩音器,这是仅能供团员收听的扩音器。她摇动了一下伞,把旅行团招呼到自己身边——这把伞把人们四散的目光集中过来。她告诉他们应该如何观赏。她的手在空中划着弧线,勾画出一个造型的轮廓,指出一些隐藏的对称之处。人们集中了注意力,仿佛就要接近一道难解的数学题的最终答案,这答案他们几乎已经知道了，只是还无法演算出最终的结果。就在这儿了，有些人已经把脸靠近了画布，他们相信解题所需的最终关窍，就隐藏在看不见的油漆质感之中。

"你们看到什么奇怪的东西了吗？"伊达提高了声音问道。

他们用目光扫描着画作。他们看到了些东西，一些他们不认识的东西：帽子，一个大大的木头勺子，紧身袜，画上所有的东西都很奇怪，描绘出了一个简化了的，但充满细节的世界，有点像电视里展示出来的那样，不过他们不确定，伊达问的是不是这个。他们缓慢地摇摇头，带着期待的目光看着她。

"这儿有一条多出来的腿。"伊达平静地说着，用手指指出来。是的，当然。他们笑了起来，好像抓住了往洗碗池里尿尿的老师。是的，他们逐个观察两条腿的人物，可这里多出一条腿，从桌子底下伸了出来，一条穿着黑色袜子、无辜的、迷失的、荒唐的腿。他们松了口气笑起来：原来如此。这很简单。我们解出了一道难题——这是个玩笑，或者小错误。画师数错了脚。大师也是人嘛。

现在，她把人们带到侧面的一条小走廊——他们跟着她，有点失望，因为他们没有在所有经过的画布前停留，不过他们毕竟是信任她的。"如果我只能从这个博物馆拿走一幅画，我会拿走这幅画。"伊达用手中的雨伞指着维米尔①的画作。人们围成一圈,顺着伞尖所指的方向看去。上一次,她在带另一个旅行团时,指着委拉斯开兹②的作品说了同样的话。在此之前,她还这样评价过画着鱼、螃蟹、龙虾的小静物画。

不止静物画静止不动,这里的一切都静止不动,死气沉沉,它们在某个瞬间被凝固、钉住,解剖。陈旧、褪色的肖像画中,主人公的脸色与大地的背景融为一体,路边不再有树木,角落里也没有了偷偷窥探的小狗。华丽的丝绸衣料已经腐化,小小的手掌不再清晰,戒指从上面掉落下来,清凉芬芳的牡丹花不复存在,化作一团尘埃,没有留下一丝痕迹,水分蒸发了,颜色分离成了氧化铁,气味变成原子向上飘升,被水滴困在汗水中形成溪流,水变成了一拨一拨的昆虫,被鱼吃掉,鱼最终进入鱼塘,又从那里进入温室大棚中成了肥料,在那里变成草莓或桃子,进入她曾经和女儿一起吃过的冰激凌里。吃过了冰激凌的伊达就去睡了,却并不知道,她的身上已经带着那幅不朽的牡丹画作中的香味的碎片。

———————

① 约翰内斯·维米尔,出生于荷兰代尔夫特,荷兰优秀的风俗画家,被看作"荷兰小画派"的代表画家。
② 迭戈·罗德里格斯·德席尔瓦-委拉斯开兹,17世纪西班牙最伟大的画家,对后来的画家影响很大,弗朗西斯科·戈雅认为他是自己的"伟大教师之一"。其对印象派的影响也很大。

而现在，人们可以看到，这幅画面只是一种不稳定的、未经锤炼的技艺，是一种对手艺的炫耀。人们以为自己能够重现海市蜃楼，能够复制一些甜蜜的、粉红色的错觉，能够说服那些坐着大巴车环游世界的观众和浪迹天涯的人们，他们没有看应该看的东西，而是体验着最不重要的东西——形式、形状、外观。她什么都不学，也没有发现那些化学、生物、物理课一开始就应言明的显而易见的真理：我们的肉体是由已经死去的东西组成的，那些东西存在于另一个已经过去了的世界，我们是腐朽的最美丽的结果。

"你们看，"伊达说，"你们看，这线条多么轻柔，像雾，像光，模糊了边界，让我们觉得这画作十分立体……"

她说的那些他们看到了，感受到了。他们的目光塞塞窣窣，仿佛那些打量、辨认最微小细节和突然注意她说的话的动作都是能够听得见的。这是一种近乎催眠的状态。伊达在催眠大家。如果他们能够拥有这个博物馆的一幅画就好，是的，他们想要的正是这一幅。于是，大家在博物馆商店买的明信片全是绘有维米尔画作的那一种。

现在他们坐在厨房里，奥尔加、斯特凡、亚德里安和伊达在餐桌旁边吃着午晚餐。伊达把黄色奶酪片卷成卷，切成细条放进嘴里,然后放下了刀叉。

"您的经历很丰富。我也很想这样。"亚德里安惊叹地说道。

他刚刚用非常专业的手法给狗儿打了一针,连几秒钟都没用到。

"这份工作,"伊达说,"这种重复的旅行,毫无新意。"

"我的工作也是不断的重复。日复一日。幸好还有一年四季的变化。"亚德里安说。

"那么您,您是怎么来到我们这儿的?"奥尔加突然问道。

伊达很意外,不过亚德里安转身附向奶奶的耳边说:

"你不记得了,奶奶? 这位女士是从华沙来的,她出了车祸。"

"哦,对呀,"奥尔加想了起来,"不好意思。"他们吃着没煮熟的红菜面团汤。伊达想知道,他们都养了些什么动物。不过亚德里安听到这问题便爆发出一阵笑声,带着一种了然的目光看向斯特凡。

"不,我们不养动物,恰恰相反。"

他说,人们总想给动物实施安乐死,但这是不必要的,因为病痛还会发展,他们还有机会再多活一阵子。但是人们就是这样没有耐心。哪怕动物自己也同意死去,它们也不会喜欢死亡这个过程。他很不愿意给猫猫狗狗实施安乐死,即使它们离去得并不痛苦。总之,他会很难过。所以,他把那些快要死掉的动物从其他人那里抱来,可他自己又没有多少地方,于是他就请那些退休了的、有空闲时间的邻居们帮忙。他们都会帮忙。于是他就把这些"展品"给邻居们送来。他说"展品"的时候,冲着奥尔加笑了笑。

"您是反对安乐死的。"伊达说道。

"哦,不,不是这样。我给动物实施安乐死。但是我常常感到难过,所以如果可以把它们带走,我就会带到这里来。而且这里的人们自己也愿意,他们请求我,让我把动物们带来——无论是活的还是死的。一匹马生病了,该怎么对待它,然后又怎么对待它的尸体呢?这是桩麻烦事。这是一系列的问题。"

"那你们呢?你们怎么处理这些麻烦事?"

"埋在庭院后面,就在那片矿山旁边。"斯特凡出了声,嘴里满满的都是食物。

"您想看看吗?"亚德里安问。

不,伊达可不想看。她说她已经好了,必须离开了。她还向他们致了谢。

如果他们不反对,她想在这里待到明天,然后一早叫辆出租车,去城里。

"报警电话一直无人接听。这可能吗?您觉得呢?是不是我拨错号码了?"

晚饭后,伊达帮亚德里安把病弱的母狗抬到了屋前的雪地上。今天早上的一切又重复了一遍——母狗四条腿摇晃着,一动不动地站了很久,然后排出了一泡颜色很深的尿液。接着它屈起后腿,坐在了雪地里,好像想要躺一会儿。亚德里安把它抱在了怀里。

"我已经问过您的奶奶一次了:你们为什么不给它注射安乐死?为什么看着它受罪,其实事情的结果已经可以预见到了。"

亚德里安把母狗抱在肩膀上,就像在抱一个孩子:

"死也是需要时间的。"

"这是你们的狗?"

"不,当它已经无药可治的时候,它的主人就把它留下了。我告诉过他,狗儿还能坚持两三天,可它甚至坚持了快一个月。您看到了吧?"

"可是它在受罪,这毫无意义。如果它早晚要死去,受这种折磨有意义吗?"

"它会被注射止痛剂。"亚德里安走进了房门,光亮从那里照了过来。伊达微微有些动怒。他们每个人都重复着自己的话,似乎无法相互理解。他们就像个复读机一样,说出来的话对交流无益。

"您不觉得这很残忍?它的病痛要持续这么长时间?"

"我奶奶说,它们根本意识不到死亡,您知道吗?它们是动物。它们不知道自己会死,也不知道自己出生了。"亚德里安小心翼翼地把母狗放进窝里,"但是我想,这不是真的。"

他走之前,在桌上留下了好多瓶药。然后他告了别,走了出去。过了一会儿,外面便传来发动机的轰鸣声。伊达帮奥尔加收拾了餐桌。奥尔加给她讲了一个漫长的故事,一个女人怀孕怀了好几年,她怡然自得地怀着这个孩子,不太想生下来。那个肚子里的孩子也很满意,长到了自己的尺寸才停止生长。

伊达捕捉到了斯特凡平和的目光,那意思就是:衰老可不是什么好事。

伊达走上楼,坐在整理整齐的床的边缘。她有点不自在,一定是奥尔加老太太把床铺给整理了,她动了她的被褥。她想起了一个一直都挥之不去的旅行时的场景,她不愿去回想那些带喷泉的花园。当她躺下时，已经知道，这对老人在某种程度上就像她的父母。明天，她向自己保证，明天一定要离开这里，继续前行，她要给警察局打电话，把汽车的事情解决掉。她不打算回到老房子那里去了。交通事故已经发生了两三天，她必须回华沙了。明天——也许是昨天——她就应该去医院做检查，同事们肯定也都在担心她。房间里很冷，她裹紧了被子，就像一个蚕蛹。这个细微的动作揭示了她的城市的形象——同样地冰冷和陌生。那画面刺激到了她，她不想回到那里。

这座城市粗粝又不温暖，城里的街道颇有欺骗性——它们并不通向任何一个中心，而是通向寒风凛冽的、无边无际的郊野。一条忧郁的河流穿城而过，城市羞愧地在它面前转过了身。低矮的房屋隐没于林立的金属脚手架上竖立的广告牌之中。一座座摩天大楼矗立在城市空间里，楼上的玻璃幕墙反射出广告牌的轮廓。灰蒙蒙的房屋之间挤进了一些公园，看起来好像荒无人烟的空旷广场。宽阔的大街上总是吹着刺骨的风，哪怕在夏天，这里的空气也很冷，涌向低处，这意味着，城市面对着一个无边无际的、巨大的东部平原。这里的人们从不看向对方，假装彼此看不见。他们在坐电车的时候挤来挤去，冲着别人翻白眼，总是满身戾气，眼神冷冰冰的，他们总是急匆匆地往城郊的家里赶。被抑制的攻击性会减慢他们的动作，因此乍一看他们似乎很放松和平静——这是一种非常具有欺骗性的错觉。因为他们本质上是在埋伏中前行，随时准备开始战斗。

这是一个怒气冲冲的城市——在这里随处都能感受到一股戾气，像烟雾一般无孔不入，灼伤我们的眼睛。这怒气只是微微地被灰尘掩盖、粉饰；它在城郊不断累积，并在每天早晨和成百上千从郊区赶往市中心上班的人们一起涌入城市。汽车冲上新的交通动脉，即使驶入小路也不减速。行人在这些"极速飞车"前仓皇四散，就像是一个个大水滴，一个个软绵绵的盛装血液的容器。人们推搡着挤进电梯，在那个移动的礼拜堂里为自己抢占一席之地，他们抬眼，进行一场自私的祈祷——上帝啊，请帮我度过今天，赐予我力量，让我能够保护自己。

伊达早就应该离开这里，哪怕是要跟着钟表的指针没完没了地带着"欧洲之心"旅行团环游欧洲，一圈又一圈。

几年前，她和母亲最后一次一起过圣诞节，她给母亲买了一枚戒指。给自己的老母亲买戒指，这是不是个好主意？那是个细细的金戒指，上面镶嵌了绿松石。母亲很喜欢绿松石——那是种带有童趣的石头。事实上，每个女人都还是个少女。伊达记得，在她十五岁的时候，她的个头就超过了妈妈，从那时起，她就意识到自己已经长大了，母女之间形成了一个不成文的约定，她成了自己母亲的妈妈。可是戒指太大了，总是从手指上滑落。母亲坐在床上，满意地试着，这戒指的大小只适合食指，看起来有点轻佻，像是个玩笑。她弯了弯食指，可这一切在伊达看来都是一种不舒服的、略带讽刺意味的举动。戒指失去了所有价值，没能成为她与母亲最终和解的象征。

  那时她总是住得很远，只能坐夜班火车去看望母亲，那是一种怪异的、"虚假"的旅行，并不是真正意义上的空间转移。她通常在中央火车站登上夜班火车，喝一罐啤酒，这样就能在卧铺车厢睡着，然后就在列车的摇晃之中进入浅浅的、并不安稳的睡梦之中。旅行的尽头总是微曦的天光，火车缓慢地开进一个空旷的、山峦起伏的世界，那里没有了人工创造的、按照人的规格创造的城市的地平线。那里是一个巨大的、开放的、无法描述界限的人类文明并未波及的区域。从小城火车站走到村子里还得打辆出租车，车费不菲，然后还要继续沿着狭窄的小路往山脚下走很久。所以，她给母亲买的所有礼物都必须又小又轻便。

见面时，她们互行吻颊礼，就像两个女邻居——互相碰碰脸蛋。妈妈总会因为她带去的巧克力和一些小小的化妆品开心起来。然后她们一起喝点咖啡，妈妈给她讲些村子里的家长里短。这种八卦总是带着讽刺和些许恶意。她自顾自地说着，常把一些波兰语和乌克兰语单词弄混。以前伊达受不了这个，不过现在习惯了——"母亲的特质"，就和她那小小的身体、那有些神经质的动作、那尖尖的笑声一样，都独属于母亲。

父亲死后，办完父亲的葬礼，经过了那些冰冷的日子，当一切都结束之后，母亲宣布，她要立刻搬离那里。

"你要去哪里，妈妈？"伊达问她。

"去你那儿。"

可她并没有离开家。她说，她要静一静。她侧身躺在床上，手臂枕在头的下面，另一只手臂裸露着，上面盖着一个冷冰冰的、光滑的带有流苏的床罩。她还说着"他把我关在这山上这么多年，这个老东西"，诸如此类的话。伊达觉得很难过，不应该这么说一个死去的人，只能说他的好话。不，她没什么大事，她只是想躺一会儿。母亲没有阻止伊达离开。没有问有关玛雅的事，也没过问她的小儿子，没有看放在桌上的钱，她把父亲的保险赔偿金和自己的一点钱放进了信封，那是女儿给母亲的钱。伊达不知道该做些什么。她在父母家里走来走去，看到死亡的气息在这房子里蔓延开来，倒也不算坏事。这气息像寒冰，像黏糊糊、又有点暖意的霜，在每一个物体上都覆盖了薄薄的一层，穿透了瓷砖的缝隙，松动了房门的铰链，于是每次有人踩过瓷砖、推动房门的时候，它们都会吱吱扭扭地发出响动，仿佛在抱怨着什么。伊达拿起一瓶很久以前的油，已经坏掉了，就像家里大多数的食品一样。她拿起注油器，慢慢地用机油一滴滴地浸湿铰链，也没有什么用。门把手断了，床头灯的线烧坏了，天竺葵枯萎了，装燕麦和面粉的陶瓷容器里布满了蜘蛛网，装内衣的柜子里有一个老鼠窝。房子北侧，靠着山坡的那面墙上长出了一大块棕色的霉斑——好像基督的脸，将在世界末日之前出现在人们面前。起初她认为一切都可以修补——用肥皂、水、刷子（他们甚至没有吸尘器）、螺丝刀和好一点的清洁粉。时至春日，天气越来越热了。但后来她发现还有一些其他的问题——房子正在死去，它失去了免疫力，在一切大大小小的瘟疫面前败下阵来，这就像一个人，患上了致命的疾病，突然意识到，自己已经无药可救。

伊达不敢就这样离开，所以她花了一整天时间打扫这座房子,然后在屋前的长凳上坐下。晚上,当天色黯淡下来,她就去厨房,在那里抽烟。母亲躺在床上,一言不发。于是伊达离开了。

6

她甚至没有脱衣服,她睡不着。她站在黑暗、冰冷的房间中央,那里散发着一股带有苹果味道的潮湿气息。她感到很疲累,似乎错过了什么,似乎发生了一些很可怕、很重要的事,一些她无法去思考的事。所有其他的想法都准备好了被思考,这些思绪噗噗落下,就像成熟了的李子。只有一个想法她抓不住。这个想法具有棱角分明的形状、粗糙甚至尖刺的表面。它很烫,没法握住。它在燃烧。发生了一些事情,但伊达不知道究竟是什么事情,在何时发生过。她把各种事件在眼前展开,就像在一条白雪覆盖的道路寻找方向点。她必须把一切都整理好,然后才能平静下来。她听到楼下其他人发出的声音——这声音她已经听到过了:走路声、木质楼梯上的脚步声、房门开合的吱吱声、浴室里的排水声、水泵意外打开时的轰轰声。

事情从未按照她期待的那样发生——这大概就是生命的奥秘吧,她如此想到。总有一些意想不到的、令人惊讶的事情出现。实质上她过着两种生活。一种是她的想象,应该发生什么,事情该是何种面貌,这种想象一点也不神奇,更不是某种假想,它的结果需要通过长期的艰苦学习才能得出:研读教科书,倾听人们的讲述,观看电影,阅读日记。就应该是这样,其他人也都是这样做的,而她与别人毫无二致,所以这一版本的生活也应该属于她。这是一种预先被体验过的、被解读、被理解、被记入那些并未发生过的档案中的理念。这是一个巨大的仓库,里面有多到望不到边的仓房,每一个仓房上都有一个招牌,上面写着:"原本应该这样。"在这里,生活形成了一种有意义的序列,可以成为其他人,那些文明程度稍逊的人们的教科书。还可以进行一些讨论——这里的所有人都能相互理解,词语的意思是一样的,行为会有好坏,形势或有利或不利。所有的、哪怕是最小的事件也会在这里具有自己的级别和重要性,会成为因果逻辑顺序的一部分,会激发信任和喜悦——就像一些光滑的、内部带有图案的玻璃球。她可以和尼科林在这里举行学生时代的婚礼——简朴而庄严;也可以第一次把玛雅带到这里,让她给她喂奶;她的父母可以来这里看望读书的她,在宿舍楼的大厅里等她,头发花白,局促不安,周身透着乡土气;玛雅吃着可可饼干,小脸脏兮兮;尼科林的笔在纸上留下一个几乎看不清的微小图案,形成一句话,讲述一个惊人的事实。

可是,同时也存在着其他的记忆,其他的仓库——那里有真正发生的事情,它们穿透一层薄薄的胶片,可以用摄像机记录在磁带上作为证据。证明什么?伊达不知道。事情在表面上常常表现得和另一些事很接近,几乎一模一样,虽然有时候——事实上——它们之间也有些区别。不过所有事件都有一个共同点——都有些草率的意味,仿佛是从同一个坏掉的模具里造出来的。

他们的婚礼有些混乱,话筒坏了,于是他们俩谁都没听清穿着礼服的民政局官员对他们说了些什么;婚纱太长,高跟鞋踩在裙尾,裙褶散开了;有人迟到,在一行行座位之间横冲直撞;端上来的罗宋汤是凉的;公交车冲过水坑,溅起的水花弄脏了宾客的大衣。他们的婴孩儿被紧紧地裹在蓝色的毯子里,有些无精打采,小脸皱巴巴的,预想的激动情绪并没有出现。伊达急忙打开包裹,检查一切是否正常,然后——即使她没事——还是哭了一整夜。

两段记忆之间的差别越大,痛苦就越多。什么事情都没有坚持到最后，结果也有所不同，不知道为什么最后一切都马马虎虎，支离破碎。

母亲因为脑溢血在华沙一家拥挤的医院里死去，走的时候食指上戴着她送的那枚戒指。可是戒指会消失。在母亲的葬礼上，尽管伊达竭尽所能地避免，可还是想起了那段陈旧、伤心的回忆：那时她只有十二岁，看到母亲躺在一个肥壮的陌生男人的身体下面，在看到长筒袜吊袜带的那一刻，她就知道，那是她的母亲。哪怕那时母亲还未转过头，用她那闭着眼睛的表情击溃了她的内心，伊达觉得，那种内心的崩塌，永远地留在了那里。

她在一年之中先后失去了双亲——他们的离世很是潦草。她一直心怀期待，觉得死亡是一件重要的事情，与之相关的一切都应十分隆重。可事到临头她才发现，死去就跟我们活着时的生活一样无足轻重。

她急匆匆地将母亲葬在了一个光秃秃的墓地，因为当时是八月，暑热难耐，城里的人们也都纷纷出城度假去了。那墓地是能想象到的对于母亲而言最陌生的地方。她带有东部边区色彩的名字短暂地吸引了一阵子过往行人的注意，还引起了他们的嘲笑。虽不情愿，伊达还是把父母分开安葬了，他们从来就不登对。

母亲走后,她感到一阵轻松,同时又觉得愧悔。这两种感觉总是相互缠绕着,恣意生长,伊达根本无法像分开安葬父母那样把这两种情绪分割开来。不过这种感觉她很熟悉了。当年她离开家前往弗罗茨瓦夫的时候,也有同样的感觉。

伊达记忆中的弗罗茨瓦夫只有冬天。这是为何?也许她的记忆是黑白的,也许她并不喜欢色彩。对于她而言,弗罗茨瓦夫只有冬天这一个季节——广场上的石板路结了冰,残雪留在人行道的砖缝里。每个人的脸都被呼吸产生的哈气笼罩。那时伊达十七岁,她的学校是一座德国人留下的建筑,外墙上满是带有麻点的石膏和战争留下的弹坑。她站在空旷、阔大的广场上面,似乎别处再也没有这样的广场。事实上,这里曾经有条街道,人来人往十分热闹。现在只有一所寄宿制的美术学校。伊达穿着一件由妈妈的衣服改制的米色外套,用结实的深浅双色条纹布制成,这让她觉得羞愧,那时流行的是短款人造皮草和人造革短靴。星期天她总是一个人留在宿舍里,因为她不想回家。有时父亲来看望她,一般会提前一天给她发封电报:"我会在周日早上抵达。"他从一个带拉链的黑色提包中取出蜂蜜、自制的香肠、覆盆子果酱和干酪,告诉她,妈妈为她烤了蛋糕。伊达把这些放在一边,并不去看它们。然后他们去冰冷的户外散步。沿着希韦德尼茨卡大街走到老城广场,然后拐弯朝着弗罗茨瓦夫大学和奥德河的方向走去。父亲倚着桥上的栏杆,看着鸭子用脚蹼笨拙地拍打着靠近河岸的冰面。他们在火车站的餐厅吃午餐,伊达一边喝柠檬茶,一边给父亲讲讲她的作品。有时候他们聊聊纱线的颜色,有时伊达的舌尖上冒出的完全是一些别的什么东西,但她知道,父亲对生活有自己的理论,不愿意就此与她讨论。一切都是科学,只能这样对待,每一次经历,每一种感受,悲伤、愤怒、遗憾,每一次失败,甚至是车站屋顶上的昏暗的灯光,这一切都是教训,要教会我们一些东西。如果明白这一点,生活就会变得像幼儿园一样轻松,甚至愉快。这是一个很简单的人生哲学:我们是学生,我们在准备考试。下午四点,父亲乘火车返回。他隔着车窗向她挥手——瘦削,满面皱纹,戴着一个皮毛制的船形帽,他这个年龄的男人都戴这种帽子。

不,那里不只是冬天。她的眼前突然出现了森波尔纳花园模糊的、不确定的画面——她和母亲、父亲一起散步,他们惊奇地凝视着一座座大别墅旁开满了鲜花的园子。橙色的萱草和紫色的鸢尾花开得正盛,所以那时一定是五月——在弗罗茨瓦夫,一切都比别处更早成熟。他们在寻找正确的门牌号,最终走到了一个别墅旁加建的小房子前,那里有各种彩色的纱线团。父亲在那里仔细地看,那是一种锋利而粗糙的地毯纱线，颜色并不丰富。黄色和棕色相互挤压着，看起来并不舒服。父亲有些失望，用指尖抚摸着大大的线轴。伊达知道，他想要什么——花园里的萱草的那种橙色，鸢尾花的那种紫色，洋红色，黄色，还有巴黎蓝。不过人家给什么，父亲就拿什么，有点犹豫。他从坏掉的钱包（后来伊达给他买了个新的，作为圣诞礼物放在了圣诞树下）拿出钱的时候还考虑了一下，然后把沉甸甸的线轴塞进带拉链的空空的大包里，就是那个给她带食物的大包。

后来的几十年里，直到最后，父亲都坚持给她寄节日卡片和一些简短的信。他的笔迹看起来一年不如一年。他写的每句话都以一个短破折号开头，好像是在写一份目录，记录着女儿不在家时发生的事情。伊达喜欢这种记录事件的方式，这让她觉得更亲近。比如，父亲这样写道：

亲爱的伊达：

——我们这里一切如常。

——你的妈妈脚崴了，打了石膏，不过现在已经把石膏拆掉了。

——你的波兰语老师去世了，我们去参加了她的葬礼。

——我把织布机搬到阁楼里了。我不会再织布了。

——妈妈是对的,我织的小地毯根本没市场。

——巴查死了。我们不想再养其他狗了。

如此这般。从他的最后一张卡片中,伊达看不出来父亲病得很重。

她走到窗边,看到了窗外的远山:陡峭、巍峨的山体上满布闪闪发光的花岗岩和火山熔岩。天空清澈,仿佛黑色的表面被打磨过,反射着月亮的光。雪的颜色变成了霓虹色,紫灰色。

她必须行动起来,必须从这儿走出去,虽然到处冷冰冰,一点儿都不舒适。她必须把所有琐事处理完:钥匙、电话、医生、钱。明天就办。现在,她穿上了衣服,不过这衣服又冷又潮,一点儿也不舒服。她把衣领立起来,悄悄地走下楼梯。白狗在阴暗中审视着她,仿佛在犹豫,是否要跟着她走。它看了看身后,仿佛等着屋里有人叫它,可是没人,它把没有反应视作允许,然后漠然地,就好像在完成一个无聊的任务,跟着她穿过庭院,朝着山的方向走去。

伊达经过一道道铁轨和一排排空房子。水坑表面的薄冰在她脚下裂开,严寒尚未结束它在夜里的工作。她看到一个废弃的广场,那里应该曾是装卸货物的地方——矗立着一些空的、生锈了的集装箱和一些破旧的吊臂。远山看起来危险又陡峭。山坡上长满了幼小的桦树,光秃、瘦弱,像一群小树组成的童子军,勇敢地向山坡发起进攻。在这个陡峭的山坡上,雪都很难存住,露出了粗糙、灰暗的表面,上面布满了雨水形成的一条条小溪流,蜿蜒曲折、相互交错,顺着山坡延伸到山顶。那一定是一条路,人们曾经推着手推车上山。这条路隐藏在光秃的小树之间,谨慎地盘绕而上,通往山顶。

"咱们走吧。"伊达冲着狗儿说道。

小路很狭窄,不过还算坚硬。坡度也不太大,所以爬上去还算容易。她走得很稳,看着脚下,她习惯了站在山路的左侧,左手是山坡,右手边有一片空地。山下的灯光星星点点,像一片美丽的群岛。伊达在一片灰暗中向上攀爬,相信沿着这条路就能爬上去,到达金字形神塔的顶峰。可是,如果在一个黑暗的球体中,在螺旋中,一遍又一遍地在同一个圆圈中行走,什么都看不到,那么这场旅行又有什么意义?她叫了一声狗儿,声音锋利地在雪光中回荡,仿佛从远处传来——又投射在某些东西上面然后反弹开来。伊达想象着,有人从山上下来，在这条狭窄的道路上不得不与她擦肩而过。她很惊讶，她看到了母亲，那个记忆中开车送她去医院时的母亲——一个瘦削、驼背的老人，脸上带着一种扭曲、讽刺的表情，仿佛多年来不得不忍住笑容。她穿着一件带毛领的千鸟格大衣，显得格外隆重，每年换季时母亲都把装薰衣草的小袋子放在大衣的里侧。母亲的形象带来一股暖流，将伊达笼罩，仿佛在黑暗中摸索的双手终于碰到了一个熟悉的、安全的形状。她说："妈妈。"其实她不用跟母亲打招呼，彼此对视就已足够。原始的、创世般的宇宙机制被激活——两个大陆、两个巨大的构造板块彼此重叠，巨大的峡谷、山脉、海洋和洼地彼此适应，河道也相互匹配。这应是一段很久以前、从一个迷雾笼罩的童年开始的记忆，关于成为一个相同的、熟悉的、温暖的、良好的有机体的愉悦的意识。没什么不足的，形成统一的行为是如此的确定和明显，只需一瞬，二者就会合为一体，然后一切都将停止。然而我们发现，事实并非如此。相互间的匹配并不准确。有些微小的事物并不相互适合，而且这样的事物越来越多，直到最终不得不承认——一切都合适，然后是挤压、疼痛。最后离开。

白狗像一阵烟似的从山上跑下来，仿佛在检查伊达是不是走丢了。多年来，伊达一直将千鸟格外套挂在房间的衣架上，把薰衣草药包放在衣服口袋里,和妈妈一样。后来的某一天,她把薰衣草分成了两份包在纸里,扔进了装旧衣服的盒子里。

道路越来越弯曲,这是一个好兆头——她们一定快到达山顶了。天空渐渐亮了起来。

这时她看到,在她的对面,玛雅从高处走来,她步子不太稳,穿着一条低腰牛仔裤,紧紧包裹着突出的髋骨,肚脐眼周围干燥、绷紧的皮肤露在外面。她看着自己的脚下,没看到伊达。哦,玛雅——伊达觉得自己的肚子里绽放出一朵肉芽,每次时隔许久见到女儿,她总是有这种感觉。这是一种轻柔的颤抖,一个动作,一种提醒,提醒她的身体曾经承载过另一个身体,尽管时间并不长,大概也就是人一生的百分之一。玛雅抬起头看向她,目光大胆,带着些挑衅的味道,但伊达知道,她看到的玛雅弱小、迷失,面带倦色,眼睛下面有黑眼圈,她肯定又没吃东西。"你是怎么到这里的?"玛雅会这样说。"哦,说来话长,我会告诉你一切,"她会这样回答,"好久不见。""是啊,很久了。""你什么时候回来?""那你什么时候回来呢?"她用另一个问题来回答玛雅的问题。"你应该每周寄卡片给我,可我只收到了一张节日卡片。"玛雅走到她身边,把头靠在她肩膀上。"在这里等我,我先爬到山顶,"伊达说,"我马上回来,然后我们一起下山,我把一切都告诉你。"玛雅拿出一包淡味万宝路，点了点头，表示她会等着。

突然热起来，伊达解开了外套的扣子。道路变得亮了起来，那是来自天空的璀璨星光照亮了山路。她看着非常近的天空——后发座就在星空的正中央，就在她的头顶上。她甚至不知道自己是什么时候来到了平坦的山顶，这里并不比普通广场大；山顶中间有一个土堆和一辆翻倒了的生锈的手推车。她不能再往前走了，已经到山顶了。一阵微风吹过，从这里可以看到山下的一片巨大黑暗，其中有星星点点的光亮，好像圣诞树上的灯光，又似乎残留的天光凝结成了一些细小的、迷失在空中的光的碎块。从这个距离看，那些城市、道路和危险的弯道显得不再真实，当然事实上这可能是一种幻觉，一种冬天里的海市蜃楼。但离山越远，那里就有越多的灰色，在遥远的、乳白色的地平线上，隐约现出一片覆盖了白雪的山脉，高而平缓，山尖被积雪截断，显得平和又安全。那里一定就是太阳升起的地方。伊达靠在手推车上，看向那里，她从未见过如此美丽的景象。群山之前是一片灰白的、泛着银色光芒的平坦空间，树木和房屋的轮廓从这片灰白中渐次显现，那里还有教堂，它的塔顶好像帐篷中间的主杆，支撑起泛白的天空。伊达看到了远处的天际，每一个边缘都准确而清晰。这是一种完美的对称，就像一幅构思严密的钢笔素描。一条条公路穿过城市,好像珍贵的珠链。她想要去到那里,在那片洁净、光明、平和的土地上生活。

她想要抽支烟,虽然很久之前她就不抽了,一定是玛雅手中的那盒烟唤醒了她以前的烟瘾。她想抽一根,她都不记得抽烟的感觉了。被某种事物吸引,继而惊叹,必须立刻吸入烟雾,否则就承受不住这份狂喜。

白狗绕着她转圈,踩出了一串松散的脚印。伊达快速地返回。可玛雅不在那儿了。她一点也不惊讶,玛雅从来不等她。她把她甩在身后,向前走了,走她自己的路。

玛雅在三十三年前来到这世上。她的出生伴随着母亲的阵痛。疼痛到晚上变成了有节奏的抽痛,好像风暴来临前呼啸的风声。那时是夏天,城市还在沉睡,最后一班电车的铃声飘过,远处有救护车呼啸而去。被高温闷蒸了一天的墙壁散发着余温,待在这样一间逼仄的出租房里难受极了。伊达走下楼,来到广场上,在一张长椅上躺下。她看着星星一点点落下,想到其中一颗一定是孩子的灵魂,可尼科林一边叫出租车一边告诉她,那是狮子座一年一度的流星雨。在医院的病房里,另外四个女人正在熟睡,伊达不敢惊醒她们,只好仰面躺下,感受着阵痛一波波袭来。她仿佛看到了阵痛波起伏,就像一幅坐标轴上的曲线图。这种疼痛令她坐立不安,感到身体被撕裂,然而规律性的疼痛令她有信心坚持下去。她在想,是否可以从中总结出一种范式。接着她便睡着了。一早,她被带去做检查——先是和其他女人一起站在走廊里排队,她们都胡乱地罩着病号服。轮到她的时候,她发现诊室里有几个学习分娩的学生,一水儿的男性,他们还几乎是小伙子。他们让她躺在妇科检查椅上,伊达挺着大肚子,双腿分开。他们仔细地观察她,测量宫口开的大小,然后记录下检查结果。接着,她必须回到病房,把床头柜里的东西拿出来。书、晶体管收音机、几样护肤品、内衣,她把它们装进两个塑料袋,然后在接她的轮椅上坐下,但其实她自己能走路。她坐着电梯下到楼下,那里谢绝外来的访客,与医院其他部分也分隔开来,在那里,人们什么也听不到。阵痛再次一波波袭来,有时疼得令人无法忍受。她觉得身体里有什么东西破裂了,吱嘎作响,四分五裂。她好像成了一只正在蜕皮的昆虫,蜷缩在躯壳中。她的思绪四处飘散,有些害怕。他们将她挪到另一个妇科椅上,给她会阴处涂满泡沫,一个年老的助产士一边不停地跟她说话,一边刮下她的阴毛。接下来是灌肠——她被吓到了——现在一切都清楚了,她的身体已经不属于自己,她和它被分开了。身体要完成一个重要科目的考试,而她必须陪它经历这一切。

疼痛以均匀、收紧的方式循环着,令她陷入一种似梦非梦的状态之中。疼痛指数均匀地起伏着。伊达一直忍耐着不叫出声——况且她又能冲着谁喊叫呢?护士进进出出,议论着一个叫作米哈乌的男人。一个穿绿色制服的医生出现了一会儿,扫视了一下她的脸。她试着留住他的目光,可他的眼神很快移开了。他从下往上打量她,观察着她的身体,那里发生着的事情显然更要紧。医生出去后,嬉笑着的护士立刻进来给她打上点滴。这下别做梦了,想起身从这儿跑出去是不可能了——她的手被胶布固定在了床上。可是她无法摆脱逃跑的念头。她以前还不是从牙科诊室逃跑了很多次?那时她都已经坐在治疗椅上了,工具也已经在高压釜里消毒完毕,她却从椅子上跳起来跑了出去。她还曾在最后一刻从坐着考官的房间里跑了出去。直到现在,她都觉得可以临时叫停:不要现在,再等一会儿。还有时间,还应该好好准备一下。如果太紧张,她还有权利要求再进行一次彩排。我可以明天再生孩子,或者过几天,等我恢复状态,她这样想着,抓住一位路过的助产士的白大褂,神经质地重复着这几句话。助产士友善地笑着,可她的眼神冷酷又空洞,眼珠好像彩色的玻璃球——她没有回答,只是拍拍她的脸,仿佛她是一个不听话的孩子。"已经给你打上点滴了,这是催产素,会加快产程的。"她言简意赅,并不愿多说一个字,可伊达大受感动,几乎要哭出来。"您别走,请您留在我身边。"她轻声说。可是助产士很忙,另一个产妇正被推进来。两个产妇互望了一下,希望这困境能有所改变,毕竟现在她们有伴了;她们俩似乎心照不宣地达成了秘密协议,随后就被屏风分开。从这一刻开始,她们只听得到对方的声音。助产士不见了,伊达觉得手上还能感觉到她的白大褂那种粗糙棉布的触感。那是一种令人舒服的、安全的感觉,一种来自另一个世界的感觉。

屏风另一侧的女人一边叫喊,一边骂,脏话和"耶稣"来回反复地从她嘴里蹦出来,听上去颇为不雅,倒是逗乐了伊达。当下一次阵痛来临,它的作用快速到达了顶峰。伊达叫喊起来,这叫喊声太吓人,好像把弓拉开了,便再也没有回头箭。现在她什么都做不了了,一切都不可逆转,她已经被锁定、被绑住了,她的身体拖着她,她们两个一起坠落。到现在为止,一切都是假装,是奇怪的游戏,都是鬼扯,鬼扯。现在真相大白了——这就是死亡,因为死亡就是将选择的权力剥夺,使我们无法回头、无法说"不"。现在可以看到世界的根本结构了——它由大大小小的死亡组成,那些最细小的时刻就是被这样构建的:无力的时间碎块盲目飞行,摧毁路上的一切。

那是一种带着死亡气息的雪崩,日复一日地将所有生灵都变成残废。伊达在一瞬间看到:死亡无处不在,无所不能,它以一种温和的方式存在着,就像一个无力的、渴望刺激的性无能的人,偷窥着,并贪婪地吞噬每一段被看到的时光。伊达快被折磨死了,她不知道这些疾风般来来去去的护士和年轻的医生到底是来对她施刑,还是来帮助她的。当又一波剧烈的阵痛排山倒海地袭来,他们三个人突然扑到她的肚子旁边——显然,他们想要把她弄死;于是她猛地起来,一脚踢开了医生。这一脚重极了,医生一下子被踢到了墙边,他一把抓住窗帘才险险站住。不过助产士的力气更大,她们抓着她球一样的大肚子,好像在打橄榄球,她们把自己的整个身体都压在上面。努力终于起效了。疼痛变得难以忍受,就像什么东西在体内爆开、散落,又像是被撕成了碎片,仿佛上帝之手在捏碎一只臭虫。疼痛像烟花一样爆开,然后慢慢地熄灭。刺眼的灯光照在她的会阴部——那是孩子出生的地方。

他们把玛雅抱出来,然后举起来给母亲看。伊达看到玛雅又红又皱的小脸和嵌在小小躯干上的一双小手。她赤裸着身体,或者说比赤裸更甚,仿佛没有皮肤,只是一个脆弱的小人儿。他们把她送到伊达的脸前,让伊达摸摸她。伊达不敢,她有点犹豫。过了一会儿，她怯怯地抚摸着玛雅的小脚、脚后跟。这时他们把玛雅放在她的肚子上，一会儿又放在胸前，她觉得胸前像是有一种小小的、滑滑的小秤砣，她好害怕玛雅会滑倒，会掉下去，于是她用手掌抚着这个小小的身体。剧痛消失了，她觉得很幸福。护士们把孩子抱走，让她安静一会儿。她现在就像一个空空的提线木偶，一个被掏空了枕芯的枕头，又或者，是一个铰链门，有人刚刚从此穿过，这个人就是那个不真实的、可笑的、令人感动的新生命。而这其实是一个陌生人。她感到一阵感动，甚至觉得，她生了个妹妹，而不是女儿。她觉得，这世上的关系没有母女、父子，没有父母和子女，只有兄弟姐妹。她试着把这想法告诉另一个女人，这女人刚刚生出了一个弟弟，和她一起躺在空荡荡的病房里。可这个女人听不懂她在说什么，只是探起身来去摁铃。过一会儿护士就会来给伊达打一针镇静剂，好把这个秘密永远封存在密不透风的医院里。

7

狗儿一掌推开了房门。屋中又灰暗又清冷。主人们还没起床，于是伊达去厨房烧火。她宁愿看不到他们。至少不是现在。那些和他们进行的交谈,像是记录在纸上的对话,而那纸片会受潮、会碎裂。她和他们聊些什么呢?他们提了些问题,不会不期待回答。他们自言自语,然后又忘了自己说过些什么。他们机械地活动着,就像她母亲讲的乌克兰童话里的老爷爷和老奶奶。伊达把碎木片点着火,但木柴太湿了,并没烧起来,反而散发出一阵浓烟。她又试了一次,这回终于出现了一条微弱的火舌,舔着木头。厨房里静得能听到狗儿们的呼吸声——白色的那只在门口躺下,它累得睡着了。伊达往水壶里接了水,然后放在了烧热的炉板上。楼下不知道什么地方有水泵启动——那一定是水泵。起先她以为是一台开着的收音机发出的低低的音乐声。可是现在整栋房子都发出了声音——那声音从墙壁、从地下、从水泵传来,不过也许收音机也没关,他们可能忘了,昨天他们计划今天的外出时还听了天气预报,看看今天会不会下雪。很显然,他们觉得没问题,如果要下雪,他们就不会决定开着那辆旧汽车出门去。她在那张用旧了的沙发上躺了下来,沙发上铺着一张织有方块图案的毯子。她给自己泡了茶,不过忘记了喝,于是茶很快就凉了下来。

伊达像昨天一样走到电话机旁,可是又觉得这么早就打电话不太好。而且,那种不适的感觉又回来了,她觉得自己忘掉了什么重要的事情,如果想不起来,任何一个电话都是徒劳无功的。她想,她应该像她父亲那样——在这里把她的旅行整理清楚,一件事接着一件事,就从写短破折号开始。于是她试着写下:

——坐旅游大巴出发前往维也纳。大家都累了,打着盹。他们肯定看够了博物馆,想要回家了。捷克的高速公路令人昏昏欲睡,接着大巴驶往高处的山路,这时的景色值得一看——那里会让你觉得,整个平缓的平原地带都被你甩在了脚下。现在地平线开始上升,夜幕降临了。伊达坐在司机身边,拿出保温壶,给他倒了杯咖啡。他是个沉默的人,可伊达不以为意,絮絮叨叨地讲着,几个小时前,当他们发现现代艺术博物馆闭馆时所发生的事情。

那时他们都无奈地站在楼梯上。这真是个令人不悦的玩笑。难道不是所有博物馆都只在周一闭馆吗?这个博物馆居然在周三闭馆。为什么?谁这么大胆改了这个一直以来不变的秩序。外面下起了湿漉漉的小雪珠,落在那些维也纳女人的毛皮大衣上,像一颗颗小小的珠宝,还有一些盖住了维也纳男人们戴的黑色毡帽。白色的狗儿们四只脚交替地离开地面，仿佛有些不耐烦。

于是大家走进一家咖啡馆，在几张桌子前纷纷落座。咖啡馆像一个大大的玻璃阳光房。那里提供咖啡，当然也有萨赫蛋糕①。这时，一个老人冲着他们的桌子走过来。老人头发花白，身量矮小，佝偻着身体，戴了一顶白色的网眼礼帽。他看上去很着急，问人们有没有见到他的妻子。他说他的妻子刚刚还在这里，然后就不知道哪儿去了。"请你们帮我找找她，她是个漂亮、高挑的金发女人。"他的眼里蕴满泪水，下巴不停抖动，像个孩子一样。伊达站起来，环顾四周为数不多的客人。她追问，他的妻子长什么样，可是老人不断重复着同样的话：金发、漂亮、穿蓝色的风衣。她又转向隔壁桌的两个男人，无果。她一边走一边寻找着一个蓝色的身影。"也许她去洗手间了？""不，不，那里我已经检查过了，她就是不见了。""谁也帮不了我。"老人抱怨着。旅行团里

---

① 一种巧克力蛋糕，1832 年由一个叫弗朗茨·萨赫的人在奥地利维也纳发明。蛋糕由两层甜巧克力和两层巧克力中间的杏子酱构成，蛋糕上面有巧克力片。

有几个人也开始帮着寻找这位年老的女士。伊达不安地看着车水马龙的马路和公园里宽阔的草地与池塘。老太太会不会迷路了，她想，也许晕倒了。"您最后一次见到您妻子是在哪里？"老人指了指旁边的桌子。"什么时候呢？""哎，也就半小时之前，不会再早了。"老人说着，他的眼睛里流出两颗大大的泪珠，渗进了干枯的脸颊。伊达走出咖啡馆，走到熙熙攘攘的大街上，然后穿过马路，走向对面的公园，跟她一起过去的还有两个女人，两个波兰女人。她问一对推着婴儿车的夫妇，有没有见过一位穿着蓝色风衣的老妇人。他们很惊讶地摇了摇头。她还问了一个骑自行车的小伙子，也没有什么结果。她在大街上疾奔，没穿大衣，也没戴帽子，感受着冰冷、湿润的雪花打在脸上的感觉。她看着公园里一条条空荡荡的小路，听到自己踩在碎石子上的声音。她犹犹豫豫地走了几十米，越来越害怕，终于转了身，她想，应该报警。

老人在桌边哭泣，微微颤抖。他的身边站着一位年轻、高挑的黑人女服务员。她一边收拾玻璃杯一边说，老人每天都会来这儿寻找自己穿着蓝色风衣的妻子。可她二十年前就去世了。

"她已经死了!"她高声对老人说,语气清晰坚定,透着一股怒气。

伊达惊讶得说不出话来。接着她碰了碰老人布满老年斑、变了形的手,重复着女服务员的话:"她已经死了。"老人收回目光,向下看着自己的鞋子,有些惭愧,他站了起来,嗫嚅着:"抱歉。"然后快步走了出去。

司机叹了口气,只说了句:"可怜的人。"

伊娜突然摇摇晃晃地站了起来,靠在狗窝旁。它往前挪了几步,又站住了。伊达明白它在说什么——"我想要出去,可是没力气,帮帮我。"她把它抱在怀里,就像奥尔加之前那样,把它抱到屋前的雪地里。母狗有点惊讶地站着,往前走了几步,摇摇欲坠,仿佛经不起一阵寒风。"去吧,去吧,去尿尿。"她鼓励似的对它说。可伊娜却像是长进了雪地里,又仿佛来自雪域之外的世界,这世界无法将她们连在一起。于是伊达又把它抱起来,带进暖和一点的前厅,最后还是回到了厨房,把它放在那个散发着一股刺鼻的、甜腻又腐败气味的垫子上。她注意到,毯子上有发亮的棕色条纹,她的毛衣袖子和裙子上也有类似的条纹。母狗在流血,一股散发着恶臭的粪便和血的混合物从它的身体里涌出,它的躯体无法再假装成一个神奇的、完美的、封闭的机体,一个准时的、滴答作响的手表。它变成了肉囊,上面都是破洞,变成了一团皮疹,盘绕在肠道上,成束的红血丝充斥在肿胀组织的管道网络中。哦,伊娜。伊达觉得那母狗仿佛从自己的身体中抽离,她闻着那股恶臭,觉得自己很不好意思,眼睛里充满了负罪感,看着被染红了的灰色裙子。她抚摸着母狗的头,狗儿抬眼看向她,盯着她的眼睛看了一会儿,她觉得它在说:"你看吧,看吧,就是这个样子。"

可是伊达不喜欢这个结果。她环顾厨房,她明明看到过奥尔加给狗儿打针,这里肯定有一些安神药、止痛药、止血药、维生素、生理盐水、抗生素。她用目光扫视,寻找注射器和小药瓶,但绝望地意识到,她并不会打针,无法用锋利的针头刺穿皮肤,将未知的液体注入这个小小的身体中。她会这些操作吗?

她打开柜子,在抽屉里寻找,又看了看一堆玻璃瓶和锡质盒子。这两个老人攒了多少啊!她还发现了几个褪了色的袋子,里面装着蚕豆,还有一卷卷绕在木片上的线、单个的纽扣、缠在线轴上的丝带、空了的笔芯,以及多年前的硬质车票,上面有打过卡的圆孔。全是废品。过了一会儿，她突然停止了这种翻找，停了下来，接着从头开始，不过现在她的动作很慢，非常仔细地打开每一个小柜子、大柜子和橱柜，她看到一大堆旧物件，这给人一种错觉，似乎这里满满当当，但其实除了垃圾什么都没有，一件有用的东西都没有，柜子和抽屉事实上是空的。她打开那些罐子，罐底只有几片茶叶，几粒咖啡豆，早已风化、发灰，还有几块面包碎片，上面已经附上一层干枯的绿霉。刀子上长满了红色的铁锈，缺口的杯子上有一层黑黑的水垢。

伊达开始发抖，她觉得很冷。好像有冰冷的毛毛雨落在她的皮肤上。炉子里的火熄灭了。她没有站起来，在地板上跪走着来到狗窝前，把手放在狗儿的脑袋下面，感受着它的重量。狗儿的呼吸有些怪，断断续续的，仿佛现在呼吸一次可以坚持更长时间。这样就挺好。难道总得做点什么？就不能顺其自然吗？

后来发生了什么？她接着回忆：

——旅游大巴开到了一个旅馆门前。这房子在战前属于英格丽德家，她也是在这儿出生的。现在这房子属于这个乡，她从乡里把房子租了回来。英格丽德是个身材高挑、健硕的女人,有着白皙的脸庞和浅蓝色的眼睛。两条狗的毛色跟她的肤色很像,是浅浅的奶油色,好像没烤熟的饼干。狗儿躺在大厅里的沙发上。伊达对它们很熟悉,从未听到它们冲着自己吠叫。倒是当它们泥脚泥腿地就想进入房子时,英格丽德就用德语对着它们大喊:"出去!"她总是穿着橡胶靴或马靴,脚步声在整个一楼的石地板上听得一清二楚。她热情地跟他们打招呼,脸上布满了红晕,像个小女孩。她已经给游客们备好了晚饭,放在餐厅的桌子上。壁炉里烧着火。"欧洲之心"旅游团总是在英格丽德的旅馆过夜。

晚餐后,英格丽德还给大家送上茶水和家常点心。当客人们都去休息,就剩下她们俩的时候,英格丽德就拿出一瓶红酒和两个酒杯。她们坐在满是绿色植物的大厅里,坐在两个面对面的沙发上。壁炉里的火燃尽了,乳白色的狗儿卧在女主人的脚边。

"我真开心,你又来了。"英格丽德的波兰语带着浓重的德国口音,不过倒是说得一年比一年好。

伊达告诉她,自己的心脏有点问题,夜里常常会停跳,每次都平安度过,不过也许哪天夜里就过不去了,也许就是今夜。英格丽德问她,有没有去看过医生。伊达说,看过了,可什么问题也没查出来。

"这种神经性的反应不会死人。"英格丽德依旧带着口音说道,又点了根烟。烟雾一瞬间遮住她的脸。伊达本想跟英格丽德说点别的什么,她自己也不知道,怎么就开始说起了自己的心脏。这个她每次带团时才会见到的德国女人,她们每年也就能见上个三四次,她甚至对她并不熟悉,也不知道她是否理解自己,可是她却想告诉英格丽德,如果她心脏病发作,或者随便什么其他的病,她都是孤身一人。可是她觉得很不好意思,在这样一个外人面前表现得如此可笑。她都已经要开始说这个事了,脑子里却突然冒出了一个念头,好像是为了转换话题——她说她想去自己以前的家看看,那房子离这儿不远,一百公里左右。司机可以自己把旅游团送回华沙。于是英格丽德主动提出,可以把汽车借给伊达。

然后,英格丽德就不断往杯子里倒红酒,兴致越来越高,给伊达讲起了他们家族的一些奇奇怪怪的迷信。她说,他们有一个舅舅在黑森州①,大概是她的舅爷爷或者什么类似辈分的老人,岁数已经很大了,和他们从来没有什么联系,只在圣诞节的时候给他们寄张卡片。他名叫阿克塞尔,偶尔给他们打电话,每次都出乎意料,无缘无故,装疯卖傻。每隔几年,他就会来这么一出。可是不知为何,每次阿克塞尔舅舅给谁打个电话,那个人过一阵子就死掉了。是的,就是这么奇怪的巧合。她家里的人都怕了阿克塞尔舅舅的电话,又不能写信对他说,不要再打电话了。所以英格丽德很庆幸自己住在波兰,阿克塞尔舅舅没有她的电话号码,这样她就躲过了死亡。

她大声地笑起来,直到两只狗都抬起了头,用一种探询的目光看着她。

母狗的毛发像打了结的旧纱线,像一个个麻线团。有些地方的皮肤并未被长长的毛发盖住,露出的部分看上去绷得紧紧的,像黑色的连裤袜,盖住骨头的形状。伊达轻轻抚摸着狗儿的毛发。叫着狗儿的名字,但它没有反应。

---

① 黑森(德语为"Hessen")是德国的一个联邦州,首府为威斯巴登,州内第一大城市为法兰克福。

"怎么回事？伊娜，你怎么了？"她反复说着，轻轻地吹着狗儿的鼻子，"嗨，你怎么了，狗儿？"

伊娜的呼吸过一阵子会恢复一会儿，并不规律，而且越来越弱，比之前还要平缓。然后又停了下来。

伊娜似乎没有工夫搭理她。这一定是个艰难的活动，需要格外集中精力，它紧闭的双眼有时会轻轻颤动，也许它的眼睑下面有一个广阔的空间，那里正在进行一场重要的比赛，引人入胜，不留一点空隙。伊达抚摸着狗儿的嘴。小心翼翼，不想打扰到它。一边是伊娜，而另一边是它留下的躯体，令人看一眼就难过得喉咙发紧的躯体。伊达的喉咙里似乎有一个粗糙的、令人窒息的球，咽口水都变得困难，可是她既不想把这球吐出来，也不想咽下去。她看到狗儿脚上的黑色脚垫已经裂开，结茧，好像鞋底一样。她看到它微微露出的牙尖，还有被分泌物弄脏的尾巴。身体是有记忆的。身体的每个部分都记住了我们的奔跑、漫步和追踪，记住了喜悦、玩笑和跳跃。身体记住了一些岁月、风雨、雷电、逃离、追逐、来访、道别。这样的记忆就像浓缩食品——当我们给它加一点液体类的物质，生命就会重新绽放，焕发色彩，再次开始。有记忆的是身体，而非头脑。身体随着记忆一同死亡。

伊达觉得狗儿仿佛在说："别理我了。"她收回了手，跑上楼,叫着他们的名字。她跑到自己房间旁边的那条走廊,逐一敲着所有人的房门,可是没人回答,于是她小心翼翼地打开房门,一间接着一间,可是她只看到了空空如也的房间,床上铺着褪了色的床单,陈旧的床头柜上铺着钩花桌布,摆着一束假花。这些房间正等着客人们光临。在其中一个房间里,伊达发现收音机开着,低低地传出一些关于天气的声音,她明白,一定是那些人一大早,或者还在夜里就离开了,那会儿她正在煤山上。现在他们把垂死的狗儿交给了她,甚至没有留下任何注射剂。

伊达又回到了楼下。白狗站在狗窝旁边,沉默地见证着伊娜的痛苦。伊娜侧躺着,头向前伸,一动不动。只有一阵轻微的痉挛或颤抖穿过它的身体,有节奏地震动着,不过几乎无法察觉,就好像不久前刚刚有人轻摇它,将它晃动起来,现在这晃动又渐渐停止。伊达把手放在它身上——它的毛发很粗糙,不冷不热。

"伊娜?"她轻轻叫道。

她拨开狗儿眼睛上稀疏的毛发——它半闭着眼睛,眼皮下面透出一块晶亮的眼球。

"伊娜?"

它睁开了眼睛。眼球像一块黑色的玻璃,有一种流动的、深不见底的墨色,似乎无边无际。伊达不知道它在看向哪里,但它一定看得到一切。伊达觉得,这眼睛是从一个面罩下往外看,那个逐渐僵硬、动物的、疼痛缠身的身体只是一种伪装,一种毛茸茸的、笨拙的、奇怪的形式。面罩下还有另一个人,那个人伊达很熟悉,很亲近,她和那个人有血缘联系,他们彼此间有种令人不安的相似。

眼睛是通往另一个宇宙的入口,那个宇宙由机械的、冷漠的、不断重复的、永恒的运动组成。那里有发光的星系和包含了黑暗、干枯组成的广阔空间。

接着,它的眼睛慢慢地闭上,伊达明白了这个动作的含义——狗儿正在死去。颤抖突然停止了。伊达难以置信地看着,这一切如此简单、明了。一切都结束了。她碰了碰这剩下的生命——现在它就是一个毛茸茸的、被损坏了的玩具,一张没有生命的皮毛。

伊达一直跪着,现在站了起来,目光触及长方形的窗户——外面又起了雾。突然起身的动作让她有些眩晕。

她走出房子,看向前方的烟囱和矿井,它们在灰色的空气中显得很柔和。一大块积雪咔嚓一声从屋顶落到地上,冰柱融化的水珠滴滴答答地敲打出不均匀的节奏,在雪地上画出一个个孔洞。伊达揉了揉眼睛,不再愤怒。

她径直走到仓房,推开沉重的大门,打开了灯。那里有些木头围起来的栅栏,还有些架子用低网围了起来。房子中间有一张桌子,上面放着注射器和装着小药瓶的盒子。整卷新的一次性注射器,还有绷带和喷雾剂、一个个瓶子。尽管有电灯,但这里还是很黑,直到她沿着这些栅栏走动时,才看到其中一个里面有一匹马,躺在那里。当伊达凑近它,想要仔细打量时,马儿抬起了头。它瘦得吓人,而且可能瞎了——大眼睛几乎是白色的。伊达看到旁边的栅栏里有一只黑山羊,侧躺着一动不动。接下来的那些栅栏是空的,里面覆盖着新鲜的干草,墙壁用石灰粉刷过,很干净。然后她看到了那三个人之前带过来的带洞的箱笼。它们就立在那儿,敞开着,里面铺着木屑。这样的箱笼还有十几个,每个里面都有一只老鼠。伊达本能地往后退了一步,但好奇心驱使着她往前走。她只能清楚地看到一只老鼠——缩成一团,挤在木屑里,脊背上的毛掉光了,透出被刺伤后留下的蓝紫色的疤痕。伊达关上了她身后的门。

8

驶出弯道之前,她正沿着积雪覆盖的道路行驶,那时她已经到了新鲁达①附近的某个地方。她有没有看到任何有用的标志?或者警示牌?现在她想起来,她停过车,打算吃点东西。她看到路边有一家小饭馆,白色的石灰墙上画了一只唐老鸭。她赶在关门之前开车到了那里。

一位穿着紧身涤纶裤子的女服务员正把印有菜名的纸条钉在招牌上。她嘴里叼着红头的图钉,看起来好像嘴唇上滴了几滴血。伊达点了饺子和红菜汤,一边等着上菜,一边打量着室内。这饭馆不大,贴满了白色的塑料墙砖。地板上铺了灰色的、冷冰冰的地砖。吧台和所有家具都是白色塑料质地——用的是户外桌椅,中间还有个洞可以支起太阳伞的那种,衣服挂钩钉在门上,架子上放着那种夏天用来装点阳台的假花。其他所有的一切都是红色的——盐罐、糖罐、纸巾盒都是红色的,还有红色的尼龙窗帘,镶了白色花边。到处都是一

---

① 波兰城镇,位于该国西南部,由下西里西亚省管辖,面积 37.04 平方公里,海拔高度 360 米,镇上的煤矿场在 2000 年关闭。

种令人难以忍受的红白撞色——这总是让人联想到医院,想到出血,或者女人突然来了月经之后发现床单上的血迹时的沮丧。

一个女人和一个男人坐在一张桌子旁,桌子上方挂着一台电视,电视里播放着MTV,画面几乎无声无息地移动着。男人和女人各自斜倚在摇摇晃晃的户外椅的靠背上,看起来很疲惫,仿佛走了很长一段路,而且前面还有很多路要走。女人说:

"哦不,别这样……"

而男人说:

"怎样?我不过说说。"

"别闹了。"

"是你别闹了。"

"你如果想好,那就会好起来。如果你不想好,那就不可能好起来。"

"我只是想知道。"

"我告诉过你了。"

"得了吧,你告诉我什么了?"

"我把一切都告诉你了。"

"你是在开玩笑吧?"

"你才是在开玩笑。"

"我没开玩笑。"

"你什么都没告诉我。"

"你说啥?我什么都没告诉你?你可真是个……"

"我可有证据。"

"你明不明白,我把一切都告诉你了。"

这时,服务员给她端来了食物:六个饺子,放在塑料盘里,上面淋了油脂和炸猪油粒,盘子旁边放了一张白色餐巾纸,上面有一副塑料刀叉。盘子的另一侧是红菜汤,装在一个塑料杯里,杯身被热汤烫得有些发软。红菜汤是用方便汤包冲制的,饺子应该也是半成品,在微波炉里加热了一下。她咬了一口饺子,什么味道也没有,只是比较热乎,仅此而已。那两个人现在站在室外,一边抽烟,一边还在说着什么。女人用鞋尖在饭馆入口处的砾石上挖出了一个洞,把羽绒服的帽子拉到头上。

然后,天突然就黑了,毫无征兆,就像每一个早春的傍晚。天上开始下雪。伊达结了账,坐进了借来的汽车,准备去往老房子。所以,那是她出事故和抵达这里之前所听到的最后的对话。她的身体里似乎有一个录音机,用红血丝和细胞织成的录音机将这对话录了下来。这之后就是奥尔加说的："你已经回来了？不是刚出去吗？"

外面一盏灯也没亮，没有紫色的灯光，到处一片灰暗。伊达抚平褪了色的床单，收拾了自己放在桌子上的东西——借来的汽车钥匙、手套和外套，这些就是她随身携带的所有东西。她想让房间保持一种她从来没有来过的状态，这样她就不会留下任何痕迹。然后她悄悄地下楼。雪又下了起来，就像她来时一样。那些她在雪地里留下的痕迹，肯定会立刻消失。她穿过铁轨，走到一条空荡荡的路上。天空一片白茫茫，大地也是一样，可是伊达知道，即使天地倒置，也不会给她留下任何印象。道路在她面前延伸，慢慢地消失在雪中。在雪地里走路有些困难，雪粘在靴子上，又湿又重。灰色的天光愈发浓密。雪花落得越来越慢，然后停了下来，只在空中微微地颤抖。最终，雪花不动了。世界停止了。

伊达觉得很累。此刻她最想躺在路边，舒舒服服地卧倒在湿漉漉的雪堆里，把手放在脑袋下面，或者身侧，就像那只刚刚死去的狗儿。她想给自己盖上一条新鲜的、白色的被子。但她必须躺在她应该在的地方。

她毫不费力地找到了那辆车——车冲到了树上，被雪覆盖了起来；车的前盖已经掀开，像一张金属大嘴，正在呼唤她。她设法挤进前排座位，还记得系好安全带，并打开了车灯：车灯射向天空，却什么也没发现。她把头靠在方向盘上，把脸颊放在上面，然后如释重负地闭上眼睛。

第二部　帕尔卡①

P

我花了两天时间才把床挪到了阳光房。先要拽着它穿过整个房间，最难办的是还要把沉重的金属家具像婴儿车那样掉个个儿，光这件事儿就让我忙了一个晚上。第二天，我把床抬过门槛，先抬前面两个床腿，然后是后面两个。这看起来一定很滑稽，是

---

① 帕尔卡指的是命运三女神中的一位。罗马神话中三女神合称为帕耳开（拉丁语为"Parcæ"），对应希腊神话中的摩伊赖（Moirae）或北欧神话中的诺伦（Norn）三女神。她们通常以三位老妇人的形象出现，整日忙碌着纺织人与神命运的丝线，通过纺织的丝线的长度来代表一个人寿命的长短。克洛托（命运的纺线者）负责将生命线从她的卷线杆缠到纺锤上；拉刻西斯（命运的决策者）负责用她的杆子丈量丝线；阿特罗波斯（命运的终结者）是剪断生命线的人，用她那"令人痛恨的剪子"决定了人的死亡。

的,是的,我轻笑着,觉得自己正推过房门的是一只巨大的、铁制的、一动不动的、背着重物的动物。终于,我成功了——床被我推到了阳光房的正中央,直到今天它还立在那里。

很久以前,佩特罗在房子的北侧建了一个阳光房,那会儿我就为此跟他争吵过。我说:"何必在太阳照不到的地方建个廊子,在山坡的阴面。蜗牛会在周围爬来爬去,罗马蜗牛和蛞蝓也会在这儿做窝。你简直就是在为霉菌建造温室,为蜘蛛建造玻璃房。"但他很固执。也许那时他就知道,最后这一切都用得上。他一直是个实用主义者,从来不干不会给自己带来实际好处的事儿。比如,我们曾有两个花园,一个种他的蔬菜,一个专门种我的花。他对种花从不认可,除非我种的全是野玫瑰,可以做玫瑰花酱的那种。种其他花,在他看来就是浪费了一块松过土、施过肥的好地。他自己有一块整齐、简单的菜地,种了些漂亮的蔬菜——翠绿的萝卜缨,一颗颗莳萝,一排排黄瓜、南瓜,还有一丛丛番茄。整个夏天,他都坐在西红柿丛里,除草捉虫,整理西红柿的根茎。每年他都把第一个长出来的西红柿给我,果子通常还没完全变红,只有一点点泛红。他把它放在桌子上,然后就走开了。我不得不默默地把它吃掉。而我的花,他总是视而不见。

而我的园子里有很多漂亮的花朵,特别是种在斜坡上的鸢尾和牡丹。我和住在山坡下的女人交换了花茎，于是得到了所有品种。花粉混合在一起，小花园里便发生了各种魔法般的化学反应。花的基因、颜色相互混合，红色和黄色混合出各种橙色，第二年继续混合产生出新色彩。我的花朵有的是亮橙色，有的是深紫色。每一朵都独立开放，花苞饱满，像是来自异域的兰花。园子里有低矮的黄色花朵，大大的花冠低垂，也有高挑的粉色、白色花朵，花冠高高扬起。秋天的时候，我将缠绕在一起的坚硬根茎从地里挖出来，那上面长满了不规则的突起。我把它们晾在阁楼里，直到第一次霜冻，然后把它们储藏在地下室过冬。它们就在黑暗里冬眠。有些人将菖蒲称为"剑兰"，用这么个名字来为一朵花命名有些滑稽。当然，它那扁平、锋利的叶子确实像刀片，不过花朵缓和了这锋利劲儿。

现在，当雪将一切染白，万物模糊不清之时，很难想象房子旁边曾经有一个花园。我自己都不相信。我用铲子在雪下寻找那些花床。那一夜，下了第一场雪，之后我们便在另一个国度醒来——那是一个冬日的雪国，模糊、不清晰、宽阔却只有白、灰的色调。就连山下的房子都没有了形状，变成了一个个脏兮兮的斑点，在夜色中发出萤火虫般微弱、清冷的光。到了夏天，群山会抖擞起来，变得锐利而刚毅，雨后升起摇曳的薄雾，徘徊在群山边缘和云杉的尖顶之上。潮湿的空气带来了山下的声音,不过奶牛的哞声越来越少,更多的是周六乡村舞会上的鼓点或发动机突然发出的狂暴呼啸声。我从高处听到了这一切。我是住在高处的夫人。

每年冬天这里都会下雪,虽然近些年雪少了些——有时候也给人们些喘息的机会。不过今年可不是这样。今年的雪大得简直超出人类能接受的范围,山坡上的积雪厚得与屋顶连接在了一起,压断了一年生果树的树枝。这就是为什么我们总在十月份就储备物资——商店女老板的儿子开着他的小菲亚特把货物给我们送到山上来。我们只需要打开袋子,把食物放在储藏室的架子上就行。有面粉、大米、燕麦、意大利面和面包干,新鲜的圆面包我们会放在太阳底下晒干,还有一罐罐蜂蜜和茶叶,咖啡我们几年前就不喝了。我们还会买些饼干、肉罐头、黄奶酪和糖,蔬菜就买洋葱和土豆,其他的我们都吃自己的,佩特罗种的。

在过去的两年里,只有他,商店女老板的儿子,还有邮递员时不时来这里。邮递员甚至没有上到我们这里,都是佩特罗去找他——一直走到村子上方的梨树下,去收他的退休金和信件,尽管信非常少。此外,每两个月有一位电厂工人来收燃气费。他把车子停在山下,然后气喘吁吁地爬上来,念念有词地抱怨着。每次他都一边向我们打招呼一边说:"就应该禁止人们住在这么高的地方。应该给你们发一个短波对讲机。"冬天,像现在这样下雪的时候,没有人来。我们都是在春天结清所有费用。

现在的阳光房看起来很漂亮,像个礼拜堂,一座白雪皑皑的圣殿。房子外面几乎完全被白雪覆盖,只在屋顶下方露出一条小小的、形状不规则的没有雪的外墙,上面长了杂草,覆盖着浓密的霜冻。这些奇妙的霜冻植物长成了一个精致的装饰花环。曾经,我想试着把这图案画出来,我认为它们适合绣在手帕或餐巾上。可是我仔细地检查了一下,发现这些花纹从未重复过,没有哪两次的花纹是一样的。每每到了下午,微弱的红色阳光透过这花朵般的白色条纹闪耀着光芒,就像在东正教堂里一样,我发誓。我想这就是让我生发激情,在阳光房里为佩特罗唱歌的原因。只是,一点也看不出来他在听。他把鼻子冲着天花板,无动于衷。我其实愿意在他身边坐得更久一点,可是很快就觉得冷极了,于是必须回到厨房,给炉子添上柴火,喝点热的东西。我现在比以往任何时候都更怕冷。因为我太瘦了。

佩特罗在礼拜日的晚上去世了。还好,他是晚上走的,如果是早上,我就得独自一个人呆坐一整个星期天。是的——晚上对我和他来说都更好。

他死了,而我就去睡觉了,因为我知道,我什么都做不了,既不能让他复活,也不能自杀。而睡梦可以让事件之间的边界变得模糊。在睡梦为一天画上句号之前,没有什么可以真正开始或真正结束。所以,在那个周日,我睡觉之前,佩特罗似乎并没有完全死去,虽然我已经看到,他没有了呼吸。我知道他死了,甚至不是因为他停止了呼吸,不是因为他的皮肤渐渐僵硬,也不是因为他脸部的线条因此而立时显得有些凶狠。

他看起来就像是生气了,好像他的死去让他感到恼火。我对他说话的时候,回应我的只有一片寂静。然而那时他的死去还没有被注意到,还没成为家里挥之不去的消息。几乎可以被忽略掉。我像往常一样脱了衣服,躺在他的身边。我们挨着对方,仰面躺着。"我睡不着。"我说。他没有回答。不过这也不奇怪,他常常能够一整天都不理我。

这个冬天从一开始就不一般。时间仿佛僵住了。一开始刮了很久干烈的风,果园里所有树叶都被吹跑了,只剩下一棵棵孤单的苹果树。后来就下起了雪,一开始下就是大雪。从十一月开始,没有一天小过。

最近的一个周五和周六又下起大雪,一刻不停。佩特罗在厨房里走来走去,喘着粗气说,他上不来气。我两次试着下山,可是刚走几步就摔倒在雪地里。"我去谷仓里把雪橇拿出来,在树木和石头堆之间来个大回旋。"我对佩特罗说道。可是滑雪下山后,我应该是这样一副形象:年老的帕拉斯凯维亚鼻头红红,围巾随风飞起,像个女巫,可惜她脚下是雪橇而不是扫帚。我已经能看到他们,一些生活在峡谷里的令人讨厌的部落,他们对我指指点点,不住讥笑、嘲弄。可是雪过于松软,我没法坐雪橇。

我把雪橇从一堆破烂中翻出来,然后就回到了屋子里,而他已经躺在那儿,看着天花板,并没看我一眼。"算了吧。"他说。他可能在生我的气。"我怎么叫人来帮忙啊,外面的雪有一米深。我能做什么,佩特罗?""我不需要帮忙。"

我又出去了几次,在大雪中绕着屋子转圈,我被困在了一片白色的雪花之中。我还想过,生一堆火,用这种方法引起人们的注意,用火使得他们抬起头,可是我知道,村子里的人们从不往山上看,他们从没把山上当回事,山上的人和事对他们来说只是麻烦。他们只看脚下,注意不要踩到狗屎摔倒。我站在漫天风雪之中,挥舞双手,好像白纸上的一个字母。

我心里一直很清楚,他会早于我离去,一开始我就知道。

他比我大十五岁,所以他跟我结婚时我们就必须考虑到这一点。事实上,他主要是心态比我老。也许是因为年纪比我大,他总是满面愁容,灰头土脸,哪怕那时他还满头乌发。他把头发全部向上梳起,早晨起来用水打湿,然后花好一会儿时间梳得光溜溜的,以至于最后头发就顺着这个方向生长。我每个月给他理一次发,就在家门前。我用手在他头皮上摩挲,把一团团剪下的头发抓起来扔到花园里。他是个老人,从里到外。我眼看着他如何干瘪消瘦下去,他的脑袋如何越变越小。到最后,他的头变得像孩童的脑袋一样小。唉,他干瘪得像一个玉米棒子,像一个玉米人,时常笑着,露出发黄的牙齿,走向死亡。现在我也应该给他理发、刮胡子。我听说,人死后头发还会继续长,胡子和指甲也是。我得好好看顾他,别让他还满脸胡茬。他的头发,在他现在已经死去的时候,还知道该怎么生长吗?

今天是星期二,我第三次在阳光房里点燃了蜡烛。室内平添了不少神圣的气氛。这蜡烛,在我们的婚礼上也点燃过,后来女儿们出生的时候,以及他和我过圣诞节的时候也点燃过。我的圣诞节比他的圣诞节晚两星期。我们过复活节时也点这个蜡烛。去年,我们俩的复活节在同一时间,那时还在下雪,佩特罗已经不太能走路了,所以我们没有去山下的教堂。

我把冻在冰箱里的鸡拿出来,煮了鸡汤。我用乌克兰语说:"耶稣复活了。"他漠然回答:"确实复活了。"

我不会按着顺序讲述,要是他,就会顺着讲下去。我的脑子里从来没有秩序,只有各种垃圾,一堆一堆的回忆。我甚至不知道,"按照顺序"是什么意思,是根据年份排序吗?我从来记不住年份。再说,顺序或者日期又有何用?生活还是根据色彩和各种累人的细节在脑子里排列组合。如果是佩特罗,他一定会把这些整理得井井有条,他会把一切都记得清清楚楚。比如他会说,1974年发生了这件事,而1980年发生过那件事。他甚至记得住是哪个月,哪一天。我不知道,这一切是如何在大脑里面发生的,时间平行地、一层一层地排列;一年又一年,隐秘地粘连成一条线,连接点就是每一年的新年夜。他有看日历的习惯。他从山下买回手撕日历挂在门框上,每一页撕下的日历,每一个日子,他都保存在抽屉里。现在还在那里。其中有一些已经腐烂。日历背面的菜谱也都不再实用。他在箱子上记下了播种芹菜或者西红柿的日期。上面净是些密密麻麻的小字,都是些字母和数字,箱子已经变成了黑色。我把圣诞树用的装饰品,一些彩球、蜡烛挂件、彩灯、用面团捏的小天使等等都收进这个箱子里。这意味着,我每年会去箱子里翻两次——一次在平安夜前,第二次在二月,那时圣诞树差不多就枯了。就在他死去的前一周,我们刚刚把装饰品取下来,把圣诞树当柴火在厨房里烧了。

或者今天是周三?我会不会多撕了一张日历?又或者我忘记了撕掉前一张?我怎么才能知道今天是星期几?我只知道什么时候是星期天——那时山下会敲钟,如果空气足够湿润,那钟声的回音就会一遍遍地传到这里。

我应该能知道——我有电视机啊,虽然它总是发出滋滋啦啦的声音,画面上总是有雪花,荧幕忽明忽暗,电视里到底演了些啥,只能靠猜,还经常会猜错。不过这也是大雪造成的——它一定是不知为何跑到了电视机里面,现在在里面不停地下,模糊了画面。

我闭着眼睛在抽屉里摸索,拿出了一本日历。打开的那一页正是1962年2月21日,跟现在的日期差不多。卡片的下面写着:"星期三,艾莱奥诺拉和菲力克斯的命名日。国际反殖民种族主义日。黑人谚语:无知比黑夜更黑暗。水滴石穿。再深的水也有底。"

我认为这些谚语很有智慧。我把这些日历卡片铺开在防水桌布上。纸片虽然颜色看上去脏脏的,有些发黄,但保存完整。1962年的任何一天,我都不记得了。我看到4月24日的卡片,上面写着:"格热戈什命名日。你知道吗?夏威夷语只有六个辅音和六个元音!这种语言非常简单,所以奇难无比。"

以前,天地比现在更光明,更多的阳光照在大地上。天空比现在更加蔚蓝,傍晚时则呈现出一种清冷、瑰丽的红色光晕。星星比现在更明亮。而月亮也更大,夜里必须拉上窗帘,不然月光会刺痛我们的双颊。

现在总是黑黢黢的——早上起床的时候,天光微亮,必须打开灯才能看得见。可是没等我活动开腿脚,暖和过来,吃点东西,和佩特罗在阳光房里坐一会儿,天就又黑了。人老了,眼睛就有些问题,也许抓不住所有的光亮了,眼球上出现了可怜巴巴的漏洞,漏掉了光线。我戴上佩特罗的眼镜,可也没什么用。眼前的东西看起来更模糊了。那是普通的老花镜,看书时用的,无法穿越黑暗。我的眼镜不知道丢到哪儿去了。也许我并不需要眼镜。我能看得清星星,能观察它们的运行:它们在天空转圈,不过非常慢,我得格外耐心,才能捕捉到它们的小动作。我有自己的一套办法——这四棵云杉在冬天连在一起,像一个张开的"M",树冠上有密密麻麻的鸟窝,它们上面的星星像一个紧密的巢,一个带尾巴的圆圈,一个由星星组成的风筝,一个绳子上的气球。天空像跳舞时飞扬起的裙子,在我们的房子上空旋转。我们在地面观察舞者,看到裙子闪耀的布料上有些孔洞,透出了远处的光。它的身体一定是由纯净的光做成的。我还能看得到山下的村庄,只要从家里出来就行。如果我有个望远镜,就能偷看村民们的行动路线和他们的活动。那些山下的人们看上去就像一个个小黑点,沿着柏油路从商店移动到公交车站。一辆小小的公交车接上他们的孩子,然后送到列文那儿的学校。有时候,每两三天会有一辆除雪车开过来,把路边灰色的雪堆清走。村子里发生各种事情,不过都是些没什么意义的鸡毛蒜皮。我坐在佩特罗身边,只要我还能忍受阳光房里的寒冷,我就给他讲点什么,或者唱歌。我可以给他念古老的日历。"4月11日,星期三,里昂和菲利普的命名日。你知道吗?有些树的叶子几乎投不出影子。"你知道吗,佩特罗?你接着听我说。"这些是桉树,高一百五十米。桉树叶的姿态非常独特,太阳光无法照射到叶子的表面。"我已经给他剪了指甲,因为他在临死之前已经对剪指甲之类的事情不感兴趣了。可他应该注意仪表。玛琳卡姨妈总让我们每天晚上洗脚,因为万一发生什么事情,比如需要叫救护车,那么我们应该是干干净净的,不然的话多难为情。我整理着佩特罗身上盖的毛茸茸的毯子,他低声说了句什么，嘴唇却没动。我觉得好像能听到他的声音。我竖起耳朵，却一个词也听不到。他就像电视机一样，无声地泛着雪花。雪也进入了他的身体里，他的声音也在下雪。

昨晚睡觉前，我想了个办法，来吸引山下的人的注意。我可以穿上两条裙子，套上佩特罗的毛衣和袜子，穿上他的毡毛保暖靴，还有他的外套，系一条大围巾，头上戴一顶兔耳帽，然后跑到山坡上。山下的人们已经点起了灯。我用脚丈量着积雪的质量——下面的雪已经被压实了，可是表面的雪仍然很蓬松。我可以在上面留下脚印。这就好。我迈开小步子在雪山走，窸窸窣窣。我感觉自己好像投入了忘我的舞蹈之中，跳跃、踏步、旋转，但因为我老了——我把它们变成了缓慢而温和的移动。我走在雪地里，因年老而疯狂，我看到了身后那串清晰、简单的脚印。

E

我一直在思考一件事：人什么时候开始死去。人的一生中一定有这样的时刻，那一定很短暂，难以察觉，可是一定有这样一个时刻。人生从攀登、前进的方式达到顶点，然后开始下滑。现在应该就是生命中的正午时分——就像太阳到达了最高处,然后向西落下。这也像暴风雨的顶点——风最大、雷最响,之后则是寂静。这还像是最烫的火,之后便是熄灭。又像是最猛烈的酒醉,与此同时开始清醒。

一定有这样的时刻,可是我们却不知道。我们辨认不出这样的时刻。如果我们能注意到它,我们就都是聪明的人。是的,我们都是傻子。

一切都可能是某种指引。梳子上的数百万根头发,突然的头痛和毫无征兆的缓解。睡梦,某些奇怪的、令人不安的或者完全相反的,觉得我们正在死去的梦。丝袜上的洞,以及从下往上、笔直的像刀锋一样的丝袜上的抽丝。秩序的改变——本该在三月绽放的雪片莲,二月里便开了花。

我不喜欢思考,一点都不喜欢。我宁愿干点别的,打扫卫生或者收拾柜子。只是这里已经没啥需要做的了。家里的物件结成了联盟,将我排除在外。现在它们想干什么就干什么,它们最喜欢的就是把一切都弄得乱七八糟。

我坐在佩特罗身边,给他梳了梳头发。我抚平他衣服上的褶皱,把他衬衫上的白色线头揪下来。我的指尖一个挨着一个,依次落在线头上,这是年轻姑娘的游戏,A、B、C、D……这样我就可以知道他的情人名字的第一个字母。斯塔德尼茨卡小姐叫什么名字?那个学校里的秘书。是巴霞吗?不过这线头太长了,首字母应该不是"B"。是"K"!所以应该是个叫克雷霞或者卡佳的女人。

佩特罗没有在听。他看上去挺庄重。他又一次显得高大、魁梧,就像他本应有的样子——他是一个退休的中学校长,党员,市交响乐团的小提琴手,火警志愿中心的资产管理员。我不愿把那些不必要的头衔都罗列出来。曾经属于佩特罗的名头很多,现在却很少,事实上只剩下了床上的躯体。不过没别的办法——我越老,我经历过的就越多,而正在发生的越来越少了。

我们有大把的时间。未来消失得无声无息,被风吹散,融化于无形。无论是购物清单、电视节目单,还是我种花、他种菜的计划,都不再是生活中的必需品。早上在厨房生火的时候,我可以把日历当柴火烧掉。太阳升起,这个事实得以证实:一切都有自己的边界。这完全不会令我不安。在东正教堂里唱了这么多年圣歌,我不需要天堂了。目前的一切对我而言已经足够。如果让我去别的什么地方,反而是种麻烦。我又得搬家,在新的地方定居,想念老地方。在我这个年纪,这一切太难了!可是如果没有天堂,那也就不会有佩特罗。我扭头看向窗外,看向那一片白茫茫。白色的空旷将天光熄灭。佩特罗是唯一能够证明天堂存在的人。还有娃娃。

他们两人现在坐在长条木凳上,坐在一群圣徒的中间,和圣像画上的一模一样。

然后,当我走到外面,踏出了三条平行的脚印,就像三条生命线,我现在完全意识到,佩特罗死了。他死了,死了。而且我发现,这并不意味着什么。唯一的变化就是,现在他一直躺在阳光房里,而不会在家里走来走去,他不再一边提水桶一边呻吟,也不会在螺丝刀对不准螺丝帽时低声咒骂。由于某些原因,他延长了饭后的午睡时间。我甚至会生他的气,因为他把一切都留给我这颗衰老的、花白的脑袋。

我成功地踩出了几条脚印,但是我没劲儿了。我停在了半截脚印上,将山坡分成了两截。

我的第一个孩子死在了火车上。那是一次冬日里长达两周的远途旅行。那个孩子就是娃娃。列车员帮我们找了一个医生,可是他又能做什么呢?那时候最好能给她吃点抗生素,问题就解决了。可医生也做不了什么,就给发高烧的娃娃吃了水杨酸钠,敷了冰袋。我想带着我的娃娃继续走下去,可是他们不允许。于是,我们只得把她埋在了一个叫作克卢奇堡①的小地方。我们就这样留下了些印迹。刚刚来到这个国

---

① 波兰城镇,位于该国西南部,由奥波莱省管辖,始建于13世纪。

家,我们就失去了自己的孩子。她本会给我生出几个孙子孙女。当我们在大街上与某个人擦肩而过,他可能就是我们的孙子。我的身体里有数百个卵子,那就是一群群的人。我把它们像鱼子一样装在肚子里——那是一群挤在一起、排着队等待生命的存在。这就是圣像中天堂里的景象:在画面的最远处,远在圣徒上面,在天使上面,飘浮着许多灵魂。它们是如此之多,以至于模糊不清。在画面的边缘很难判断,那些是灵魂的小脸,还是颜料的纹理。"你害死了她,佩特罗,如果我们留下来,现在我就能跟孙子孙女们说话了。""别烦我了,躺着吧。"他死气沉沉地说道。

"可你不是又有了个女儿。"佩特罗的声音冷冰冰的,像是从电视机里面传出来的。"好吧,随便你。"我站起身,准备穿衣出去,可是他拦住我。是的,我有第二个女儿。我把我攒下的一部分卵子给了她。它们在她的身体里繁殖,她将我的卵子带到了更远的世界——现在继续由她的女儿携带。也许过段日子她会生出一个像佩特罗的男孩,可她不会知道,她的儿子为什么长得像佩特罗。没人能认得出佩特罗。

我们在一天之内消失了。所有人离开了那里。陌生人搬进了我们的房子。我们登上了没有暖气的、慢吞吞的火车。

那是辆货车,因为我们都是货物。沿途我们丢失了孩子、照片和文件,我们再也无法复原族谱。家族树上只剩下些小小的枝杈。这个人死去了,那个人没回来,一个人去了美国,另一个人从战场上回来时被射杀,也是在克卢奇堡或者卡里什之类的地方,一些人被邻居杀死了,他们的证件都被烧毁,现在根本不知道他们的身份。另一些人被流放、被驱逐。还有一些人,经历种种苦难,现在噤声坐在那里,紧紧地贴着地面,充满警惕。谁会在意我的孩子?

造成这一切的原因总是客观的、外部的、政治的,错综复杂,相互纠缠。一些男人聚在一起,他们都大腹便便,对世界的认识停留在地图上。对他们来说,世界不过由一些线条和斑点组成,他们沿着这些线条移动着手指,说:"一些人去左边,另一些人去右边,这些人留下来,那些人继续向前走。"你们在这里。他们在那里。把这些人分开,把那些人撵走,还有一些人留下。

又或许,这些事更复杂一些——也许人们被旅途的不安攫住,尽管他们自己并没有意识到。他们睡不着觉,即使能够闭上眼,也会梦到一些陌生的国家,遥远的草原,奇幻的、不属于自己的城市;他们会梦到一条路,被地平线分成两半。人们不得不四处漂泊,就像陆地上的老鼠突然想游到大海,梦想着跋山涉水。由于没有合理的理由离开家园，他们就编造各种外部原因，伪造数据，在报纸的字里行间寻找借口，并引发战争。政治是满足这种欲望的工具，这种欲望是整个世代基因中固有的。这很有可能。曾经主宰我们的是命运，现在是基因。

那里平坦而明亮。太阳从麦田里反射出来，刺痛了脸。人们眯着眼睛走来走去。这条河也很清澈，倾泻而出，大到仿佛整个巨大的天空都能倒映其中——这应该是我所见到过的最大的天空，后来我在任何地方都再也没有看到过。那里的土地厚实、黢黑，黏度很高。雨后走在上面，鞋子被紧紧黏住。这样的土地风化的尘土，能将衣领染成黑灰色。道路笔直而平坦，从不像这里的路那样上下起伏。那里村落广阔，泥土砌成的低矮房屋都有凉爽的门厅，上面盖着茅草。池塘里有鲷鱼，苹果园里有安通苹果①。我们还有几头小奶牛和几条小狗。那里装牛奶的桶和喂动物的石槽都要小些。床很短，是的，脚后跟能挨着床的木头边。那里的世界似乎更加方便顺手，就好像造型合理的刀柄。那里的每一样东西都适合我们

---

① 俄罗斯本土乡村出产的一种又酸又小的苹果，多用来酿果酱。

的身体——像安全的、穿旧了的衣服,令人感到习惯。那里的所有人,在我们之前生活在这里的人,他们一定是一个个水滴,为我们在岩石上凿出了一个舒适的摇篮。来自世界的各种声音相互交缠,透过浓雾才传到那里。它们变成了各种语言。

后来是为了什么,我们必须从那里离开?一切都很明了。我们必须上路,因为转眼间水滴已将岩石击穿。

"你在胡说些什么?"佩特罗冷冰冰地说。我摩挲着他的手,安抚着他。"有天晚上,"他说,"边界从原本的位置挪动,到了一个完全不同的地方。然后我们发现,我们处于不应该待着的那一边。可人是不能没有国界的,我们就不得不去寻找国界。人们像需要空气一样需要边界。没有边界,无论任何形式的边界,我们就不知道该如何生活;我们既不知道我们是谁,也不知道我们该做什么。边界就是向我们表明,有些事情是无法跨越的。"哦,佩特罗,你又在自说自话。

我把烧水壶放到炉灶上烧水,把整个房子里的灯都打开,天已经黑了,我甚至不知道什么时候黑下来的。冬天总是这样,你刚刚眨了个眼,天就黑了。我把阳光房里的灯也点亮了。我想,等我稍微暖和一点,我就接着给他读日历。"5月20日,星期日。贝尔纳丁的命名日。幸福的第一要义是理智。——索福克勒斯①。"

这句话正适合被写在箱子上。

我收拾打包家里的东西。线编窗帘和床单、挂毯和圣像画、基里姆壁毯②、锅、鞋子、花籽、织补工具、带照片的巧克力包装盒、装纽扣的罐子、梳妆台上的镜子、梳妆台、婚礼蜡烛、圣诞树上的小玩意、切面包的砧板和刀、盛鸡汤的勺子,还有一个气压计——那是我们收到的结婚礼物,一个放芦笋的架子、一个用纸包起来的芦笋、一个儿童便盆、一个木制小药箱,佩特罗对这个事情有股执念——药箱里必须一应俱全,不仅要有紫药水,还得有绷带、药用煤和止痛药粉。

玛琳卡姨妈过来帮我,可事实上她一直在哭。她坐在桌边,手肘撑着脸,哭泣不已,而她的弟媳奥尔加,和儿子们站在那儿看着。阿莱斯特和佩特罗告了别,梅隆并没有。马车队出发的时候,他吐了口痰。

对于同样的东西,我们的看法不尽相同,这让我感到不安。每个人的眼睛里都有一个滤镜,这个滤镜会导致我们看

---

① 古希腊剧作家,古希腊悲剧的代表人物之一,和埃斯库罗斯、欧里庇得斯并称古希腊三大悲剧诗人。
② 一种绣织地毯,花毯,产于土耳其、高加索及其附近地区。

着同一个事物的时候，看到的是不同的东西。那么我们如何评论历史呢？即使我们不去评论历史，我们承认历史早已模糊不清，无法将其放置于一个共同的叙述体系之中，那我们又该如何对待现实呢？它同样被放置于滤镜之后。我们看着同样的事物，看到的却是不同的东西。只有报纸明天才会告诉我们，我们到底看到了什么。书里会写出来，那些收拾行装和告别意味着什么。我们之前并不知道。报纸和电视为我们确定，我们的每一个行动、每一个决定意味着什么。它们才有确定秩序的专利。

我有一个母亲传下来的纺纱机，她留下的东西不多。纺纱机很旧了，木头已经干枯裂开，裂缝的边缘随着岁月的流逝而磨损，看起来就像一个精心雕刻的图案。我双手拿起它，透过它的开口看过去。我看到的东西似乎很特别——那更漂亮、更不寻常，就像一幅画在画框里；机器的开口就像个眼睛，把大量细节中的碎片提取出来，令其独立存在：一片毛茸茸的老鹳草叶子，一颗钉在墙上的钉子，一块因常年挂画而保持干净的墙面，一只毛巾上的十字绣鸟儿。纺纱机绘制了许多物件的图案，让这些东西变得重要。于是人们无须解释、无须思考，这些东西为何而存在、会用作什么。它们在那里，就在那里。最主要的功能就是漂亮。我可以把这辈子剩下的时间都花在透过纺纱机的开口看这些物件上。可是纺纱机最后也坏了。

早上,我去羊圈里把特克拉牵出来。我带它穿过门厅,现在,当佩特罗整天在阳光房里打瞌睡时,它也不会打扰他。

它进去的时候有些犹豫、怯懦、害羞。它站在温暖的炉子旁边,用那双长方形的、魔鬼般的眼睛看着我,一如既往地满含讽刺。她是一个来自远方的姑娘,她的一举一动都透着一种自尊。她瞥了一眼阳光房敞开的门,但什么也没看到。

"你这个小魔鬼,"我说,"你千万别在地板上拉屎,我可没力气打扫。佩特罗给我的活儿还少吗?"她看着我,好像这辈子没有排过便。当我情不自禁地拥抱她时,她轻轻地咬着我的耳尖,也许她想对我小声说点什么。她想问我:"佩特罗在哪儿,老太太?你对你的老头做了什么?"

我给它在地板上扔了些干草和干面包碎。它感激地吃着,一点儿也没有狼吞虎咽。真是只乖巧的山羊。然后它在炉边躺下,像一条狗一样躺着,用长长的角挠了挠后背。它的眼神总是讽刺又冷漠——哪怕它在看《启示录》,那眼神也是一样的。这样的眼睛应该画在一个像上帝之眼一样的三角形中。那就会更美丽,更真实。

我养特克拉已经好几年了，那时佩特罗已经比较虚弱，没有反对我。在此之前，我都是买牛奶喝。他说养山羊很丢人，那是一种最糟糕的贫苦。也可能是因为他根本不喜欢动物。当我们还养狗的时候，他只给它喂食，却从没有碰过它。而我必须给狗儿它应得的爱抚，我必须跟狗儿说话。那就是我和佩特罗之间的另一个区别：他更具植物性，而我的动物性更强。我们的第一个区别是，他老了，我还年轻。

T

我穿得暖暖和和的出了门。冬日的太阳怯怯地照着大地。我慢慢地踱到山坡上，在雪地里艰难地走着，想要看到村子。我看到了公共汽车，但它很快就开走了。然后又是一片空旷，一定是因为今天天寒地冻，人们都躲在房子里。烟囱里的烟宣告了冬天的真理，那就是最好舒舒服服地待在自己的家里，把厨房里的炉灶烧得热乎乎，看看电视，傍晚时分开一瓶伏特加，有时跟邻居吵吵架。我刚刚踩出了一条直线，手就冻得冰凉，嘴唇也失去了知觉。佩特罗，他终于接受了这世界全部的寒冷。他躺在那里，看着自己的眼睛深处，忽略了冰冻和严寒。我深深地吸了一口冰冷的空气，想大声叫喊，就像唱歌一样——用尽全力。但我只发得出微弱的声音。我的肺像两面耷拉的旗帜在我身体里费力扑扇。我折返回来,想要暖和暖和,泛着雪花的电视荧幕上,人们又在谈论着一些乱七八糟的事。

节日在我们家里总是千篇一律。我们先过第一个圣诞节,再过第二个。我要做两次罂粟饼①,也要烤两次罂粟蛋糕和奶酪蛋糕。一次将稻草放到桌布下面,一次把稻草铺在地板上。我总是跟佩特罗一起去参加他的圣诞弥撒,和他们一起唱圣歌。起初,我不知道天主教的圣诞歌歌词,不过歌曲的曲调经常跟我们的一样。我在自己的身上发掘出了第二种声音。唱圣歌时最愉快的就是和别人一起唱,而不是一个人自己唱,我听得到大家的声音是如何交织的,相互摩擦,相互接触,有时粗糙,有时平滑,有时接近,有时疏远。在佩特罗的教堂里,唱圣歌并不是这样,那里没有这种有趣的配合。人们各唱各的,甚至唱诗班里的人也都各行其是,只不过同时进行而已。他的教堂布置得更加整齐、有序、精致——就像白色桌布上精致的镂空刺绣——虽然是刺绣,但你几乎看不到它,必须

---

① 一种传统圣诞食物,在俄罗斯、立陶宛一带尤为流行。

仔细向内看，才能看得到图案。教堂里满是女人身上的香水味，还有放置了一整个夏天的皮毛大衣上的樟脑球的味道。我觉得那里的人们更多地在看向自己，而不是圣坛。他们看着别人的脖子和脸，而当他们想要逃离这种执着的目光，就看看头顶，看看教堂里的绘画和两侧的雕塑。弥撒结束后，我们会在外面站一会儿，佩特罗和其他人相互鞠躬致意。他吻了吻女人们的手。村子里另一半人在睡觉。

不过平时的周日就不一样了。我们吃过早饭（炒鸡蛋和面包加黄油），然后给小女儿穿衣服。我把节日的盛装从衣柜里拿出来，稍微画点妆，一点点淡妆，因为佩特罗不喜欢我化妆。我给花浇点水，那是他买给我的——散发着紫罗兰和茉莉混合在一起的味道——然后我们一起出门。我带着女儿，向右边的东正教堂走去，而高大笔挺的他，顿一下，然后朝着天主教堂走去。

在教堂里，我全身心投入地唱歌。我认识的每个人都在那里，没有一个陌生的面孔。最重要的是，我认识他们的声音——玛琳卡姨妈高亢而明亮的歌声，像鸟儿的叫声在天花板下颤动。还有梅隆和他的兄弟们，他们的嗓音低沉、模糊。辅祭的歌声优美、清澈、高亢，那么地闪耀，那么地晶莹，一定能够直击天堂。帕拉斯凯维亚的圣像挂在一边，我总是感动落泪：原来真有个人叫这个名字，而且她不是个普通人，而是圣人，穿着红色的圣袍。所以我觉得，我也可以是一个善良温柔的人，也许我的身体里住了一个快乐的秘密。天堂里有一根大大的手指指着我：这是帕尔卡①，帕拉斯凯维亚，她就是一个圣瓶，我的恩典倾注于此，瓶底有一颗美丽的珍珠，这颗珍珠不被任何的污垢、任何的尘埃所污染，因为帕尔卡美丽又纯洁。我在那个蔚蓝的天界有一个奇妙的、鲜红的、永恒的姐姐。我们永远彼此相连，坐在一个秋千上看世界。我们在这秋千上保持着平衡，我们是两个姑娘——一个神圣，一个平凡。我们的母亲是一只鸟。

圣像挂在教堂镀金的墙壁上，圣者礼服上的深红色不知不觉地变成了歌声，加入了我们的合唱。那是我，我拥有圣帕拉斯凯维亚·皮亚特尼卡②的声音。我用她苍白、窄小的嘴唇唱歌。所有人都加入了这场合唱，有男人们低沉、颤抖的声音，也有孩子们银铃般的歌声。我几乎能够看到这些声音——它们射向天空，相互纠缠在一起，好像靠近正在生长的

---

① 帕拉斯凯维亚的小称。
② 圣帕拉斯凯维亚（Święta Paraskiewa）是东正教最重要的圣徒之一。11世纪上半叶出生，卒年不详。她来自一个信仰虔诚的保加利亚家庭，父母去世后前往圣地并在约旦沙漠过着简朴的隐士生活。据传在她去世后，她的坟墓让盲人得以重见光明，重病的人得以起身行走。

树木，那些橡树和白桦树的树干。用这些树木盖成的建筑，总能让我们想起由木头镂空建造的天主教堂、东正教堂和其他一些什么寺庙。而我们就处在这些柔和的穹顶下，在那些高耸的屋顶营造出的阴影之下。

我是圣帕拉斯凯维亚·皮亚特尼卡，一位殉道者。不死者科西切①抓住了我，把我从姑姑们的家里带走，横扫半个世界。他牺牲了我的孩子，让她被火车吃掉。他把我囚禁在城镇和村庄里，最后把我藏在那座玻璃山里。他用菜豆杆子和番茄架子建了个篱笆。他设好陷阱，等着那些大胆狂徒自投罗网。他把力气都花光了，就倒在凉台上睡着了。他身上覆盖上了一层白霜。现在我被雪守护。

R

我把垃圾扫成堆。我扫出了三堆，然后蹲下来，看看都有些什么。圣诞树上掉下来的针叶、一团团毡绒毛一样的灰尘、

---

① 不死者科西切（Kościej Nieśmiertelny）是俄罗斯民间传说中的一个反面人物。相传他面容丑陋，住在群山之中的城堡里，坐拥无数宝物。科西切不会死亡，但对死亡极度恐惧，为了使自己免受伤害，他将自己的心脏隐藏在身体之外，如果有人找到并摧毁了他的心脏，他就会被杀死。

米粒、烧过的火柴棍、瓶盖、苹果蒂、银色的纸片、橡皮筋和其他难以命名的东西。我把所有这些东西都扫进了垃圾桶,好像把世界的皮屑统统剥离,然后把这些战果扔进了炉子里。

我和佩特罗之间存在着明显的差异,这个发现总能给我带来巨大的愉悦。我必须反复确定,并不断练习记住这个事实。我们诞生于不同的尘埃,也将幻化为不同的尘土。

我们的眼睛"口径"不同,就像武器一样。他只看得到大的、结实的、有意义的、复杂的、有趣的东西;我注意到的则是小而不起眼的、简单的、明确的、不易察觉的、不重要的、微小的东西。

他总是纵观整体,而我注重细节。他看到的是钱,而我看到的是口袋里零碎的硬币。他看到四季,我只看到每个日子。他看着窗户,我却在窗玻璃上看到了黑点,那是苍蝇的粪便。他说:这是一件夹克,我说:这儿有纽扣、线团和缝在领子下面的洗标。他看到的是大扫除,我看到的却是一团团灰尘、地板上的碎片、死苍蝇和沙子堆成的垃圾。他看着森林,我看着一株株云杉、快速生长的桦树和浆果丛。他看到了一年又一年,我只看一个个夜晚。他看到条约、战争与和平,而我看到的是一张张人们的脸、他们在街上的擦肩而过和目光闪躲。

这种不同会带来什么？

他总是认可一切有用的东西。我想,事实上这一切都在折磨他。现在他成了一个完全无用的存在,并因此受到了保佑。佩特罗,你死了,什么用也没有了。

如果不是佩特罗,而是我在厨房生火,火苗就熄灭得出奇得快,灰烬滑过格栅并落入灰盘。房子里立刻就冷了下来。早上起床,门厅那儿水桶里的水上覆盖着一层薄薄的冰。这时我就用手指在冰面上挖一个洞。我出去,到棚子里找些木头,看到太阳爬上山。雪变得发红,然后在我眼前消失。下面的村庄笼罩在浓雾之中,仿佛落入了魔境。我想,既然我已经出来了,既然我已经穿上了那些马甲和夹克,我就再走远一些——也许我可以踩出另一行脚印。嘿！嘿！看过来啊,住在山谷里的人！抬起头来！我看到他们了,那些笨蛋,他们在雪地里走,好像在浓雾中梦游,他们迷了路,进入了不属于自己的房屋,跑到了别人的妻子或丈夫身边,打翻了桌上的玻璃杯和地上的夜壶。我忍不住想要发笑。我把自己裹在佩特罗的大衣里,在雪地里笔直地穿过斜坡。突突突地来回跑着。这项活计进展很快,我在身后留下一条直线。

当浓雾散去,人们醒过来,当他们想起要抬头看看山上的时候,他们就能看到一条脚印踏出的直线。不过他们还是意识不到出了什么问题。他们就是一群傻子,没一个例外。我不喜欢他们,他们也不喜欢我。那就是一群来自世界各地的混蛋,无家可归的流浪汉,一群该死的山民,就像华沙那些无所事事的懒汉和自大的法国人。

佩特罗观察了我好几个月,然后才通过玛琳卡姨妈向我求婚。他在路上拦住了我。姨妈说:"嫁给他吧,你的问题就解决了。"她知道原委。她说:"你要么爬到树上然后跳下来。要么就喝点芸香液①。如果你不肯,那就去找赤脚医生婆婆吧。佩特罗是上帝派来拯救你的。他是最佳选择。"

嫁给他会是件可笑的事——在我看来他是个老男人。我不想嫁给他。那时他住在学校上方的两间屋子里,他在学校里教书。每天早上,他从屋子里出来,像只老母鸡一样,把孩子们带进学校。他就是个带孩子的男人。我喜欢的是其他的男人——那些开着摩托、骑着马的男人。可他是个管孩子的。孩子们都怕他。他们听话地消失在门背后。现在,我在想,孩子们害怕的是他那浓密的眉毛、瘦长的身材,以及他说出最简

---

① 芸香液几百年来一直被用作香料及药物,可治疗眼部疲劳、酸痛,内服可治疗痉挛和月经疾病,也可作为堕胎药、镇静剂和驱虫剂。

单的单词时发出的奇怪的声音。

在学校的另一边,住着斯塔德尼茨卡,一个老姑娘,她也是个老师,很难说她多大岁数,不过他们俩渐渐老去的样子倒是很般配,两个老家伙。他们俩才是天造地设的一对。

斯塔德尼茨卡总是穿着紧身半裙和一件男式的格子衬衫。她的高跟鞋踩在学校场院的砖地上咯噔咯噔地响。她总是把嘴唇画得小一点。她的头发总是梳得一丝不乱——两个麻花辫盘在耳畔。她教孩子们波兰语和唱歌。在温暖的日子里,你可以听到透过敞开的学校窗户传出来的她那尖细、微弱的声音:

"自由的太阳抚摸着蔚蓝的天空,

我们的船儿扬帆去世界远航。"

这忧伤的歌声在村子里飞扬。我从没见过大海——而我也好好地活着。我不知道蓝色是什么。我只在这首歌里和电视节目里认识了大海。

我站在镜子前,捏着自己的脸颊,使得血液流动得更快一些。我想回忆一下,佩特罗第一次邀请我去镇上约会时自己的样子,之后玛琳卡姨妈替我同意了佩特罗的求婚。那时,我有一头深色的头发,在脖子后面挽成一个发髻。我有着深色的眉毛和橄榄色的面颊。活脱脱一副茨冈女人的模样。我的胸总是很小,后来和卡拉宾诺维奇在一起的时候,我就总在胸罩里面垫海绵。我的腰很细,腰下面是平坦的小腹和相当粗壮的大腿,强壮而紧实。它们现在怎么样呢？我掀起裙子,看到腿上几乎是皮包骨头。我的脚腕很细——我记得,这一直是佩特罗所关注的,他不允许我买横着系带的鞋子,他说这种款式会使脚踝显粗。双腿之间的情况则完全不同——两片阴唇饱满、柔软、多汁。可现在,当我洗澡的时候,我的手指能感觉到那里的皮肤很薄,似乎皮肤下面还有一些神秘的内在骨骼。我从没想过,那里还有骨头。这就是衰老的样子:鲜活的、富有弹性的身体组织变硬,人从内到外僵硬起来。现在那就是一个普通的排泄的孔洞,没有更多的用处。脚也变成了其他人的脚,甚至很难说,那是女人的脚还是男人的脚。所有一切与性别有关的东西都随着岁月流逝而变得模糊。年老的女人和男人变得越来越相似。

今年冬天,当我看着佩特罗的时候,我觉得正在看着自己。有一种东西终于将我们两个人拉近,那就是衰老。每天早上,我们两个人都比前一天变小了一些。最近,我们用脚去够地板的时候有些费劲。我的脚在空中荡着,像小孩子一样,像个小姑娘,我感到很不好意思,什么也没有说。他总是高高大大,并以此为荣。如果这一切持续下去,持续一些年,如果死亡可以迟来一些,就像送退休金的邮差一样,那么没准我们的身高会变成和小时候一样,也许生命会有反向发展。最终,许多年以后,我们就会变成玩偶一样的大小。我们就会害怕老鼠,这里到处都是老鼠。噢,如果死亡根本不存在,我们就会像面包屑一样掉进木板的缝隙里。山下的人们就只会找到一个空房子。但他们会窃窃私语,会猜测。老人已经不在了,就像石头掉进了水里。现在谁会得到他们的房子?他们的女儿是否还活着,她会从华沙来到这里吗?他们会在柜子里东翻西找。他们会打开箱子的盖子,阅读佩特罗的笔记。他们会知道所有的事:1987年4月2日,播种芹菜;14日——欧芹。

佩特罗和斯塔德尼茨卡本应是一对儿。他和她都是老师。他们可以分着教那些年级。他们可以一起给学生打分,记到教学日志里。他们可以共同排课表。他们可以把学校楼上的房间合并起来使用。哪怕如果她太老了,不能生孩子了,全城的孩子都会是他们的孩子。后来俄国人把斯塔德尼茨卡带走了,她像很多其他人一样,死了。

他称自己为皮奥特①。念这个名字的时候,他刻意强调

---

① 皮奥特("Piotr"或者"Pjotr")即佩特罗(Petro)的波兰语版本。这个名字在欧洲有许多版本,如彼得(Peter)等。佩特罗是乌克兰语的说法。

波兰语里面软辅音的味道,以至于听上去有股夸张的味道。我们一起坐火车进城的那一天,他就是这样做自我介绍的。下车后,我们从车站出发,沿着马路一直走,杨树花粉纷纷飘落,阳光洒在屋顶和鹅卵石上,照得那些石头看起来湿漉漉的,仿佛夜里刚下了雨。这一切都让我心生欢喜。我穿着一件印花的棉布连衣裙,斜裁的款式(前一天夜里玛琳卡姨妈刚刚完成),紧紧地包着我的大腿。我拎了一个小手提包,里面有一把梳子、一面镜子和一条手帕。我穿了一双坡跟的棕色皮凉鞋。他穿着一件夏季夹克和深色法兰绒裤子,他把那件夹克搭在肩上。城里的男人们都在打量我。

我吃了个冰激凌。奶油色的冰激凌用勺子直接从保温瓶中取出,放在折叠的两片威化饼中。冰激凌融化了,就顺着手流下来。我必须半弯着腰才不会弄脏裙子。我一个接一个地吃,直到觉得有点冷,手也黏糊糊的。这时他就把自己的手帕递给我。

没办法了。芸香液没有奏效。

我们的婚礼是在天主教堂举行的,可是我们也请来了一个流行乐队。在这之前,每天晚上我都能看到梅隆来到我家的门前。他的手肘靠着栅栏,咬着草叶的茎。他在那里一站就是几个小时,直到黑暗把他像圆点一样吞没。我总是避开他的目光。我眼前总是浮现他门牙之间的空隙,这是我唯一记得的关于他的事情。

新婚之夜,当我们并排躺着的时候,佩特罗什么也没有说,可是潮湿的、夏日的黑暗中充斥着一个问题,于是我只说了句:"梅隆。"然后莱奥卡迪娅就出生了,我们的娃娃。

九月,只有斯塔德尼茨卡留在了学校里。佩特罗在八月中旬的时候带着一只小小的行李箱去了集合地点。我对他说:"去吧,去吧。"可是他坐在屋前的凳子上,舍不得离开孩子,他一直把娃娃放在膝盖上,拥抱她,闻她身上的气味。我想,他一定哭了,他的眼泪顺着孩子的脖颈流到了她的衣服上。他的背弯成弓状。手提箱放在腿边,就像一条等待狩猎信号的狗,已经能闻到空气中的血腥味。

不过几个月后他就回来了,几乎就是那一天,一辆一辆积满了灰尘的卡车没完没了地向西开去。他发了烧,一直在咳嗽,我不知道是因为感冒,还是困顿,又或者是无处不在的灰尘。他腿上绑着陈旧的绷带,上面有泛红的血迹,绷带下面是在战地医院里草草缝合的可怕的伤口。我们一句话都没说,快速地将他的军装脱下。他身上散发出一股臭味,很显然这整整一个月他都没有洗过澡。他瘦了许多。我把军装紧紧地卷成一个卷,塞进了仓房的横梁之间。我把挂在床上面的毕苏斯基的肖像画取了下来,墙上留下了一块白白的墙皮,然后又在那个地方挂上了东正教的圣像。

"佩特罗,你为什么不在纸上写字?"玛琳卡姨妈问他。

"你不是看到了吗,纸是可以被燃尽的。"他回答。

所以他在纸箱盖的背面写字。他首先写下父母和祖父母的出生日期和姓名。然后他写下,这里下了暴雨或冰雹。再后来,他用墨水笔列出我们留下的东西——他在战前所购买的土地的编号。在左侧"动产"一栏,紧挨着纸箱盖边缘的地方,他写下:"一张双人床、一个小玻璃门柜子、一个餐具柜、一张桌子和六把椅子、一个手动熨斗、一张橡木书桌。"他的字也发生了变化,写在纸箱盖上的字均匀、苍劲——就像一个老师写出来的,工工整整。后来才变得笨拙和摇摆不定,尤其是用圆珠笔写字的地方。

1959年6月——蜗牛泛滥。1967年8月——夜蝴蝶和大黄蜂入侵。1984年2月——雪莲花开。这次花开得比较早,1966年的时候它们直到3月底才开。他在纸箱盖上写到50年代中期,再以后地方就不够了,一些细长的字母从纸箱盖边缘溜了出来。50年代和60年代之交的日期记录得很少——那时他很忙,既要在学校工作,还要照顾我。我浪费了你的生命,佩特罗。

1965年开始,记录出现在纸箱的侧面,而那些日期开始跟我们亲爱的女儿有关:"1964年7月30日——出发去学校","1968年5月5日——高中毕业考试"。他把整句整句的话抄在墙上。那些句子是他从哪儿找来的?我也不知道,也许是日历里的格言警句,也许是他自己想出来的。有一些不成样子的句子很奇怪:"人性不断前进,但人类保持不变。——J. W. 歌德""什么都做不了,就顺其自然吧""孩子们只看得到夸张的细节,却不理解他们所看到的事物"。这些文字像霉菌一样蔓延,已经占据了箱子的底部和另一面。最后,佩特罗的字从箱子里面跑到了箱子顶的外面,用一句简洁的话概括:"这世界上的事儿太多了。"

什么东西对你来说太多了,佩特罗?对其他人来说恰恰相反,什么都太少了,根本不够。

O

人应该每过七年就重新结一次婚,因为就像玛琳卡姨妈说的那样,每过七年,人就会变成另外一个人。应该更新一切合约、协议、借贷合同、登记信息、个人证件。一切的文件。

我正在过第十一个七年。而佩特罗在过第十三个。

在我的梦里,佩特罗会变成两个,三个,有时的他很年轻,有时又很老了。有时他对我大喊大叫,有时又与我温柔相拥。今天,我梦到他正在用他那难看的廉价陶瓷杯子喝茶。茶水氤氲出的蒸汽化成水珠,落在他的眉毛上。接着这些水珠结了冰,变成了一个个小小的冰柱。他睁不开眼,像个盲人一样来到我身边恳求我把那些冰柱弄下来。我没什么好办法,在厨房里四下打量,想找个特别的工具。他说着什么和冰有关的词,用手指着抽屉。就是说有一种工具可以去除眉毛上的冰柱,而且他有这种工具。他总是为所有事情做好了准备。

我和佩特罗之间还有一个区别,我很满意地记住了这个区别。一开始,我们总是寻找着彼此的共同点。我们把一个又一个日子都用来问对方各种问题,然后发现我们会回答"我也是""我也一样"。不过最后我们发现,事实并不尽如此。相同应该是一种无辜的欺骗。

他不会玩。也许这就是我觉得他很老的原因,虽然我遇见他时他还不到三十五岁。哪怕在自己的婚礼上跳舞,他也好像是在完成任务。是的,跳舞让他快乐,因为舞蹈应该令人快乐。那只是因为快乐是自然发生的。当他做某件事的时候，他就是在做那件事，而不是别的。当他画栅栏时，他就是画栅栏。当他批改课堂测验时，他就是在批改课堂测验。当他跛脚的时候，整个人都是瘸的，谁也不能质疑。当他沉默的时候，就像哑巴一样。这很滑稽——永远待在一个地方，整个地方都在一个时间里。像流浪狗一样自我束缚。不肯从被困的地方移动一毫米，一时一刻都不愿意向外看。

我却恰恰相反——我不愿意永远待在一个地方，没有一个地方能抓得住我。我永远都在玩耍。打扫垃圾和刮土豆皮的时候，我在玩耍，我假装那是个游戏。当佩特罗死去，冷冰冰地躺在阳光房里的时候，我也在玩耍，等待着更好的时光到来。没什么事情对我来说是格外严肃的。我在玩耍，在雪地里踏出一个个字母。

玛琳卡姨妈说，每天太阳落山后，整个世界会变成蓝色并持续三分钟。这时如果我们想着一个愿望并且看到了蓝色的世界，我们的愿望就会实现。我现在就正好透过窗户看到了蓝色的世界。可是我发现我没有任何的愿望。我松了口气。

俄国人第一次出现是在夜里，他们隐藏在卡车单调的噪音中。佩特罗把耳朵贴在收音机上，抱怨着。

头几天是窃窃私语的日子。人们只是私下里低声交谈。

这些细碎的交谈在村庄上徘徊，像烟从烟囱里飘出，低低地盘旋在麦田上空。接下来就安静了。收音机是他们收走的第一样东西。人们不得不坐在家里等待。俄国人列了一些清单，写下一些人的名字，并组织了一些行动。白天，他们开着军车跑来跑去，扬起九月的黄色尘土。

佩特罗失去了工作。晚上，我们可以听到从学校里传来的声音，俄国人把那儿当成了自己的营房——他们朝墙壁射击，将牛顿和哥白尼的画像当成了靶子。

一切都明朗了。他们要把波兰人赶走。我是从梅隆那儿知道的，不过他是顾左右而言他地向我确认了这个消息。他说："这样对你也好。你嫁给了一个老家伙，现在你要跟着他去西伯利亚。"也许这消息是玛琳卡姨妈带来的。她当时说："做点什么吧，如果你们有办法离开这儿，就赶紧跑吧。"为保险起见，当佩特罗不在家的时候，我把圣像从墙上取了下来，在那个地方挂上了从报纸上剪下来的斯大林的头像。

后来，几个俄国平民来到我们这里住了下来。他们是医生。从那天开始，我们和他们共用厨房，这让佩特罗很难忍受。他整天躺在房间里铺好了被子的床上，直到那些俄国人离开厨房，他才出去。这样就可以不看到他们。可是他们其实都是好人。我们彼此语言不太通，可是如果想要交谈，又需要认识多少单词呢？其中一个医生是一个漂亮的俄国女人，她的脸盘宽大，嘴唇饱满，身材娇小得像只小伶鼬。有一次，当我们讨论起衣裙，摩挲着裙子的布料，触摸着我们上衣上的垫肩，我发现，这个叫柳芭的女人居然没有穿内衣。战争期间，人们制造枪支武器，而不是内衣。换衣服的时候，或者我们彼此试穿对方的衣服时，我无意中看到了她赤裸的、体毛茂盛的屁股，这让我不好意思，还有些意外，好像看到了一个毛茸茸的动物。

内裤。直到现在，它似乎都不是什么重要的东西，我们不会特别认真地看待它。然而事实证明，穿着内裤，我们才有生活。结婚时，佩特罗的父母送了我一架缝纫机做礼物，我用自己的缝纫机给那些军官的夫人们缝制了内裤。我制作了一些剪裁纸样，用印花棉布、光滑的绸布或者白色的床单布缝制内裤，每天都能缝制几十条。柳芭的丈夫费奥多尔·伊万诺维奇用灰色的纸把这些内裤包起来拿走，然后给我们带来了钱、酒和茶叶。生平第一次，我通过工作养活了自己和家人。有了这些钱，我们可以和佩特罗一起去特鲁斯卡韦茨①，而且这次我可以请他吃冰激凌，让融化了的冰激凌流到我们的手上。

---

① 现乌克兰城市，位于该国西部，毗邻与波兰接壤的边境，由利沃夫州负责管辖，面积为 8 平方公里。

商店尚未被扫荡一空,所以我给自己买了一双漂亮的单鞋和散装香水,装进我的香水瓶。那个装饰精美的香水瓶已经空了,但是香水的气味一直都在。我还住在列文的时候就买了这个瓶子,也就是说这香水瓶已经陪伴了我半个世纪,一直安安静静地躺在我的浴室里,而其他的、更重要的东西都已经丢失了自己的气味。这个带有黑色硬橡胶盖子的大肚子瓶子一直都在,而我的宝宝却走了。

这些内裤麻醉了我们。我以为,靠着给别人做内裤,就能解决所有问题,内裤效应会继续下去,保护我们抵挡最糟糕的情况。四下里都是流言,说好多家庭都消失了,大卡车一大早开来,把这些家庭拉到了东部。我们村里暂时还没发生这样的事,那也许是因为学校的集体宿舍就在篱笆墙后头,那些人都住在那里,可能人们常说的"最危险的地方最安全"确实是真理。我先是透过篱笆墙打量这个"魔鬼总部",假装自己正在花园里干着什么,比如把衣服挂在两棵李子树之间的晾衣绳上。我看着他们跑上楼梯,消失在房屋里,过了一会儿又从里面跑下来,急急忙忙地坐进越野车,然后离开。我记住了他们的脸和肩章。他们一贯自信。我想到了"梦"这个词语。他们的那种自信让我觉得他们睡着了。仿佛这一切都发生在他们的脑海里,而他们,这些穿着褪色制服的男人,这些把扣子紧紧系到脖子上的男人,从头到尾都知道梦中的一切。他们告诉我,将会发生什么。他们是规则的制定者,又是规则的参与者。

而其中一个男人,地位最重要、肩章上有好几颗星的那个,简直像噩梦一样恐怖。起初我以为有两个人,两个步态相同的军官,他们的假臂上戴着黑色手套。我以为上楼梯进入学校的是一个人,下楼梯走出来的是另外一个人。直到后来,当我看到他的正面,我们的目光相遇了片刻,我才明白了真相:他的左脸已经被毁容,没有一丝生气,皮肤被伤疤撕扯着,像被疼痛折磨的鬼脸。他左侧的假臂是木头做的,左腿总是跟不上右腿,落在后面,一瘸一拐。所以,当他进来的时候,我看到的其实是他的右半身——那是一张年轻人的脸,上面有清澈的眼睛和挺直、结实的鼻子,还有一只手,把香烟举到嘴边。而他离开的时候,他是承受痛苦的躯壳,是一个奇迹般地经历了世界末日幸存于世,并决定继续活下去的存在。

我穿上了那件最好看的碎花连衣裙,用血红色的口红涂了嘴唇,然后去了学校。我既不知道该做什么,也不知道该说什么。我的任务就是征服那个"双重人",让他不要改变我们的生活。

就这样,我来到了尤里·利伯曼面前。他坐着,我站着。桌子上放着一把手枪,枪管对着贴了瓷砖的壁炉。我一进门就立刻告诉他,我丈夫也许是有个波兰姓氏,但他并不是波兰人,而且我们俩都是东正教徒,彼此和谐相处,我是个好主妇,我丈夫是个能干的男人,所以可能会有人嫉妒我们,说我们的坏话。我知道,我这么说幼稚得像个小姑娘。这一堆谎言糟透了。他们手头有文件,上面有各种表格,填满了对我们的裁决。"人们一定不喜欢你。你太狂妄自大了。"他用俄语说道,那一半完好的脸上露出微笑。另一边脸僵着。

我试图从这张充满二元性的脸上猜出他的决定。这时有人敲门进来。电话又响了起来。利伯曼突然不再关注我,转头去干别的事情。我失去了信心,退到了门口。我一会儿看到利伯曼中尉左半边脸,一会儿看到他的右半边脸,因为他手拿着电话听筒在房间里走来走去。他的目光漫不经心地扫过我的鞋子、腿和裙子。

"你晚上过来吧,我现在没有时间。"他挂了电话,冲着我说道。

我告诉佩特罗要去找玛琳卡姨妈。出发前,我偷偷地喝了点伏特加,他坐在厨房的地板上,逗娃娃玩。

我在院落的栅栏前一闪,从一个月影跳进另一个月影里。

我感到自己在发热，腋下的衣裙被汗水湿透。哨兵不让我进去，他用步枪指着我说："走开，女人。"于是我站在树影里，左右脚来回踱着步，看向学校的窗户。腋下的衣裙已经干了，我开始发抖。"该死，利伯曼，你这个布尔什维克。"我愤怒地默默重复着这句话。就在我已经打算回去的时候，在窗户上看到了他那半边死了的脸。他没看见我，只是看着天上的月亮，也许他看月亮就像在照镜子——他们俩都有两张脸。

我哆哆嗦嗦地从阴影里跑出来。窗户上的那张脸一瞬间瞥向了我，然后就消失了。过了一会儿，他出现在楼梯上，在那儿等着。哨兵假装刚刚看到我。利伯曼带我顺着学校的走廊走上楼，那是我和佩特罗结婚后住过的地方。他把我带进了自己的家，在那里即将上演新婚之夜的另一个恐怖的版本。我对这里的每一块地板、墙上的每一个裂缝都了如指掌。在我们之前的卧室里，还摆放着那张老旧的双人床，这床太破旧了，没法搬到新家去。他让我坐在那张床上。"你叫什么名字？"他一边问我，一边颇有章法地、慢慢地脱着衣服，把军装搭在了高高的床栏杆上。我回答了他的问题，又把佩特罗的姓名和出生日期都告诉了他。我现在看到了，利伯曼中尉整个左侧身体都睡着了——左臂的末端装着个假肢，无力地悬挂在身体上，左腿被装进一个金属制成的支具里，在月光下闪闪发光。他并未在我面前觉得不好意思,好像我根本不是一个人。

当他压在我身上时,我以为我只是在对付这活着的半个身体。他的身体快速有力,充满自信。最后,他告诉我,我很漂亮,但这话说得有点漫不经心,因为他根本没有看我,而是好像必须说点什么,让这话语砸到这间教师宿舍纸糊的墙壁之间。

我回到家的时候,佩特罗和孩子已经睡了。我往大澡盆里倒了水,然后在黑暗的厨房里洗了个澡。

我感到一阵恶心,不禁战栗起来,这倒是令我摆脱了罪恶感。但没过多久,我就被一阵难以忍受的耻辱刺痛。别想了,皮亚特尼卡,你这个薄嘴唇、穿着红色连衣裙的女人。炉灶下的火苗熄灭了。

我又去找过他几次,将自己当作贡品。他像个来自东部的瘸腿小神,需求不可预测,随时能想出任何花招。当那些事发生的时候,我会闭上眼睛。我把头转向破旧的墙壁,可他把我的脸掰过来冲着他。他想让我看着他。后来,我开始想念他,想念他这个陌生的敌人和他身上军装的烟草味道,想念他的每一个表情后面所带来的意外。他既鲜活,又死气沉沉;既敏感温柔,又残酷无情。他与我同床共枕,接着又判决一个又一个人的死刑。他那令人作呕的权力,就像不断凝固的果冻,而我情愿向着权力投降,情愿被淹没、被凝固在这样的运动之中,无须做出任何动作。那天,我看到他开着军车,来监督斯塔德尼茨卡小姐和她的父母、卢钦斯基一家以及其他邻居被驱逐出去。他看上去像一只鸟,眼神像公鸡一样空洞。俄国人不应该是情感丰沛、心思敏感的吗?而他却不一样。也许他压根就不是人类。"你是谁?"我问他,或者"你怎么了?"我的手指拂过他胸前长长的伤疤。他总是笑笑,拿起一支烟,却从未回答我。

我们透过厨房的窗户看向外面的人群,他们拖着箱子和大小包袱,排出了一条长长的、令人绝望的队伍。天刚蒙蒙亮。我把还在熟睡中的娃娃抱在手上,佩特罗抽着烟。我们的房门上是被天使用鲜血做过记号吗?尤里·利伯曼站在车里,用他那看不出任何感情的半边脸冲着他们。"发生什么事了?为什么我们不用走?一定是明天才轮到我们。"他早晚会知道的,我这么想。然后他一天天不停地问,"为什么不是我",越来越绝望。

很快我发现自己怀孕了。我跑到玛琳卡姨妈那儿,把一切都告诉了她。她打了我一个耳光,然后把我带到邻村,一个叫马特里奥娜的老妇人想办法让我流了产。我留在姨妈家里过夜,而她则跑去告诉佩特罗,我不舒服。我这一病就是一整个月。玛琳卡坐在床边守着我,因为我总想着死,想接受上帝的惩罚。她以为我是心疼那个死去的孩子。但我其实是想念尤里,思之如狂。

曾有个俄国士兵过来,站在门口和玛琳卡交谈了一会儿就走了。姨妈没有告诉我他想干吗。她只说了关于佩特罗的事:"你必须学会爱他,把他当成一个比你脆弱,而不是比你强大的男人。"

指挥部转移到了其他地方。不知具体去了哪里。玛琳卡姨妈后来交给我一个利伯曼让那个士兵带来的小包裹。里面有一块陈旧的纸片,上面用俄语写了一个地址,一条带着十字架吊坠的金项链和几个戒指,以及一块布,看起来像是从军装衬衫上撕下来的。我把这一切用纸包起来,埋在了果园里的李子树下。这是为我那未出生的孩子举行的一场迟到的葬礼。

我还看到了一件奇怪的东西——利伯曼的大脚趾。指甲轻微变形。脚趾承载着这个有着两副面孔的男人的所有力量,那力量变得怪诞而虚浮。这脚趾让我感到羞耻。其实我并不羞于在那张铺满文件的桌子上发生的狂野爱情,也不羞于接受那一波又一波的快感,虽然这些才是我应该厌恶的感觉。本应被隐藏的事情却大白于天下。

在接下来的几个月里,乌克兰人进驻了俄国人扔下的小屋。他们中的一些人是我的亲戚,比如霍罗德斯基和克诺维奇,可是他们看我们的眼光充满怀疑,同往常完全不同。霍罗德斯基的妻子其实是波兰人,这比乌克兰女人嫁个波兰男人好得多。女人之间没有什么眼神交流,虽然这有点不应该。这两个民族本是同宗同源。

"告诉我,那是真的吗?"后来佩特罗问我,注视着我的眼睛。

"不是真的。"我说。

孩子们只会注意到夸张的细节。他们无法理解日常看到的事物。现在我知道你总在想什么了。你总是老成持重,生来便洞知世事。所以你怎么可能看得到细节呢?你看不到咱们去庆祝圣安德鲁日①的时候我穿的红裙子,你看不出来油

---

① 耶稣降临日前的最后一个宗教节日,也是波兰的传统节日之一,于每年11月30日庆祝。波兰民间有一种迷信的说法,认为在圣安德鲁日的前一夜,未婚女性可以用某种魔法预测到自己的如意郎君,所以该节日又被称为算命之夜,青年男女会举办聚会等活动。

腻星期四①的蛋糕上有玫瑰花酱,你看不到我剪了头发,买了新鞋,也没注意过花园里长着剑兰的地方今年开出了大丽菊,而我给你的大衣缝了新纽扣。

后来,一如往常,佩特罗注意不到,我晚上回家时总是虚弱地躺下,一言不发;我深夜里的哭泣从不会将他惊醒,因为年老的人睡眠深沉、呼吸均匀。我经常在窗前长久伫立,精心打扮。化妆盒里的新口红也不会令他不安,他从来就看不到我的口红和化妆品。他只注意到整体——那整体总是稍显模糊,由印在纸上的、在现实世界中找不到对应物的文字组成,由一些模糊的想法、方向、平面和表格组成。佩特罗的世界里只有提纲、总结和时段划分。

看不到细节的人,什么都不知道。而什么都不知道的人,会无意识地变得冷酷。

我在雪地里转圈,这雪地将佩特罗封存。我用雪给他造了房子,为他画出了一个属于他的国界。

晚上,我用刷子刷着他的西装。很久以前我就给他买了这套西装,大概十几年前,那时我就知道,他会比我先死去。西装挂在

---

① 基督教大斋节前的最后一个星期四。按照传统,波兰人会在"油腻星期四"这天吃许多甜面包或者其他甜点。

衣橱里,黑色的纯羊毛西装,虽然过时了,但足够高级——等待着这一刻的到来。可惜我没来得及给他穿上。很显然佩特罗不喜欢这套衣服,穿上这衣服就浑身不得劲。现在来不及了。佩特罗躺在那里,穿着格子衬衫、针织毛衣、膝盖那儿磨得很旧的灯芯绒长裤和毛茸茸的拖鞋。我把脸贴在毛衣粗糙的麻花条纹上。

U

我现在七十六岁,佩特罗九十一岁。现在是 1993 年 2 月。只是我不知道,今天是几号。如果今天我能看到电视上显示的日历,那就一切都搞清楚了。佩特罗是周日去世的,我不断重复着。整个星期五和星期六他都捂着胸口呻吟。我好几次想下山,可是雪一直下。我很久没见过这么大的雪了。我就这么一直在雪地里画着字母。

我和他坐在阳光房里,我把自己埋在他的外套下面。我抚摸着他的手,那天晚上他的手从胸前滑落,现在放在身旁。我没办法再把它移回原来的位置。它很僵硬,虽然手指显得很平静。我抚摸着他的指甲,它们像雪一样白。我试着用指尖感受,他的指甲是否还在生长。就像用手检查腹部——去看看胎儿是否已经在里面活动。我在这里检查着,他身体里的所有运动是否都停止了。

佩特罗是个有耐心的人。躺在阳光房里他会很舒服。现在我知道,他为什么要建造这个阳光房了——为了死后在这里休息。"佩特罗,"我说,"春天来了,春天一定会来,复活节早晚会来。"他不回答。"你得用脱壳机给罂粟子脱皮"——他有时也会轻轻微笑吧?"把杏仁捣碎,把烤蛋糕要用的坚果去壳,再去地窖里拿一罐辣根。"我看着他已经全白了的眉毛和凹陷的脸颊,胡茬上似乎挂着一层白霜。他依旧是一个英俊的男人。生命最后的点点滴滴在他身上流淌成涓涓溪流,肉眼看不见,指尖也难以察觉。可是我知道。他并不是突然死去,砰的一下,然后消失殆尽。死亡应该慢慢在身体里蔓延,而生命毫无遮拦地流逝,一点一滴,就像冰柱在阳光下融化。

这里烽烟再起,德国军队驶过索科沃夫卡①。这世界分成了白昼和黑夜。白天人们在院子里闲逛,倚在栅栏上交谈,开车进城工作,相互打量。佩特罗看着新学校拔地而起,可他

---

① 索科沃夫卡(Sokołówka),波兰尼卡·兹德鲁伊市南部的城区之一,位于波兰下西里西亚省,最早曾是德国村镇。1584 年由德国人弗里德里希·冯·法肯海恩(Friedrich von Falkenhain)建立,索科沃夫卡的德语名法肯海恩正是来源于此。成立后的二百余年中,该村主要发展纺织业和酿酒业,目前是波兰著名的温泉度假区。

不再是这学校的一员。学校越来越缺钱,一天天衰落下去。

而夜里,这一切都失去了意义。各种神秘的变化发生在夜间。地平线上的天空变成橙色,其他房屋变得充满敌意,仿佛能听到那里面磨刀霍霍的声音;在黑暗中,人们失去了他们的脸。佩特罗穿上暖和的衣服,在口袋里装些面包和苹果,然后走进森林,直到早上才回来,好像什么都没发生过一样。

从那以后,他就再没与我同床共枕。他那一侧的床铺整晚都没动过,床单上没有一丝褶皱。枕头一直雪白,没有一点因为睡过而泛黄。他什么也不说,从不开腔。他甚至不看我。早上,他会带着娃娃去院子里玩一会儿,这时他终于能大声讲波兰语。那并不是对任何人说的话。既不是对嗓音尖利的斯塔德尼茨卡小姐,也不是对卢钦斯基一家,更不是对其他人。

起初他在一家被新势力接管的酒厂干体力活,后来又失去了这份工作。有一天,有人带来消息,说佩特罗的兄弟一家被杀害了,他怀孕的妻子和岳父无一幸免。佩特罗去了兄弟家那边,一走就是好几天。回来后他说,他去得太晚了——他们已经被埋葬了,佩特罗只能把他们的事记在了箱子上。

箱子上写着"1943 年"以及一个难以辨认的日期。"巴尔特沃梅伊和米哈莉娜以及岳父埃米尔·奥克赞斯基",他们所留下来的记忆仅此而已。佩特罗不再躲在森林里,不过他从不出门,整天坐在窗边,听着村子里传来的消息,自言自语,一根接一根地抽烟,直到手指发黄。而我在阳光下忙得团团转,喂那些母鸡。他一定听得到我反复对邻居说:"佩特罗不在家,他出去了,我不知道他在哪儿。"我把女儿带在身边,我们依偎着一起睡觉。只有一次,他在夜里粗暴地把我摇醒,抓住我的肩膀,当我挣扎的时候,他一把把我摁在地上。他手里拿着一把手枪,一定是从藏身之处拿出来的,他把枪放在我的手中,让我把枪指向他自己。他说:"打死我。"枪颤了一下,然后掉在了地上。

第二天玛琳卡姨妈过来了。"看在你父母灵魂的份上,看在我抚养你那么多年的份上,姑娘,"她说,"叫他躲起来吧,叫他藏到阴暗的地方去,叫他消失吧,直到一切恢复原状,要不人们是不会回心转意的。"他在她身边跪下,将头放在自己的膝盖上,虽然比她小不了多少,但还是把头埋在她的围裙里痛哭。"让他赶紧收拾东西走吧,或者你给他收拾,给他点衣服和食物,让他走吧,到他的森林里去。或者,如果你想让他待在你身边,你们就在茅屋里挖个洞,用树挡住,让他就待在里面。我们是乌克兰人,他是个波兰人。"

这话现在听起来跟那时可不一样。那会儿,这些话语显得很年轻,新鲜得就像一根根饱满的、充盈着汁水、充满了弹性的花茎,没有人知道,后来会长出些什么。在这之前,我从未想过这些。两个教堂、两次圣诞节、两种语言,这些都交织在一起,彼此重叠,一年又一年,越来越紧密,仿佛跳起了美丽的舞蹈。

那时,佩特罗在一个羊圈的地板下藏了五个月。

我不再在夜晚把特克拉赶到窝棚里去。它留在厨房里,像个小女孩一样彬彬有礼,像个好学生。我把她的粪豆子扫到簸箕里,然后倒掉。它们看起来像商店买来的颗粒状的花肥。早上,我被她的蹄声吵醒。特克拉小姐即使在晚上也不愿与她的高跟鞋分开。我把佩特罗吃的圆面包泡在水里,它吃得津津有味,长方形的瞳子看着我,目光冰冷而讽刺。她是谁,这个特克拉是谁?如果不是这双瞳子,我会认为它是一个人,穿着一件奇异的、带着兽角的衣服。现在正是打扮和表演的时候,现在正是韦莱斯节①,就是现在。狂欢节的最后一个部分,每个人都要假装是别人。

---

① 韦莱斯节是纪念韦莱斯神的节日。韦莱斯是斯拉夫原始自然宗教神祇中的一位。他不仅是牛神、家畜的保护者,还是冥界的主宰。每年的2月9日至2月15日是韦莱斯节,在此期间,人们会将羊皮大衣翻面穿上并戴上面具,成群结队地在乡间漫步,走过房屋、马厩、猪圈,念咒语保佑家畜健康。

雪还在下,盖住了我画下的字母。雪云低垂,村里的人看不到我,仿佛我生活在世界的边缘,在英雄的国度,死亡的路旁。山下的那些人看不到我,对他们而言我已经消失了。我想知道,他们是否想到过我们,是否考虑过我们是不是发生了什么事?邮递员会担心吗?他应该什么时候来?还有电费和电视费单子,虽然电视上已经什么都看不到了。他会像往年冬天一样,把这些都留在商店里吗?

今天我在冰面上看到了模糊的舞蹈,那是电视屏幕上的雪花中几个优雅的人像。穿着短裙的女芭蕾舞演员在光滑的平面上写下详细说明,但无人阅读。

M

我们花了大约两个星期打包行李。想要带走的重要物品并不多。家具已经不太好了,只有双人床还算值点钱,不过佩特罗以很便宜的价格把它卖给了邻居。所有值钱的东西都放在了箱子里。此外我们还带了一台缝纫机和一个装有书籍、文件和照片的手提箱。那箱子在旅途中丢失了。

其他人的行李则装了一整车——家具、锅碗瓢盆、衣服、窗帘和床单。

乘着马车去镇上车站的集合点时,我们看到同样的车从四面八方开过来,每辆车上都装满了家用破烂,还拴着牛,狗儿在车里叫着。这是一幅可怕的景象——看起来肯定是世界末日。组成游行队伍的不是从坟墓里爬起来的死人,而是在通往未知命运的无尽道路上前行的人们。我们听到的不是天使的号角,而是令人绝望的火车汽笛声。

几天前,玛琳卡姨妈来找我们,用平静的语气说,她要和我们一起走。但是佩特罗低声说,天气很冷,旅途漫长,而且办理通关手续需要很长时间,所以她只能春天的时候再来找我们。但我们清楚地知道,每一个春天的到来都会是一个新的时代,一个旧制度不再适用的新时代。我们对过往无话可说,既没有真相,也没有谎言。时间也会被一纸法令废除,未来会是一个不同的状态——一个朦胧的、模糊的轮廓,一个没有细节的草图。

夜里一直在下雪,破坏了我的作品。吃早餐时,我给茶里加了一杯佩特罗保存的伏特加,然后再次向山坡走去。阳光很美,我看到的情形还不算太坏。我画出的字母变得线条柔软,昏昏欲睡。我得再来一次。于是,我像那些排着队玩火车游戏的孩子们一样,一圈圈地踏步。突突突,你们快看看我,你们这些山下的人!嗨,我在这儿!伏特加让我热血沸腾,我的脸在雪地上被太阳晒得发烫。

我看到一辆小公共汽车,所以寒假一定已经结束了,因为只有开学后这个小公交才会运营。村庄上边的另一侧是一个陡峭的斜坡,上面覆盖着光秃秃的树木。春天正从那边走来。枯树的身体逐渐丰满,油腻的绿色从它们身上流泻而下,覆盖了山谷和山坡。

我们的房子后面长了几株雪莲。佩特罗默默地绕着它们走来走去,仿佛这是他的秘密植物。他不允许我把它们移植到我的花坛里,说它们是野生的、受保护的。人类的目光会伤害它们。

去年春天,当红麻雀飞回来并开始像往常一样在同一个地方筑巢时,佩特罗大哭了一场。这个笨老头,我当时就应该猜到,他已经快要死了。但他还爬上了梯子,用修枝剪子剪掉苹果树上的枯枝,让树木恢复活力。土地表面慢慢解冻,但是如果往下挖,就会发现,哪怕已经四月初了,地下的土地还是冻得僵硬。

如果人能像树木一样重返青春该多好。切掉苦难的记忆,像剥离死去的身体组织一样剥去一切痛苦和所有失望;剪去犯下的错误、愚蠢的决定和各种失误,让头脑重新变得理智。这最好可以在每个冬天之后完成,这样我们就能在进入新一年的时候清白又无辜。毕竟我们知道——接下来的某一个冬天会将我们杀死。

我曾恳求他留在这令人绝望的克卢奇堡,在娃娃的坟墓旁找个地方住下,走到生命的尽头。但是他不同意。显然,坟墓对他而言也只是细节。佩特罗被分配到其他地方工作,在更远的西部,尽管那里似乎什么都没有。所以在我把我们的东西一一放进一个满是臭虫、被洗劫一空的公寓里之后,佩特罗让我把它们再次打包收拾起来。这些话也是细节——使用它们毫无意义,他根本没注意到它们。另一列火车驶来,载着我们先跨过一片潮湿、广阔的平原,然后穿过山谷,直到我们发现自己身处另一个国家,在边疆的一个小镇上。小镇的房子后面,世界的边缘被切断了,只有背靠的群山让我们想起剧院里的彩色装饰背景。

我整整一年没和他说话。当我看着他时,我的舌头仿佛并不存在。"说波兰语!"佩特罗用乌克兰语对我说。不,我想我不会用波兰语说一个字。把我带去那该死的克卢奇堡吧,我会留在那儿,把你从我这里偷走的那些岁月还给我,把我的女儿还我。

"冷静点,孩子,"玛琳卡姨妈总是这么说,"没有什么可回头的了。这里,我们现在所在的地方,只有前方、未来,然后,只有将来时。把窗帘挂起来,找一只猫回来,这房子里到处都是老鼠。"

A

我早就该给他刮胡子了。我把水倒进杯子,用刷子打出肥皂沫,把剃须刀在皮带上来回磨。山羊看到刀片后退了一步,乖巧地躺在了厨灶边。

我拿了一块干净的布,走向阳光房。"卫生服务来啦!"我欢快地说着,但他没有回答。"有什么问题吗?"我问道。"我做错什么了吗?我说得太多了吗?你生我气了吗?你永远都不会忘记我吧?"我不怀好意地模仿他的语气说道。我清楚地记得他那种充满怨恨的语气,我是多么讨厌这种语气,而佩特罗那慢吞吞的性子又是如何惹恼我,他所爆发出的愤怒就像他身上的一切一样,沉重而无力。

我拉过一把椅子坐下,然后开始干活。

我熟知他皮肤的每个细节,记得蓝色血管的分布,仿佛那是一张破旧的地图,上面有一条条河流、小溪、桥梁、道路和小径。现在,当他躺着的时候,我可以看到他太阳穴上独特的蓝色卷曲——就好像一个环和两条细线。这是他的标志,好像是皮下的文身,尽管天这么冷,也一直存在。我曾经笑话他,说他的血和血管都是蓝色的。那些停滞在血管里的血怎么了？那些血液里最小的分子、所有的白细胞、血细胞被冰晶压碎,又或者是太空中流淌出来的危险冰霜,将它的刀片对准了脆弱的细胞壁？

又硬又僵的皮肤不再听剃须刀使唤。他的脸上留下了灰白胡茬。我不得不再次轻轻地用刀片划过那些地方。突然,我本能地收回手。我该听到佩特罗发出嘶嘶声,看到他愤怒的眼神和一抹鲜血。可是什么都没发生。

我吓了一跳,不过也仅仅如此。

突然,我眼前出现了另一个他：胡子刮得干干净净,身上散发着香气,头发乌黑。他往脸颊上拍了些古龙水。我把嘴唇贴近他的脸,然后一直保持着这个动作,仿佛永不停止。这个画面就像在放电影,而赛璐珞胶片融化开来,于是画面中心出现了一个黑洞,像火焰一样不断扩大。

"佩特罗现在是校长,"我对特克拉说道,"他会带我们过上好日子,我可以上夜校学习高中课程。"当我不由自主地说出一些乌克兰语单词的时候,他就会用眼神严厉地批评我。

我一共回过两次家乡。一次是我五十三岁的时候,另一次是六十四岁。这并不容易,这里的人不给我签发护照。佩特罗把这些事都记了下来,写在了箱子的侧面。现在我比实际年龄小了三岁——这就是缺失证件的好处,我告诉了他们一个假的出生日期。

第一次回去的时候,那里一切如旧。奥尔加姨妈家里的墙上挂着同样的基里姆壁毯和东正教的圣像。她年纪太大了,已经没有能力去遵守那些禁令。床上堆放着香喷喷的绣了花的干净枕头。姨妈的孩子们远走高飞:梅隆去了顿涅茨克,其他人去了基辅。"留下来吧。"姨妈一边说,一边因为思念玛琳卡而哭泣。

第二次回去的时候,我发现旧世界已经变得很小,好像给洋娃娃住的玩具房子。奥尔加姨妈也变得更矮小了,干瘪,她说出的话细碎,愿望也很微小,仅仅是,"留下来吧"。过不了多久,她就会死去,我就再也不会回来了。我只会在自己死后回来,那时我们就会永远生活在一起,在这个小小的死后的王国,这里都是用栗子做出的小假人。不过不是现在,现在我必须把身体蜷缩起来才能留在这里。

我走在路上,穿过田野,看着以前的教学楼,现在它变成了一个食品商店。我的鞋尖一路踢着地面。我试着找我当时埋利伯曼送我的包袱的地方,但那些树木要么已经长高,要么相反——已经死了。它们都不再竖立在原来的位置。从那时开始,只有考古学家才找得到这些宝贝了。

在这些仓促的拜访,与奥尔加姨妈共度东正教安息日之后,我一无所获。然而长途旅行是最愉快的——因为我可以独处一段时间。第二次回去的时候,边境检查时,奥尔加姨妈送给我的圣像,我最喜欢的帕拉斯凯维亚·皮亚特尼卡的圣像被没收了。如果不是我在最后一刻成功地将一把卢布塞进那个边防官手里,我甚至会因为走私艺术品入狱。边防官当时愣了一下,然后他的目光越过我的脑袋,挪到了其他人头上,那些是更重要的目标。

那时,奥尔加姨妈特别仔细地拿纸把圣像包起来,她细长的手指灵巧地系好绳结。我会模仿她的微笑。你看,佩特罗,我像奥尔加一样地笑。你看得出来吗?

佩特罗假装没看见。但我坐火车回家的时候,他会去列文站接我。这火车每经过一站,就会卸下一节车厢。佩特罗帮我提着沉重的行李,里面装着我留在那个世界里的细碎过往:奥尔加替我保存的一件母亲留下来的胡楚尔[①]大衣、基里

[①] 胡楚尔人是乌克兰的一个族群,主要居住在喀尔巴阡山一带。

姆地毯、复活节时摆放的餐巾、绣花衬衫和一只黏土烧制的羊羔①。我们提着行李箱走在两侧种着栗树的碎石路上,然后穿过集市广场。

广场是长方形的,略微倾斜,里面有几个花坛和一个小喷泉,那喷泉几年后就坏了。我们住在这个集市广场上一栋老旧的石制楼房里,房间的窗户很小,窗帘一拉上,屋内就黑透了。后来,佩特罗分到了学校附近的一套公寓,我也开始做图书管理员。

我走进房间,从玻璃门书柜里拿出几本书。特克拉在我身后踢着蹄子,好奇地打量着屋子。屋内有些冷,它退了出来。《克里斯汀·拉夫朗的女儿》《安娜·卡列尼娜》,这是我最喜欢的两本书。在图书馆我有大把时间读书。我给书本包上书皮,在书脊处写上作者姓名、书名和编号。我把借书卡做好,放进木制小抽屉里。我总是给这里的女人们推荐这两本书,女人总是更爱读书。在列文生活,读这两本书就足够我们掌控生活了。我们其实可以成立一个"安娜和克里斯汀协会",再组织协会成员参加五一游行。我们可以在头顶举一条

---

① 复活节时,羔羊作为基督教的象征之一,代表着纯洁和替人类赎罪而被钉在十字架上的耶稣。最早在17世纪,波兰人就会带着装有用黄油、糖和面糊制作成的烤羊羔的圣篮到教堂祈求上帝的赐福。

横幅，上面写着"全世界的安娜·卡列尼娜团结起来"或者"列文的所有妇女团结起来为挪威妇女而战"，诸如此类。那时候出生的姑娘，最常见的名字就是安娜或者克里斯汀，这一定不是偶然，我想。这都是我的功劳。

佩特罗，现在应该是皮奥特，走在学校游行队伍的最前面。他的手里挥舞着红旗，旗杆用棉花糖的棍子做成。学校就应该免除他的这项工作，他现在腿脚都不利索了。他总是晚上才回到家，身上带着一股学校的气味：孩子们的汗味、地板油的味道，还有教师休息室里的烟味。

他的话不多，只跟我说些非说不可的事，惜字如金。我想要的更多，但他总是忽略我。我做出各种姿态，他就摔门出去。我只好在最寒冷的冬天，蜷缩在留有他体温的被衾之中、他的身体温暖的那个世界里。

我站在那儿，手里拿着书，山羊冷漠地看着我。它什么都不在乎。我不记得，那些年都发生了些什么。那些岁月流逝、消散，融于土地之中。我只看得到小镇上的集市广场。地上的石砖之间开始长出杂草。老石屋日渐破败，摇摇欲坠，喷泉里的水已然干涸，窗户上的玻璃碎了，取而代之的是一块块木板。

然而这个失而复得的世界的日常生活自有其轨道。小镇上的消防站成了大家玩乐的场地。人们在木地板上洒满锯末，将桌子靠墙边排成一排，为跳舞的人们腾出地方。灯上挂着用皱纹纸做成的装饰品，比如双色螺旋状纸带或锯齿状彩带。大厅四角挂着一束束气球。白色桌布上放着一碗碗蔬菜沙拉、一盘盘鲱鱼和一篮篮面包，装着伏特加和橙汁的瓶子在其中赫然伫立。这些瓶子有些是白色透明的，另一些则是棕色的，由不透明的玻璃制成。女人们小拇指向上，慢慢倾斜酒杯，也许是在下意识地表达抗议。她们从不干杯。杯底总要剩一点儿伏特加——这是新世界复杂的社交礼仪。

乐队奏出的第一个和弦很有力，击中了每个人的胸腔和腹腔。有一瞬间人们会觉得失去了呼吸。这种惊讶的感觉会持续一段时间，直到人们习惯了这巨大的声音。然后，在伏特加的鼓舞下，人们滑进舞池，用特殊日子里才会穿的高跟鞋虐待那些无辜的锯末。很快，男人们会脱掉他们的西装，女人们会把累得发昏的披肩挂在椅背上。那些突然渴望呼吸新鲜空气的人们会走出大厅，让裸露的肩膀和汗津津的脖子上落下一阵凉意。

午夜过后，我一如既往地爱上了乐队里的一位乐者。我最喜欢那些单簧管手或鼓手。我一边跳舞，一边对其中的某个人抛媚眼。佩特罗对此很警觉,无论喝多少酒,他都不会丧失警惕。我们穿过倾斜的集市广场回家,谁也不跟谁说话。

在小小的、边缘剪得很奇妙的黑白照片上,我们总是身着盛装,手里拿着一杯伏特加。我穿着高跟鞋,他则通身西装。我光裸的肩上披着围巾,他的西装衬有垫肩。我冲着相机摆出各种表情,他僵硬地站在演讲台后面。

我不让他碰我。"我不会给你生孩子的,佩特罗。"我带着浓重的乌克兰口音说道,我不会给你生孩子。我们不会再有孩子,在克卢奇堡我们已经失去了我们的孩子。你老了,我还很年轻,你会比我先死去。下午我会出门散步,或者去裁缝店。我还要照顾生病的玛琳卡姨妈,她在四十九岁的那年冬天死于一场普通的肺炎。这里的天气不适合我们,我们是习惯了阳光和平原气候的人。这里的空气就足够把我们杀死。

这里没什么可瞧的。整座小镇就是一个集市广场以及一个邮局和几个商店。这里也有个文化馆,由驿站改建而成,还有个饭馆,每次打开门都有一股地下室才有的潮湿难闻的气味扑面而来。城市边缘,也就是离集市广场五分钟路程的地方,有一个小墓地,那里所有的墓碑上都写着德语。第一片墓碑中,就有一个是玛琳卡姨妈的。这里的小房子像冻僵的小动物一样粘在一起。每次外出散步,没走几步就到了田野。定居在这里的人们说着差不多一样的语言,但他们无法交流。还得经历两代人,这情况才会改变。

小镇的下面有一个教堂,里面挂着一幅非常奇怪的画。那应该是曾经来这附近疗养的人们设计出来的杰作。那时,这里的生命之水还没枯竭。我总是去这个教堂,坐在第一排的椅子上,看这幅画。

这幅画上,十四救难圣人①拿着他们的圣物。以前,人们只要看到这些圣物,一眼就能认出这些人物,而今天再也没人讲他们的传说。但我知道这些故事,我在图书馆找到了一本书,里面解释了我所见事物的全部意义。他们站在初生的耶稣身旁,就像来参加耶稣受洗的客人一样。

在画作的底部,圣·欧达奇跪在鹿的前面,鹿角之间有一个十字架。旁边是圣·克里斯托弗,那个巨人是骨骼和脊椎病的守护神,把小耶稣像兔子一样扛在肩上。紧挨着他的上方是圣·吉尔斯,正用手抚摸着被迫害者用箭刺穿了的小鹿。他是病态的恐惧和反复的恐慌的守护神。旁边的圣·西里亚克是一个端着碗的瘦弱男孩,他是眼疾的保护神。在他的正

---

① 罗马天主教中尊崇的一组圣人,他们被认为可以有效对付各种疾病。这种尊崇始于 14 世纪的莱茵兰地区。

上方,圣·玛格丽特被描绘成一个小怪物或小龙,怀孕的妇女都会寻求她的庇护。我不记得她是如何受难的。下一位身穿红色连衣裙的女人靠在一座塔上,手里拿着一个圣杯,她是圣·芭芭拉,善终的守护神,因此那些最容易受到死亡威胁的人们——水手、矿工和炮兵最需要她的庇护。亚历山大的圣·加大肋纳抬头望向天空,手里拿着一个坏掉的轮子,这是她折磨自己的工具。接着,我看到圣·伯拉削,戴着主教的高帽,据说他治愈了一个因鱼刺窒息的男孩,所以成了咽喉和喉科医生的保护神。噢,还有圣·维图,他治好了昏迷症。现在他手里拿着一个油锅,就是他自己被煎熬的那口锅。他是神经疾病和癫痫的赞助人。在他旁边一个男人被钉在树上,那是肺病患者的守护神潘塔里翁,在水疗中心接受治疗的肺结核患者都向他祈祷。在他下方有一个人,把自己的头颅抱在身前,就像捧着一个礼物——这是巴黎的第一任主教,圣·德尼——他因信仰被斩首。传闻他被施刑后仍拾起头颅,拿着它走了一段路。他是昏迷和慢性头痛患者的保护神。我还能继续忍受吗?这种肉体与神灵的怪诞混合,仿佛一个没有了,另一个就不会存在。

在圣·德尼身旁站着伊拉斯谟,他把自己的内脏攥成一团,放在曲柄上。他是内科疾病的守护神。还有圣·乔治——

每个人都认识他：麻风病人和性病患者的保护神。最后是一个被一束箭射穿的温柔青年——圣·塞巴斯蒂安,传染病的守护神。别忘了,我们可是住在疗养院,这里只有病人。

于是,我把美丽的帕拉斯凯维亚·皮亚特尼卡画像换成了绘着这些怪物的画。帕拉斯凯维亚穿着血红色的裙子,窄窄的嘴唇紧闭着,苍白的脸庞仰望着遍布魂灵的天空。一大片由圣像组成的空间变成了旋转木马,木马上的坐骑是一个个怪物,坐上去会让人产生幽闭恐惧；广阔而平坦的地平线变成了只有黎明和黄昏的黑暗的日子；笔直的田间小径变成了弯曲的石头小路；看起来都很熟悉的面孔变成了永远陌生的脸。

当我们的女儿出生的时候,我想给她起名叫"玛琳卡",可是佩特罗不同意。他说小孩的名字应该大众化,简短、严肃、随处可见。小孩的名字要所有人都能懂,得是世界上任何一种语言中都存在的名字。

R

我常常同时干好几件事——这时我会觉得我在指挥一个乐队。这边肥皂水里泡着窗帘,那边熨斗正在加热,而旁边,在熨斗的热气中,圆圆的苹果正在等着剥皮,一根漂亮的条状果皮散发着香气垂落下来。而我这时正在整理抽屉里的针线,炉子上烧着开水,等一下我要去给母鸡褪毛,然后去熬鸡汤。每一个动作都一气呵成,我就在各项任务之间来回跳跃,努力不让动作的顺序重复,甚至不去考虑顺序,身轻如燕地轻轻一点,任务就完成了。我常常自己都觉得惊讶。事实上,我认为所有事情都能靠自己完成,作为人类,我们只需要动动小手指,就能推动世界前进;这世界已经知道自己该是个什么样子。这就像一场在桌子、抽屉、厨房和熨衣板之间的舞蹈。我跳起舞,被自己吸引,舞蹈给我快乐。即使我把房间弄乱,也没什么大不了的。

佩特罗不喜欢这些,他既不喜欢同时做所有的事情,也不喜欢混乱。他的性格与我相反,完全处于事物的另一面。每个动作,他都认真准备,仔细考虑,严密计划,完成得有始有终。他常常歪着头,像一条贵宾犬,认真地思索着。他拿着铅笔和厘米尺,绘制计划图,常常还要借助专业书籍或者《DIY爱好者》杂志。看得出来,他所有事情都要做两遍。第一遍是在脑子里预演,第二遍才是真正动手。这样,他相当于活了两遍。那么现在呢——他的第几次生命结束了?是彩排,还是实际上的那一次?

也许这次是他的死亡彩排,只是为了看看,"那边"是什么样的,只是为了数一数,通往天堂抑或地狱的台阶有多少级,体验一下"那边"的温度,初步计划一下在"那边"的旅程,列个提纲,或者时间表？甚至,如果看到"那边"什么也没有,恐怕也可以调查一下,为什么会这样？那种虚无是用什么针法、什么颜色编织而成？

我看到了你,坐在那里,眨着眼睛,然后你歪着头说"很冷"。你搓搓手,拿着铅笔走到桌边,打算画出第一条直线。"死亡的宽度大约为60厘米,"你说,"由胶合板制成。"或者,"我们应该一边经历死亡,一边左转。"又或者,"死亡是用双面平针织成的。"你在百科全书中寻找着一个合适的词条,某个行家能在这个词条里把所有一切都解释得清楚明白。可是书中只是写道：每个人都会死,他、你和我。不值得为此打什么草稿。

所以佩特罗建造了阳光房,现在他就躺在那里。起初他用了两个冬天"试建",只是在脑海里。接下来的两年,他画了不少图纸,在上面做了各种各样的笔记。然后,他又用了两年在阳光房里"试住",体会着自己的死亡——所以他很少说话。这就是他沉默的原因——可怜的人,他必须活两遍,所以不得不省着点自己的话语。而我呢,我太傻了,我怪罪他的沉默。我什么都不懂。

我都忘了,我们还有一把小提琴,不知道放在哪儿了。大概是在数次的搬家途中,我们把琴弓丢了。在这里,佩特罗只是把小提琴抱在怀里,抚动琴弦,就像弹着一把小却不顺手的吉他。他常常弹《满洲里的草屋》和《我的迷迭香》,这是我喜欢的歌。也许他并不是为我而弹,只不过熟悉这些旋律。他已经演奏了很多次。在那之前,我们刚刚结婚的时候,他会走到那所学校的门廊上,那里长满了爬山虎,他拿起琴弓开始拉琴。琴声悠长,充满深情,时而高亢,时而低回。清扬的琴声飘扬在平坦的土地上,在高低错落的草丛中,沿着泥土路,穿过麦田,毫不受阻地四散传开。那旋律似乎是不朽的,没有什么可以阻止它,似乎它能环绕地球,然后在某一天回到我们身边。也许某一天它回来过,只是我们已不在那里。我们没有等它。

我开始寻找这把小提琴。我看了箱子,又看了房间里的柜子、门厅里的柜子,都没有找到。佩特罗,你把小提琴放到哪里去了?

电视机里传出的声音模模糊糊,不过我知道我得加快速度。要下雪了,可能是今年的最后一次。如果磨磨蹭蹭,我之前的功夫可能就白费了。那就得等到春天,查水电表的人上山的时候了。佩特罗可受不了气温回暖。晚上我会给他点燃香烛,然后把剩下的伏特加喝完,致酒词就是,为了他的健康吧。很显然,我的身体从内而外地发热,我在融化,因为我的眼睛里流出了水,掉在了佩特罗苍白的手掌上。我用毯子的一角将它擦掉。"你在这儿躺一会儿,"我说,"我马上回来。"我紧紧裹上围巾和佩特罗的外套,跑进雪地里。雪夜晴朗,满天都是点点星光,如泪滴般清澈。星光摆成了一个巨大的具有魔力的词,好像某人从天空中吐出来的一样。我们三个人一起,又一次从某个地方穿过这个倾斜的小集市广场回家。他背着伊达。手指向北斗七星,对伊达说:"你看到斗柄了吗?""我看到了。"我们的小女孩回答。"你看到它断了吗?""看到了。""你看到大星星旁边的小星星了吗? 就像爸爸和女儿一样?"小女孩点点头。"这说明你是女战士,有鹰一般的眼力。"小女孩很骄傲,没有说话。现在我也看向那里,但我再也看不到两颗星了。我往下走一点,又返回来,然后我踩出一串半圆形的脚印和一条对角线。过了一会儿,我把踩出来的脚印线条修正一下,然后从头开始重复的动作。

"我们老了,所以我们变得可笑。"他死去前的那个星期五这样对我说。我没有明白这句话的意思。我去特克拉身上挤奶,好让佩特罗吃早餐时拿羊奶泡干面包——没牙之后,他总是这么吃——那时我就在想,衰老意味着什么。我们何时会老去？那会是种什么样的感觉？因天气的变化膝盖疼——这就是衰老？还是必须把苹果切成小块再吃？抑或是清晨早早醒来，为剩下的黄油已经腐臭而自责？或许衰老意味着记忆恢复带给我们的惊喜？我们突然能回想起第一次约会时裙子的颜色和战前的香草冰激凌的味道，然而我们已经不会说那些最基本的词语了。

我没感觉有什么变化，我一直都是这样，以前和现在一样。我们不能相信某种幻觉，觉得某些事情违背我们的意愿改变了我们。我们不应该相信照片——照片表明时间剥夺了人的生命，它们把我们的生活切成小块，从而浸透了我们的灵魂。就这样，我们一部分一部分地迷失了自己。然而，我想，走到尽头意味着把所有的东西集中在一起，把生活中的一个个时刻合成一个小小的集合。这不是失去，恰恰相反——这是一种失而复得。

Ł

在这个小城，我们曾经什么都有。直到我爱上了卡拉宾诺维奇，一切都变了。

特克拉哼了一声。它在嘲笑我，它是对的。"在这个小城,我们曾经什么都有。直到我爱上了卡拉宾诺维奇,一切都变了。"我不停地说着这句话,用我的语言说出来,这一切听上去很荒谬。我习惯于认为这是场悲剧,然而并不是,它听起来甚至毫无感伤,只是很可笑。

佩特罗一开始大声斥责我言情小说看多了,他说我像所有女人一样愚蠢,我应该在日渐长大的女儿面前感到羞耻,我把自己活成了一个笑话。于是我负气收拾自己的东西,当我准备离开时,我凑近他的脸,这样他就不会错过我要说的每一个字:"我从没爱过你。我嫁给你,因为玛琳卡姨妈让我这么做。"

我提着箱子去了警察局,因为梅切克,我这样叫他,是一名警察。他给我开了门,先是不安地看看有没有人能看到我,当他看到我的手提箱的时候,脸一下子白了。特克拉发出轻轻的笑声。

他不情愿地让我进去,我扑到了他的身上,但我感觉到,似乎有一阵风从他身上吹过来,把我像一片树叶一样吹开。梅切斯瓦夫·卡拉宾诺维奇总是穿着制服,腰上挂着一个皮制枪套。他很英俊——棕色的眼睛,突出的深色嘴唇,漆黑的头发。他胸毛浓密,喜欢在夏天时分打开衬衫口子,向全世界展示他这不可否认的男子气概的证据。他在后院晒太阳,晒出了漂亮的脸膛和肩膀,而且谁都看不到这种最简单的美容方法。他的眉毛笔直,在阳光下散发出一种光泽。他说话的时候,周围的空气都在震动。他的嗓音低沉,像天鹅绒一样温柔。

我揉乱他的头发,虽然我知道他不喜欢这样。他立刻用手将头发重新梳拢到头顶。他大概不喜欢别人的触碰,把我的手指从自己的皮肤上拨开,然后握住我的手。他喜欢这样的触碰。他的粗暴把我变成了一个柔弱的女人。

当他早上出门去上班的时候,我用刷子把他肩膀上的灰尘刷掉。我做好午饭,等他回来。我想跟他生个孩子。我向工作的图书馆借了些钱,给他买了辆摩托车。当我走在大街上,人们看到我都扭过脸。我向他们打招呼,他们也不理睬我。于是,我就一个人枯坐在他的家里,或者坐在城市的边缘,坐在田野里,我谁也见不到,没人来我们这儿做客,我们也没去拜访过任何人。晚上,梅切克一边骂人一边写报告,钢笔尖断掉,他总是喝很多杯伏特加,接着与我共眠。早上,他刮胡子,给自己身上喷些古龙水,把房间弄得一团糟,而我则留在房间里,花好长时间整理床铺,在上面寻找他的味道。佩特罗已经消失在了我的脑海里。下午,我站在镜前。睡袍从肩上滑落,静静地躺在地板上。我见证着每一天是如何在一切事物上留下痕迹,然后又悄悄溜走。我看到,我的身体如何发生变化,它的形状如何变得越来越柔和。皮肤轻柔地覆盖着骨头,好像一个毛毡袋将骨头包裹起来,可是皮囊变大了一号,仿佛现在骨头终于配得上年轻时所不知的舒适。大腿的肌肉整齐紧绷,上面布满了大小参差不齐的脂肪块;腹部前倾,圆润如一个发白的、柔软的圆面包;乳房变得有些松弛,摸起来像绒面革,娇嫩得像荷花饱满的花瓣。我变得脆弱起来,宁愿环抱住自己,温柔地抚摸自己的手臂和乳房,轻轻地把自己放在床上,慢慢地摇晃,低声细语。我想用指尖勾勒眼睛和嘴巴的轮廓,抚平所有的皱纹。我就是这样去了解我的爱人的身体。嘴巴里面的味道,腋窝下面的神秘,腹股沟的绵软湿润,脚掌底部的敏感,以及柔软的"维纳斯丘"[①],若不是生殖器官在那里露出胜利的微笑,它将永远温柔、纯真。然而身体的存在已经终结,我们的睡梦、床单、衣服、不得不离开家的无奈和焦虑不安,这一切都将身体摧毁。

  我自己的女儿不让我进门。我站在楼梯上敲门。路过的人看着这一幕,既同情又厌恶。真是丢脸,和一个比她还小的

[①] 指阴阜,耻骨联合上方小腹正中下方的部位,也叫"耻丘"。

男人搞在一起。他都可以当她的儿子了。"开门。"我对着门和门框之间的缝隙低声说。从房子的另一侧,我只闻到了打过蜡的楼梯和烤酵母蛋糕的气味。她没应声。她带着一种刻意的残忍,接替了我的工作,把我的围裙系在腰上,为她的父亲做晚饭。佩特罗,佩特罗当时在做什么?也许他在喝酒,也许他喝醉了,她不得不把他拉到床上,脱掉他的鞋子。又或许他正漠不关心地看着报纸,并随便拿出几张大白纸,在上面排课表。

我对这一切并不意外,我早就想到了。我的状态同我的内心抑或渴望毫无关系。我的视力变了,听力也变了;这一切本质上关乎头脑,而不是身体。我对事件的理解不同,简单的事实组成了与以前不同的模式,复杂的因果链创造了新的配置。一切都可能意味着任何东西,到处都有一个隐藏的符号,只有我能读懂它。普遍性的事件、每个人都能遇到的事情已经不存在了,世界只围绕着我转。电台里所有的音乐、所有的节目都是为我播放的,图书馆里所有的书都是为我而写,店里陈列的所有衣服都是为我缝制的。

我不知道,梅切克·卡拉宾诺维奇申请了转移。他没有告诉我。这个单身汉东西并不多,他打包了一个箱子,放在了摩托车上,然后就开走了。

!

我不再脱衣服睡觉了。这完全是无用的动作。如果把每天花在这些愚蠢的事情上面的时间做一个总计,就会发现我花了一年零三个月的时间来扣扣子,半年时间梳头发,九个月刷牙,四个月用纸巾擦眼镜。整整三年用来洗碗,一年时间用来扫地。还好上帝安排我们如此混乱地分配这些时间,而不必按顺序依次执行这些操作。

我可能是站着睡了一觉,没脱衣服,因为一早我发现自己已经穿戴整齐,可以去干活了。我只是戴上手套就出了门。我们一起出来——太阳和我。

当我看着山谷的另一边,看着那片斜坡上生长的黢黑的云杉林,我的目光就像昆虫的触角一样笔直起来,我和我的记忆都跟着它走,然后又分散开来。当我们看着一些靠近的小物件,一些众所周知的东西时,最容易唤起最遥远的记忆。比如我们随身带来的铸铁烟灰缸,它看起来坚不可摧。佩特罗用它来砸核桃。硬壳在它的下面裂开,但它的身上没留下任何痕迹。

晚上他来接我,把我的浴袍和裙子装在一个包里,然后我们穿过空荡荡的、歪斜的市场回家。他申请提前退休,被仁慈地批准了。然后他买下了这栋房子,在村子的高处,远离尘烟,远离陌生人的视线,我们逃到了那里。慢慢地,我们变得像眼泪一样干净。

这房子破旧又潮湿。在那间最大的房间里,有几台旧纺织机。佩特罗试图把它们拆开然后搬到阁楼去,但最后他拿着螺丝刀僵在了那里。他没把它们拆开,而是小心翼翼地修理它们。他做了一条新经线,于是家里出现了一根彩色纱线。只有伊达对现状表示抗议——现在她上学得走很长一段路。她知道这都是因为我,所以她看着我的时候总是带着仇恨的目光。暑假过后,她就把所有东西装进了一个纸箱,去住校了。

透过窗户,我看到佩特罗在云杉丛中找了一块能透过阳光的地方,开垦出第一块菜园。箱子上出现了一些新的文字:"1967 年 5 月 5 日——豆子。"

我们就这样生活下去。早晨通常他先起床,煮两杯咖啡。我们一边听着带有杂音的收音机节目,一边安静地喝咖啡。我们养了一条狗和两只猫。我们设法让它们活了下来。那条狗寿终正寝的时候,我们把它埋在了房子的后面。我们会为一些小事争吵。佩特罗就经常拿着一个人造皮革大包,去弗罗茨瓦夫看望我们的孩子。他会在包里装些干香肠和一罐罐果酱、蜂蜜,还有一只烤鸡。我把自己烤的蛋糕也装进去。他总是待到晚上,坐末班火车,直到很晚才回来,然后只能一路步行上山。好在回来的时候皮包比较轻。包里有五颜六色的纱线,如果没有这些,佩特罗很难忍受漫长而空虚的夜晚。他一定意识到了自己的错误,现在,在他编织着纹样杂乱的基里姆地毯的时候,他决定好好了解细节。他因为编毯子而感到丢脸,那本是女人该干的活儿,但衰老最终使得女性和男性的工作达到了平衡。他编的基里姆地毯上满是棱角分明的鸟儿和呈几何状的植物,一看就是生活在平原的。他在玛琳卡姨妈家里,在圣诞节餐桌的餐巾上,在亚麻布衬衫上见过这些。他一年能卖出一两张地毯,这很困难,因为纪念品商店不喜欢这些图案,觉得它们属于过去,属于国界的另一边。每一幅作品上必须用别针别住作者的姓名卡,这些卡片上写着我的名字。在某种程度上,这确实是事实。

他给伊达写信,他让我在信的末尾签名。每一个句子都从短破折号开始,好像在写学校的年度工作总结。如果数一下这些句子的总数,就会发现,我们共同生活的二十几年,说过的话加起来不过一个月。其中一个星期的交谈都是以"哪儿"为关键词。你把火柴放在哪儿了?我的纸巾在哪儿?剪刀丢到哪儿去了?这个在哪儿?那个在哪儿?好吧,佩特罗,毕竟你一直很在乎生活的秩序。我说过,生活就是由细节组成的。

现在,我最重要的任务就是:完成感叹号并离开地面,接着再向前滑行一小段,在雪地里留下一个点。我向上走了两三步,接着向下重复一遍动作,从而让那根垂直线更清晰,这把我累得不轻。我的心跳加速,口干舌燥。我坐在自己厚厚的裙子上,拿起一把雪,放在嘴里让它慢慢融化。雪有金属的味道——这也是天堂的味道。很久以前,佩特罗曾在课堂上把雪融化在玻璃杯中,给孩子们证明,它有多脏,不能吃。但现在这雪是清澈的,这里没有人的气息,没有烟囱里冒出的烟,没有任何脚印。狍子和狐狸是无形的,它们不碰这些雪。只有我在雪上面写字,雪在我的脚下咯吱作响,脚步带起的白色雪尘把我的衣裙下摆染上了银色。

快到中午了。我拖着身子,从斜坡上回到了家里,脱下湿透的破烂衣衫,放在壁炉上。我扔了一些碎饼干给特克拉——也许这一次它会要喝茶。我睡了一会儿,穿着衣服,站在那里睡着了。

"佩特罗?"我在阳光房的黑暗中发出声音。你一言不发,蜡烛昨天就已经烧尽,它那蜡质的、纤细的身体变成了平坦的一片。于是我躺在你身边,在一片雪色的灰暗之中。我不再需要看见你或触摸到你。你也不用跟我说话，我再也不会用那些令人厌烦的、细碎的事情来打扰你了。

余下的那些人生，我都不需要了。我愿意拿它来换回你手臂的一个轻柔的动作，一个你将我拥入怀中的动作。可是，没有人愿意和我做这个交易。

这世界一直以来只是在打扰我们。它总是把尖刀对准我们，瞄着我们，锋利的刀刃将我们的膝盖砍得粉碎，没有人能像它一样成功击败我们。所以我们投降。我们曾经连续几个月都没去山下的村子。在那里，它的法律统治着一切，那无情而仓促颁布的法律总是跟我们作对。每当早晨我们站在门口，整个山谷都在我们的脚下，这时我以为我们是遥不可及的，我们站在它的上面，这里的我们高高在上，它无法触及我们。每次下山则是痛苦的——山下的世界提醒着我们曾失去了什么，并用我们没有经历过的事物诱惑我们。它许诺给我们一些不确定的机会，一丝一缕的幸福。它低声说，我们的生活可以平缓、没有痛苦，我们可以像在童话故事的结局里一样健康快乐地生活。当然，这全是骗人的鬼话——如果我们下到山谷里，进入那些笼罩在肮脏浓雾中的村庄和城市，它就会把我们撕裂，撕碎。它一直就是这么打算的，这是它打算对所有人做的事，而且经常能成功。这就是它的基本机制——将人们撕成碎片,像布偶一样四处丢弃,把他们变成孤独、流浪的个体,让他们迷失、被忽视。这很容易做到——只要让他们相信错误是无法弥补的,判决是无法取消的,决定只适用于永远,并且没有"但是"。还有:*存在的也可能是另一种事物。*这是最可怕的毒药。

但我不在乎。天空阔大而晴朗,从你的阳光房里,我可以清楚地看到北斗七星的断柄和一大一小两颗星星。我们是光明的战士。

明天我必须回到雪地里。我必须像个年轻、敏捷的少女那样,向下跳几步,在那一竖杠下面画一个点,那时山坡就会开口说话。如果我能成功,那我的任务就完成了。我用脚踏出的这一行字会向下面那些又懒又坏的人们大叫,将他们从冬日的睡眠中唤醒。然后他们将驾驭马匹,启动嘈杂的雪地车,气喘吁吁地来到这里,脸上充满震惊和虚假的同情。

我会在外面等着他们,就在我在雪地里踩出的最后一个黑点的地方。我会成为这句话的一部分。我会成为一个点。

佩特罗死了!①

---

① "佩特罗死了!"的波兰语是"PETRO UMARŁ!"。组成这句话的每一个字母和感叹号即为本篇每一个小节的标题。

第三部　魔术师

　　她的身体总是冰冷。所以她从不讨厌炎热的天气。
　　她认真地看着其他人，包括她十岁的儿子，在一幢幢建筑物墙外踏出一条条小路。他们拖着脚步，弯着腰杆，虽然躲在阴影里，却依然抵不住热浪侵袭。她走在阳光里，在小广场的一堆碎玻璃渣上，看起来充满活力，像一具阳光明媚的僵尸。她从来不会觉得太热，即使是在热带城市里，在那把人几乎烤得出油的街道上，她也把牛仔裤裹在自己瘦削的身体上。后来，她把裤腿剪短到大腿中间的位置，但这不是因为炎热，而是为了避免和其他人太过不同。她走路时总是迈着外八字，骨盆前倾；她的小腹十分平坦，能生出个男孩也称得上是一个奇迹；她的胸很小——几乎只是象征性的。她的皮肤很干燥，像蜥蜴一样。事实上,她肯定是一只蜥蜴化作了人形。她戴着一副深色墨镜,抬起脸面对太阳,想象着太阳光像 X 射线一样透视她的脸,照出了她的骨头。

他们穿过丛林。那是一段笔直如针的道路。一辆没有车窗玻璃的小型公共汽车载着她和她的儿子,还有一群来自新加坡的潜水爱好者。那是一些年轻男孩,脸上带着来自东方的神秘表情。他们把装备放在五颜六色的运动包里。光滑的布料下面有一些柔韧的管道、独眼的面具、折叠成卷的泡沫棉,可以很神奇地保持着身体的热量。她和她的孩子坐在后排座位上,被一股热浪包围,一声不吭。

覆盖着丛林的地面上下起伏——他们爬上山丘,沉下山谷,但前方始终有一条笔直的、毫不妥协的道路,这条路只在乎一个明确目标,从不犹疑,从不撒谎。一位潜水员向他们解释说,日本人在向南"扩张"的过程中修建了这些公路。他说得比较隐晦,好像白人妇女和她的儿子天生就应该记得日本人的侵略行径。公路两边坐着一群猴子,在大量的塑料垃圾里翻找着。路边不时出现一些半野生的种植园,里面长着些小香蕉。有时路两侧矗立着一排排橡胶树,树冠整齐,如浮雕一般。这里什么人都没有。只有经过小城镇的时候才能看到一些矮小的马来人。大家觉得,这些人被炎热折磨得够呛,无处不在的太阳像干燥纸张的锋利边缘一样割伤了他们的皮肤。

他们一路向东前进。出发时正值黎明,太阳戏剧性地跃过地平线,朝着日落方向戏剧性地移动——出生很容易,死亡也不难。

路上他们会停车休息两三次,通常是在沿途的小镇上。这些小镇建在丛林中一块块被踏平的土地上。他们一下车,立刻围到一张张桌子前。那里更像是一家没有围墙的餐厅,桌子直接摆在拥挤的地面上,至多顶着一把五颜六色的伞,上面写着"可口可乐"。伞下面净是些瘦长的、没有尾巴的猫围绕在游客的腿间,还有很多烦人的大苍蝇。潜水员们吵吵嚷嚷地坐到餐桌旁,嘴里简单地蹦出几个词,就点了菜——很难相信这些短促的咕哝声中包含了一些词语——然后他们就等着,大声交谈。司机过来和他们坐在一起,旁边还有些其他人。他们也想吃点东西,但没有菜单。店主说的菜名听上去毫无意义,于是她给儿子点了一杯可乐,给自己点了一大杯浓稠、甜腻的奶茶,那是英国人在这里时留下的饮料,遥远的怀旧。

天气太热了,他们不能饿着自己。饮料中的糖分巧妙地活跃了头脑,提高了视力。他们走到毗邻餐厅的一家店铺的竹制屋顶下,惊愕地看着眼前的景象:在这么高的气温里,一大块带血的肉挂在那里,成群的苍蝇趴在上面。

在一次这样的停车休息时,女人和她长头发的儿子迷路了,他们迷失在摊位之间,迷失在了混凝土建造的、被阳光照得发灰的站点之间。她惊慌地看着手表——潜水员们可能已经吃过了东西,他们一定在车前抽烟,在一片五颜六色的人群中焦急地等待他们。等不到她和儿子,他们是不会离开的。他们很可能正在用那种简单的、带着喉音的语言讨论着,这个带着孩子的女人在哪里,她是不是进入了一间狭窄的小商店,挑选便宜的橡胶拖鞋或者编织草篮。

她四下打量,想找个人带他们去市场旁边的餐厅。她看到一个男孩,孤零零地站着,臀部随意地系了一条纱笼,上身穿着一件白色T恤,上面有一个贝壳的标志,还有"Shell"的字样。她走向他,当她走近的时候发现自己错了,他只是身材像个男孩,甚至像个孩子,但他的脸却很苍老,尽管头发茂密,牙齿洁白却稀少。眼前发生的变化让她大吃一惊。他的年龄随着她与他的距离变化而变化,她向他迈出的每一步,都为他的年纪增加了几岁。

她试着向他解释,她在寻找什么。她无奈地重复着"市场""地摊"这几个词,她在记忆中找不到其他有特色的地方。

这时，他安静地、好奇地看着她。他用手指向身后，但他这么做的时候，就好像这个手势完全是偶然的，好像还可以指向相反的方向。他对她提出的问题没有兴趣，她的困惑似乎是一种有意识的、刻意的抵抗——出于某种原因，他不想帮助她。女人想起了新加坡那些奇怪的乞丐，那些不能存在的乞丐。因为法律禁止乞丐向游客要钱，于是乞丐们从不伸手要钱，也从不露出乞讨的眼神，但游客一开口向他们说话，即使是在人群中说一句"不好意思"，他们的眼中立刻露出祈求的目光，那是一种强烈的、猎人般的目光。一段无意间开启的对话，以一种隐蔽的方式成为付费的对象。请为我说的这几句话付钱，那双眼睛说道。付钱给我，因为我是我，你是你。所以哪怕是问个路，也会出现一笔商业交易。女人拿出钞票，递给他。他几乎是敌视地看了她一眼，但还是接过钱，然后不情愿地往前走，领着他们来到了一个小路口。他又矮又小，像孩子一样的小脚上穿着塑料人字拖，这让他又变回了一个孩童。

潜水员们看到他们，都松了一口气。

下午他们到达一个小港口，那里挤满了等候的人。那主要是马来家庭，他们把孩子抱在手上，或者用头巾包起来，背在那些马来女人棕色的肩膀上，还有些孩子被放在婴儿车里，大一些的就在成人的大腿之间跑来跑去。一家并不温馨的小餐馆里飘出一股反复油炸的气味,这味道简直无处不在。

当她意识到这片无边无际的碧绿海水是中国南海,一时惊慌失措,气喘吁吁,有种强烈的幽闭恐惧感——她像只苍蝇一样在一个球上移动,在一个圆圈里盘旋。哪里都没有"超越",而只有"前面",就好像穿过马路一样。中国南海对她而言只是一个遥远的地方,始终在同一个维度,就是这里——她可以在地球仪上、在地图上想象,那是一片处在大陆之间的蓝色空旷区域,只是词汇之间的一段停顿。

一瞬间,就像开启了魔术一般,那些有关冰冷感觉的记忆回来了。她的手脚永远冰凉,那些黄昏满溢而出、永无止境。白雪在白天融化成雪泥,夜晚又重新回到另一种凝固状态。毕竟是二月底了。

渡轮——这么说有些夸大。开过来了一艘小船,几乎可以说是一条捕鱼船,紧接着又驶来一条。很快她就发现,一个个带小孩的家庭坐上了第二条船,而她和儿子继续被安排和那些潜水爱好者一起,坐在了这条小破船的甲板上,正对着厕所破旧的门,门上有手写的"WC"。那些潜水员一言不发,可能是累了,他们颜色鲜亮的包塞在座位下面。她与其中又高又瘦的年轻男子交换了一个有些犹豫的笑容。男子的脸上有些脏污,细窄的眼睛望不到尽头——她看不懂他们的表情。天色太晚,谁都不愿再交谈。捕鱼船开动了,船两侧溅起水花。引擎的轰鸣声淹没了一切。一开始,两条船一个接一个地平稳前进,但是当他们驶出那个小小的码头,那个坐满了孩子的小船左转开走了,几分钟后便在本就不清晰的水平线上变得越来越模糊。在地平线的某个地方,一些岛屿的轮廓出现在他们面前。那些岛屿大大小小,散落在水面,就像漂浮在牛奶上的一块块不成形的玉米片。几乎所有小岛的形状都像一座火山——巨大的圆锥体从海中凸出来,像一个个高耸的乳房。男孩比她更不耐烦,他把身子探到船帮外面,大声叫着,用手指着小岛。她猜,男孩每次说的都是同样的话:"一定是这个。这个绝对是我们的。"咸咸的海水滴在他的脸上。她担心地想,她没有给他涂防晒霜,白皙的皮肤暴露在强烈的阳光下,一定会被晒伤,变得发红。于是她赶紧在背包里找护肤品,可是这样一来她就必须把所有东西翻出来,最后她只好放弃。她自己也没有涂防晒霜。她想象着,太阳的光芒穿透她的身体,灰蒙蒙的、昏暗的光线进入身体深处,照出了骨头的形状。燃烧我吧,太阳,她这样想,经常带着令人心痒痒的满足想着,这想法就像咒语——太阳反而对她无能为力,只是晒黑了她的皮肤。

一个个岛屿在他们背后消失。远处的海滩,岛上一望无边的绿色和隐藏在棕榈树中的酒店屋顶吸引着人们的目光。栈桥和码头凸出的金属架挡住了海水,停靠在那里的小船和亮白色的游艇几乎一动不动。

那海水看上去很有力量,充满活力,海浪起伏,海水泛起一片充满绿色和蓝色的光芒。那是一片蔚蓝色的大海。有时呈靛青色,有时又呈石墨色。接着,当毫无耐心的热带太阳照射水面,一片片紫红色、蓝紫色的光芒洒在海面,即将到来的夜晚将海水变得一片漆黑。

他们在天黑之后到达码头,脚掌上传来热意,那是码头的木板路,被太阳晒了一天。潜水员们知道路线。他们踩着松脆的沙子走进小岛深处,沿着一条铺满石子的平坦小路,直奔一个有顶的大露台。那是酒店的大厅,只不过没有墙。里面的前台呈半圆形,是用竹子围出来的。此外还有几个温馨的角落,看起来很不错。热带特有的浓浓黑夜中,穿插着许多红黄相间的纸灯笼,悬挂在屋顶下。

小男孩立即注意到了台球桌,并着迷地打量着随处可见的巨大贝壳。这些贝壳被用来当作花盆、烟灰缸,还有的被拿来装台球。大厅深处,在红色灯光下几乎看不到的地方,有一个小吧台,里面摆着几个架子,上面放了一瓶瓶可乐和一块块巧克力。吧台旁边坐着一对男女,身材苗条的漂亮女孩和红头发的年轻男子。他们默默地对视着,吞云吐雾,不时冲着到来的客人微笑。

游客们在一张放有靠垫的沙发上坐下,沉浸在寂静之中。岛屿深处传来轻柔的啁啾声,寂静的力量更加突显。那是数以千计的彩色的小"闹钟",隐藏在棕榈叶下。

旅馆的老板很隆重地向他们走来,喜气洋洋,好像游客们是来参加他的婚礼的。他突然从带着潮湿气息的阴影中出现,身穿工装短裤和浅色T恤,脚踩一双凉鞋。他张开双手,向女人打招呼,让女人觉得有些尴尬。这份热情实在没有必要,因为潜水员们才是他的老顾客。而她并不是,她只是一个带着孩子的陌生女人。

他是个老板,管理着这十几间平房和这个有点奇怪的、没有围墙的餐厅,以及一个存放潜水设备的仓库。而他就是这个小岛上的国王。他说他的名字叫迈克,然后一把抓起了女人的背包。房门钥匙上挂着一个贝壳吊坠。他们往坡上爬,走了几步就到了——这是最近、最好的一间房,可以看到栈桥和大海。

他先走了进去,打开灯,打量了一下简单的室内。小男孩儿立刻扑倒在两张床中的一张上。

迈克就像一家四星级酒店的老板一样,面带得体的微笑,解释了淋浴的使用方法——热水只能在白天使用,因为淋浴器是太阳能的。他再次整理了一下两张床上的床单,最后把钥匙递给了他们。然后他又在露台上站了一会儿,好像还有什么重要的事情要补充,不过最后放弃了。过了一会儿,他变成了烟头上的红色火焰,顺着石阶滑下去。

她首先去冲澡。水一点儿都不凉,还散发着太阳的金色热量,洗去了一整天的灰尘和汗水,让她的皮肤舒缓下来。她换上干净衣服,颇有些象征意味,那是一件短裤和一件T恤,干爽、喷香,是在上家酒店的自动洗衣机里清洗过的味道,给自己身体应得的奖励。一个小时后,男孩的长头发也干了,他们在黑暗中沿着刚刚迈克走过的足迹来到楼下,晚餐正在竹制屋顶下的桌子上等着他们。

其他人已经到了——潜水员们坐在最大的桌子旁边,还是充满活力,他们热烈地交谈,有力、短促的语言刺破了这个夜晚。最远处,紧挨着把岛屿与大海隔开的屏障旁边——那对吧台里的情侣正彼此凝视着对方,仿佛在跳着一曲其他人看不到的、静止的舞蹈。而他们,这个女人和她的小男孩儿坐在正中间,所有服务员上菜的时候都会经过他们。一个服务员端来了一碗雪白的米饭和几碟浓郁的酱汁,可是那种气味闻上去根本不能吃,于是男孩儿只吃了米饭,而女人则每样东西都稍微品尝了一点。之后,这个服务员就站在她的身后,每次她喝一点水,他都会以一种无法理解的热情给她把水倒满。男孩突然问服务员哪里能吃到麦当劳。

"是的,"服务员回答,"在陆地上有,那里离这儿差不多三个小时的路程,先坐小船过去,然后再坐汽车。"

男孩儿难过地一粒粒扒拉着碗里的米饭,羡慕地看着那些潜水员,他们用筷子用得那么顺溜。

食物是一种让人感到负担的必需品,它让人与世界保持着一种屈辱的联系,不由自主地生产肥料,而在这里,人们还得尝试那些看起来根本不能食用的菜肴,小心地品尝一种新奇的、充满异域风情的东西。当人们一口咬下弹牙的中国蘑菇、脆嫩的竹笋,舌底的香气令人惊愕地眯起了眼睛。在这里,酱油无处不在,在盘子上留下些棕色的水洼。

她本就食欲不佳,在热带地区更是食欲全无,炎热的天气把人体机能都改变了。这里太热,阳光安抚了那些饥饿细胞,让它们处于一种平衡的状态。不吃饭并不会令她前进或后退。当她不吃东西的时候，时间也停滞了。她把空间吸进身体，四处游荡，几乎不触碰周围的空气。那样很好。小男孩儿也不爱吃饭，他和她一样，又小又瘦。

他们在旅行中培养了一种习惯，能够在林立的彩色标示牌和广告牌中一眼找到麦当劳的牌子——那是男孩儿唯一想要吃点什么的地方。黄色的喷泉图案从屋顶或者加油站的柱子上升起，那是一个味蕾可以得到满足的承诺。室内空调总是很足，永远赤裸的胳膊和腿上会激起一层鸡皮疙瘩，带来对冬日、对冰冷的温馨回忆。那里有一种熟悉的气味，没有掺杂任何异国情调。

男孩每次都点同样的食物，带着同样的热情。这是一种对已知世界的依赖。餐盘里总是煎鸡块、薯条、酱汁和可乐。女人看着他吃饭。这里的汉堡与法兰克福或华沙的没有任何不同。哪怕在日本那笔直的公路旁，麦当劳里的食物也是一样的。在马来西亚，麦当劳的标志常常在丛林中冒出头——就好像童话中藏在一片神奇绿洲里的可以实现愿望的水井。男孩总是最先发现它们——就像童话中的英雄，被一系列标记指引着前进。

沉默的马来人给他们加了水。潜水员们已经舒适地坐在椅子上,一边抽烟,一边大声地开着玩笑。他们似乎很满意,仿佛期待中的水下美景一定会满足他们的渴望。他们一个接一个地走到台球桌前,男孩渴望地看着,最后终于加入了他们,而女人又点了一杯茶。服务员不见了,她坐到一个沙发上,上面覆盖着棕色油布,看起来像是皮革。

她从桌子上拿起地图。这是一个制作得很整齐的地图册,印在白垩纸上,上面点缀着大海、棕榈树和海滩的照片——可以用来做旅游指南。这些照片十分简单,难以令人印象深刻。在那个寒冷的国家,这些照片会被看作是人类返祖的原始的乐园。她认出了那个建房子和餐馆的斜坡。

这个岛看起来不大,呈圆锥形,曾经一定是一座火山,从海里冒出来,喷出熔岩,在周围形成浅浅的海湾和礁石。在迈克的地图册上,他的酒店占据了一大块不成比例的空间,这显然与实际不符。椭圆形的海岸线在东部突出来,像一个大爪子,保护着岛屿免受海上情绪的突然变化。地图册上还画着几栋房子和一个名字——这里还有个渔村,虽然这令人难以置信。环岛步行道用红色虚线标记,岛内则均匀覆盖着绿色,上面没有任何字母或形状。小岛就在这一条海岸线上。

第二张地图展示了一个小小的群岛,包括十几个岛屿,其中大部分都是多岩石且无人居住的。只有两个是被文明开发过的(迈克是这样告诉他们的,"文明的")——一个是迈克所在的岛,另一个最大最宏伟。现在,在夜里,从女人所坐的地方可以看到它。它的外形由许许多多的灯光营造出来,其中一些以几何顺序排列在两个巨大的现代酒店的外墙上,另一些则混乱、闪烁、起伏,那一定是码头上的灯光。

过了好一会儿,酒店老板迈克出现了,亲切随意地在她身边的沙发一角坐下。"可惜我们这里没有茶。从来没有人点过茶,所以我就没在陆地上订过货。旅游旺季马上就要结束了。不过我可以提供咖啡。明天我就让他们带过来。请告诉我,您喜欢哪种?黑咖啡还是绿咖啡?中国产的还是印度产的?"

她说她喜欢中国的黑咖啡。他笑了。接着沉默了片刻。

"这男孩儿,他多大了?"

"十一。"

"他看起来像个女孩。留着长头发。"

她问起他那些灯光,它们似乎漂浮在水面上的某个地方,远远地,几乎看不见。

"那是把游客带到岛上的船。您看到这些酒店了吗?那里有游泳池,还有空调。"

他说,这艘船每三天停靠一次。落下一批客人,再带走一批。然后它以尽可能慢的速度驶向新加坡,尽可能走最绕远的路线。这是为了能让游客在船上赌博。让人们有尽量多的时间享受这份不被允许的快乐。在新加坡赌博是被禁止的。

晚上她几乎没有睡觉。岛上很吵。楼上某个地方传来夜鸟凄厉的叫声。她睡一会儿醒一会儿,然后被突然的脚步声吵醒,似乎有人在房顶上面跑来跑去。又有什么东西在她耳边噼啪作响,仿佛有人用玩具手枪朝她这个方向开枪。她吓得坐了起来,就在这时声音从墙上飘出然后消失了。她打开灯,开始注视自己半裸的、发热的身体,突然心中充满了厌恶。仿佛看到了昆虫、蜥蜴、蝎子。仿佛碰到了它们飞快滑过的腿。她感到一种人睡着时的毫无防备,一种小时候对耳夹子虫①的恐惧。

男孩儿睡着了,只穿了一条短裤,什么也没盖——薄薄的床单看起来像一条厚厚的被子。他的皮肤透着光亮,看起来

---

① 学名蠼螋,喜欢潮湿阴暗的环境,通常生活在树皮缝隙、枯朽腐木中或落叶堆下。它们喜欢在夜间活动,并有趋光飞行的习惯。在波兰民间文化中,耳夹子虫是儿童最为害怕的一种昆虫,有令儿童耳聋的危险。

好像冒着热气。他的呼吸声给角落里的黑暗及小灯泡散发出的假光赋予了些许节奏。

女人点了一支烟,但空气太浓稠,以至于烟雾都无法融入其中。她无法呼吸。眼角余光看到墙上有动静,但她动作太慢——转过头时那里已经什么都没有了。什么都没有,可视网膜上却保留了一些不清晰的模糊图像。不知道是什么。什么都没有。

她随手从背包里掏出一本书,她背着包括这本书在内的东西几乎走遍了半个地球。那本书讲述了一个关于北方城市的安静故事,那里总是潮湿、多雨、寒冷、多风。街道直接通向连接城市和大海的运河,码头上的装卸机吱吱作响,人们走在结了冰的、发亮的砖石路上,发出嘎嘎的脚步声。她从故事的中间开始阅读,只是为了转移注意力,把注意力集中在一些其他事情上,而不是这个夜晚——毕竟她已经读过这个故事了。当她阅读时,她意识到自己并不关心书中讲述的故事。只是关注书中提到的大量她已经熟知的东西,银茶匙、黄铜水龙头、陶瓷茶杯——只有这些才让她慢慢平静下来。

冬天来到了她的身边。那是冬日黄昏的温柔和清晨的水润。在那遥远的北方城市,鹅卵石上传来嘎嘎的脚步声,唤醒了她对羊毛大衣粗糙触感的记忆。她沉睡于周身熟知的事物之中，那些东西突然生长在了她的身上，在这栋镂空的平房中建造了一个完全相反的世界。那是另一个世界，并不确定地存在于另一面，是个颠倒的世界。它没有向任何方向蔓延，既不向左也不向右，既不向东也不向西，而是深入地下。就像冥界王国一样黑暗，就像一些被埋葬的地下墓穴，寒冷又潮湿。那是一些黏稠的思想和扰人的回忆搭建而成的墓穴。

那是一座地形平坦的大城市，城里的街道和屋顶都结了一层冰，好像一层薄薄的糖霜，闪烁着晶莹的光芒。那里有石头、砖块和尾气的味道。可以说是一座人造的、合成的城市。这种味道在晚上最为明显，似乎中午时分它被掩盖在了阳光之下，抑或是躲在了地窖里。最后几片叶子从树上飘落下来，它们金色的光彩瞬间变成棕色的泥巴，尽管这时还有阳光，这是冬天到来之前的最后一个阳光明媚的日子。人们踩在落叶上面，心不在焉。

她有一种说不出的不适感——是因为鞋子太轻薄脚被冻得不行，还是牙痛、流鼻涕？一辆出租车从有太阳的那一边驶来，她坐上车，向前驶去——就好像一只贝壳沿着海底滑行。她看到公共汽车站上的人们眯起了眼睛，那是因为太阳照在商店橱窗和汽车玻璃上，反射的阳光产生了一种似乎要刺瞎人双眼的无声爆炸。她看到一种有规律的运动，那是在高高的天空下奔走的人流。天空给了每个人无限的时间。

她让出租车司机穿过隧道,驶入一条阴暗的街道,然后停在那里。"我在这个地方约了人。"她对出租车司机说道。司机听话地停在这儿,然而很明显不相信有人会来这里。车载收音机里播放着某个节目。

街道由大大小小的石块铺就,被两侧路沿上黄色、红色的落叶染得五彩斑斓。道路两侧矗立着石制楼房,楼房外面是一个个小花园。她看着其中一栋上漆黑的窗户,想象着,她可以看到他,她就是这样想着他:他。她不允许自己想到他的名字,但如果想到他的名字,就会立刻开始叫他,而且无法停止这种呼唤。她会从那条阴暗的街上捡起一块鹅卵石扔到他的玻璃上,或者直接走到楼门口,跑上两层楼去敲门。她怕自己真会这样做,于是她只能坐着,透过出租车的车窗看向冷漠的楼房,想着"他"。那是一种温暖的内在情绪,肚子里的一种欢乐的活动,那么愉快、喜悦。这份快乐源自她能和他在同一个地方,同一个时间里,周身无力,仿佛被灌了铅,仿佛失去了平衡,沉沉坠下。还有一种内心的抽泣,一种低沉的呜咽,似乎在身体的某个地方缩成了一个漆黑、粗糙的圆球。

当她还是个孩子的时候,她曾经见过这样的圆球,放在滚烫的石头上。那是一个个毛茸茸的小动物,缩成了一个圆球,由毛发和细小的骨头、爪子组成。那是一种被精心准备的、证明某人无罪的证据。妈妈说,那是猫头鹰吐出来的它们无法消化的东西。

他们停了大约一刻钟,直到她对出租车司机说,可以开走了,那个他们一直等着的人不会来了。出租车司机做了个动作,似乎想要说点什么,不过看得出来他既没有恶意,也没什么幽默感。于是他们走了。

这会儿想要在街上看到任何人都太晚了,又或者是太早了。然而,当出租车开到市中心时,她看到了这个男人,一个如此珍贵以至于让她无法呼吸的男人,一个没有名字的男人,因为说出他的真名将是灾难性的事件。她看到了他,应该怎么说呢,是在想象中看到了他,这意味着,她清楚地看到了他。虽然她知道,她所看到的,不会发生在他们共处的时间里。那只是她的时间,她的街道,就像那些栗子一样,一切都是她的。这是她的内部私人电影。一场闭门的单独放映。

他走在人行道上,穿着深色裤子和蓝色衬衫,鞋子有些破旧——是的,是的,她甚至可以看到这样的细节:一副小小的圆形金丝眼镜,架在他高挺的鼻梁上,他嘴唇的形状、脸上深红色的晒斑和金黄色的短发,每一个细节,每一个细微之处都承载着难以理解的情绪,令她深深感动。那情绪是如此柔软,甜美,像乳白色的糖果,入口即化。

她很想让眼前的景象尽可能长时间地保持,可是他已经开始融化,滴落到地面上。他消失了。她的想象仍然迷失在细节中,并抛出新的、脱离整体的细节,于是她无力地、慢慢地失去了信心。最终画面死去了。她曾经过于频繁地想象这幅画面,结果现在这想象被用尽了,失去了它的力量。出租车开上了桥,然后驶向阳光下闪闪发光的主街道。阳光灼尽了唤回那张心爱面孔的最后机会。

第二天,他们启动了新的秩序,此后就必须遵守这个秩序。

吃早餐之前,他们就带着脚蹼和氧气面罩直奔海滩。沙子来不及在一夜之间冷下来,但也不算热,就是人体的温度。一条沙带的后面,是一片珊瑚礁。每次潜入这片奇妙的、五颜六色的珊瑚之中都令人惊叹。世界突然安静了下来,头浸入水中,现实被切换到了另一个频道。男孩寻找着躺在海底的大贝壳,然后以敏捷的动作潜入更深的地方,再拿着战利品回到水面。她自己则更喜欢放松地漂浮在水面,戴着氧气面罩。起伏的海葵、珊瑚、鱼群——所有这些奇特、诡异的水下生物都令她感到厌恶。中间长着蓝眼睛的黑色海胆球像一块巨大的肿胀的海绵,一些鱼像蛇一样快速游动——这样的世界太过陌生,令人恐惧。水下生活似乎完全自给自足,不需要任何外界的给养。

然后他们把贝壳带回旅馆,摆在露台上晾干。他们冲了个冷水澡,以洗去身上的盐渍。他们累坏了,下楼吃早饭,但也没什么食欲。她喝了杯咖啡,结果身体被汗水打湿了,于是她又回去冲了个澡,让身体干爽哪怕一小会儿,接着又穿上那件单薄的衣服。

她试着躺在吊床上看书。那些晚上为她带来舒缓的句子在白天变得毫无意义。书中的概念在这里不复存在;字母稍微吸引了一下她的目光,就立刻死去了,它们并没有变成图像,也未曾讲述任何故事,它们只是一个由打印墨水制成的复杂标志。

她懒洋洋地开工。首先给小男孩上课——数学课或地理课。小男孩每天要以她想到的一个题目写一篇小作文。在他写作的时候,她就会打开笔记本开始工作。笔记本上有一些地图和路线、距离、价格、酒店信息。她记下地图册中的数据,并添加自己的评论。接下来她教男孩儿英语。事实上他们只学习语法,因为她儿子的口语已经比她还流利了。

吃午饭的时候,男孩一个人跑过去,给她带来了冰矿泉水和一些水果,那些水果她都没尝过,后来晚上被猴子偷走了。然后她陷入了迷迷糊糊的午睡中。

就在她半梦半醒的时候,男孩又跑下楼,占据了台球桌。台球在浓厚、潮湿的空气中缓慢移动。她在睡梦中听到了它们相互碰撞时发出的不耐烦的咔嗒声。

当太阳绕到小岛的另一边,他们回到了大海里,其实就是换了个地方,在栈桥的另一侧潜水。黄昏时分,他们回来吃晚饭。这时中国潜水员们和那对情侣也回来了。所有人都远远地坐着,彼此间再没了兄弟情谊。他们把彼此都看透了。

晚上应该在吧台旁边的沙发上度过,或者像男孩和潜水员们一样在台球桌边度过。倒不是因为这是最让人愉快的方式,而是因为飞蛾。在房间里点灯就会把所有的昆虫引来。它们像一群迷迷糊糊的虫子幽灵挤进灯泡里,挤进墙壁的裂缝,穿过破旧的蚊帐的孔洞,挤进漏水的管道。只有在露台上的开阔空间里,人们才能容忍它们那沙沙作响、令人恍惚的舞蹈。这时迈克会端些酒饮来,有时还会坐到客人身边,和他们聊上几句。

第二天晚上,她与那对不断相互打量的年轻人交谈。细看之下,他们不再像是亲密的情侣。落入她眼中的两个人其实不成比例。他高大、壮实,她黝黑、娇小、纤细。他说话粗声大气,带着明显的澳大利亚口音。她却说一口安静、悠扬、优美的英语。在她看来,他鼓足了气,就像某种生活在海底的鱼——挤压着周围的空间,自己却膨胀起来。而她在萎缩。她看起来很娇小,但当她起身去买香烟或其他饮料时,女人发现她又高又漂亮,而且独立地令周围的人都觉得尴尬。

他们三个人交谈时,并没有什么可说的。尽是一些礼节性的问题和笼统的回答。他们一直在绕弯子,说出的那些话最后都莫名地绕了回来。他们所说的一切,只关乎他们自己。

次日早上,当女人和小男孩儿准备去海滩的时候,她看到他们在露台上做爱。女孩坐在围栏上,双腿环着他,脸扬起来,仿佛在晒日光浴。他们缓慢地动着,懒洋洋地,像两株海葵,又像海草泛起的涟漪。

她平静地站在孩子的视线中,确定他没有注意到什么,然后轻轻地把他的头转向大海。

每到傍晚时分,他们就能从栈桥上看到一艘巨大的、灯火通明的游船,好像一家高级商店。游船缓慢而庄严地经过他们,对自己的航线坚定不移,驶向一座更大的岛屿。隔着这个距离看不到船上的人,只看得到上层甲板上的橙色灯光和夕阳的光芒分秒必争地比赛。再过一会儿,游船驶入了其他灯光闪烁的船群里,并融入其中。

第四天晚上,一条渡轮驶抵栈桥,他们就是坐这条渡轮来到这儿的。男孩儿已经睡着了。女人坐在旅馆的露台上,将一个笔记本摊在她晒黑的大腿上。她正在阅读男孩儿用波兰语写的一篇作文,这是她昨晚布置给儿子的作业。题目十分具体:"当我闭上眼睛的时候,我看到了什么?"

迈克带着一群人,在前台站了一会儿,他在那里给他们分发了钥匙。她看到四名新来的中年妇女和一名早上离岛去采购食物的服务员。斜坡上的黑暗中传来他们的声音,过了一会儿,附近房屋的灯亮了。她有一种不舒服的被包围感。

她看到了迈克——他沿着小路走回来,吹着口哨,最后站到吧台后面,擦拭着玻璃柜,等待着客人。所有人都下来了,包括那对热恋中的情侣,他们手里拿着酒,一头扎进因酷暑而发热的沙发里。四个新来的女人在吧台边坐下来,大声地和迈克调情,一阵阵笑声立即击破了四周冷漠的黑暗。

她将头转向簌簌作响的灌木丛,以免看到任何灯光。她抬头看着天空。那里的天空更黑,更少有星星。她不由自主地在那里寻找熟悉的星座。她知道如何根据北斗七星和断掉的斗柄确定方向。那里有两颗星,但这是个秘密。不是每个人都能看到它们。她能够认出来,并且教会了儿子。必须忽略大星星周围的黑暗,这样小星星就会自己出现。

可是这里没有北斗七星。既没有贝勒尼基可爱的小辫子,也没有北极星。这里的天空很陌生,很奇怪,不值得被关注。

早上,当母子两人去码头旁边潜水时,看到一艘小型邮政摩托艇从水面上驶来,这小船每天都从大岛上开过来。它摇摇晃晃,两名男子在搬运工的帮助下从里面走出来——一个是年轻的男孩,另一个则年长一些,非常消瘦,显然身体不太好——他扶着年轻人,让年轻人托着他的手臂。两个大大的、圆鼓鼓的塑料提包也从船上被搬了下来,服务员立刻把它们拿走了。迈克向新客人走过来,一如既往开心地笑着。他们的谈话声被有节奏的水花淹没。男孩在水里冲着迈克大喊,挥手向他打着招呼。

吃早餐时,迈克颇带几分胜利的神色,把茶水递给了她。
"红茶。中国产的。"他说。

她从迈克那里得知,这些女人是欧洲人,她们周游世界。而今天摩托艇带来的男人是个魔术师,每个旅游季都在一个大岛上和一艘赌船上工作。但显然他病了,于是让人们把自己送到这个没有那么多人的地方。他的助手回到大岛上,以便取消他的演出,把他的道具打包带走。还得预订机票,预约医生。

吃午饭时,她听到那些女人们之间似乎在说着德语。那个男人,衣服扣子一直扣到脖子,坐在最后一张桌子旁边。他面前摆放着一份马来文报纸。吃完饭后,他接过药片,一个铁盒咔嗒一声响起。

小男孩被汗水打湿了,他的金发粘在了额头上。他去找迈克,现在他们正在挑选脚蹼和潜水面罩。

她有一种感觉,迈克对她特别关心——这无关情欲,更像是同情。一个带着孩子旅行的女人一定是被某人抛弃了,现在她和她的男孩立于人群之外,不属于任何人,就像一副纸牌中的单张卡片。这种女人是个麻烦。你必须照顾他们。这是人的本能。她认为这就是他提议他们去海龟岛旅行的原因。他还邀请了其他人,但并没说定,因此只有他们三个人在约定的时间出现在了港口。他们又等了一刻钟,谈论着未来几周不可避免的天气变化,然后上船前往小岛。

他们走了半个小时,时间不会更长了。在他们的背后,火山岛的全貌终于得见——它看起来和地图册中的图片一样,美极了,像天堂一般。岸边的海水呈一种蔚蓝的颜色,足以让世界各地的游客都感到惊叹。从远处看,岛上的丛林绿意盎然,仿佛置身于种植热带植物的温室之中。覆盖着棕榈叶的旅馆令人立刻联想起十分流行的、浪漫的鲁滨孙历险记。迈克得意地看着自己的旅馆,他大概想说点什么,但是引擎的轰鸣声打消了他说话的意愿。

由于海龟岛周围有尖锐的岩石,船无法靠岸,于是停在了离卵石滩几十米的地方。女人不可置信地看着迈克。

"我们必须自己游到那里。"他说,然后第一个滑进了水里,头上还顶着一个密封的塑料盒。

她不情愿地跟上他,然后不安地护着男孩儿。她一边游一边想,她可不喜欢这种旅行,实际上她更喜欢躺在房子前面的吊床上。

游上岸看起来是一件并不舒适,而且危险的事。岩石很锋利,海浪粗鲁地抽打着人脆弱的身体。女人一定是动作太快,脚掌踩到了岩石底,立刻尖叫起来,然后笨拙地跪倒在地。

"迈克,这可真是个好的开始,"她说,"现在我们将被那些疯狂的乌龟袭击。"

在迈克的帮助下,男孩毫发无损地上了岸。女人看了看受伤的膝盖。一行血顺着她的腿流了下来。

不过这个岛真的很棒。岛的中心长着一丛丛干枯的灌木。那些缠绕在一起的根茎,在盐和风的作用下变成发白的木头,好像是用骨头制成的。交缠在一起的灌木丛在风的带动下,在地面附近形成了一个黑暗潮湿的迷宫。男孩兴高采烈地在小小的海滩上奔跑,给他的母亲捡来了美丽的巨大贝壳,这是他在旅馆里从未见到过的。

迈克让她吃了一惊。只见他从塑料盒子里拿出一块白色的桌布,铺在了沙子上,然后在上面放了三个白瓷杯。她惊讶地看着他。

"野餐,"他兴致勃勃地说,"我给你们准备了野餐。"

眼前又出现了一个保温瓶和一个装有巧克力饼干的托盘。不到一分钟,巧克力就开始融化,流到了盘子底部。

女人满意地跪在桌布旁。当迈克将热水瓶里的茶水倒进杯子里,她笑了起来。

"这真好笑,"她开腔,"你做这些干吗?做这些巧克力饼干?准备这个野餐?"

"要糖吗?"他开心地问,打开了一个装有方糖的罐子。

"我不加糖。"

男孩在他们旁边坐下,用修长的手指轻轻地把饼干从盘子上剥下来。他背上的海盐开始结晶,变得发白。

"我以为你们肯定会觉得无聊。其他客人们似乎与你们不合拍。"

"不,这很好,迈克,但我不需要陪伴。"

"那么海龟呢,我们会看到海龟吗?"男孩问道。他无助地举着沾满巧克力的手。迈克递给他一张餐巾纸。

"如果我们运气不错,很快就会看到。它们的个头很大。"

迈克大大地张开双手。

"这么大?我不信。没有这么大的乌龟。"

"你会看到的。"

男孩后退了几步,他突然看到了一个巨大的、形状规则的贝壳,立刻被吸引住了。那贝壳看上去像一个金字形神塔。

"我想知道,你在这里做什么。环游世界?"

"我在这儿烤我的骨头。"她笑了,然后补充道,"我在工作,这就是我的工作。我为雅皮士编写旅游指南。我也会把你写进去。还有你的野餐和那些饼干。你呢?你在这里定居吗?"她转移了话题。

他说自己在陆地上有妻子和孩子,旅游淡季他就跟家人住在一起,而现在要挣够一整年的钱。

她把杯中的茶喝完,然后站了起来。她决定环岛转一圈。双脚陷入滚烫的沙子里,沙子没过了脚踝。她踩在一条湿润的沙路上,海浪立刻冲走了足印。当她转身时,看到迈克和儿子那小小的身影——他们靠在一块岩石岬角上,那石头伸入大海,上面布满了牡蛎。风吹来了一些他们话语的碎片。

岛的另一侧就没有那么好客了。灌木丛一直延伸到海边。为了走得更远,她必须拨开树丛,坎坷穿行。树木的根部覆盖着微小的贝壳,上面长满了蠕动着的微生物。那个有旅馆的小岛已经从视线里消失了——现在她看到的只有平滑的、因暑热而略带雾气的大海,那海既不是天蓝色也不是蔚蓝色,而是无趣的灰白色。海上传来单调、有节奏的涛声。阳光灼目、刺眼。她觉得脖子和背部似乎有很多钢针,然后想起了防晒霜,她有没有给儿子涂防晒霜。是的,涂了,给儿子和自己都涂了。洗完澡后,她给自己抹上了香喷喷的乳液,感觉到自己皮肤下的骨头,以及被太阳晒得粗糙的皮肤那种干燥的触感。她加快了步伐,现在几乎是跑了起来。还好这个岛比她想象的要小。过了一会儿,她看到了岩石上那两个小人影,决定不再沿着沙滩绕过去,而是斜着穿过岛的中心,去找他们。片刻间,她陷入了灌木丛里一个不确定的阴影中,然后她看到了一只乌龟。

那乌龟确实很大,看起来像一座小山,又像一堆石头。他们看不到乌龟——它藏在了岩石后面的阴影里。她兴奋地走近,才发现她看到的只是一个龟壳。里面的骨头上还残留着肉,上面爬满了苍蝇,因为虫子的蠕动而晃动,已经发灰、变硬。海龟被咬过的头骨躺在一边,张开的下巴仍然紧紧地靠在一根干燥的肌腱上。腐肉的恶臭扑面而来。她尖叫起来,用双手捂住了嘴。他们惊慌失措地跑向她。她抓住儿子的肩膀,把他转向大海。她不想让他看到这一幕。可是太晚了。她把他的头按在自己的胸前,也许是太过用力,而他挣脱开去,又跑了回来。

"没事的,"迈克说,"你们去咱们自己的那块儿地方吧。这只是一只死乌龟。没什么可怕的。"

他开始用沙子把死去的动物埋起来。一大群苍蝇腾空飞起。

她追上小男孩儿,拉住了他的手。

"它为什么死了?它怎么了?生病了吗?"他紧张地问。

"可能是老死了吧。"

"真可惜。我想看到一只活乌龟。你知道吗?迈克吃了一只从岩石里抓上来的活牡蛎。"

"那你呢?你吃了吗?"

"我没有。那太恶心了。哟……"他皱了皱眉。

她让他往前跑了。

迈克一脸尴尬地回来了。他从盒子里拿出一个对讲机,用潜水员们的语言说着话。

"他们很快就会来接我们的。"他告诉她。

他们静静地坐着,眺望着迈克所在的小岛。突然间,她想念他们那空荡荡的、带着原始气息的旅馆。

"我为那只乌龟道歉,但它只是一只死乌龟。"

"别在意,什么事都没有。"

"那只是一只死乌龟。"过了一会儿,男孩跟着迈克重复了一遍,把最漂亮的贝壳装进了泳裤里。

大海层层叠叠,每一层都是细腻、难以捉摸、看不见的。人们只能够用身体感觉到它,它整个的表面。无论谁在海里滑过,都会感到如释重负,仿佛回到了久违的家园,回到了一个几乎被遗忘的、巨大的、温顺的共同的机体之中。水的蓝绿色是治疗被太阳晒伤的眼睛的良药。微小的气泡从水里的某个地方升到表面，就像物质化的快乐符号。

他们在水面一米以下的地方游动，不断舞动着脚蹼。他们已经到达栈桥后面一点的地方，可以看到海底，空旷的沙地慢慢变成神奇的珊瑚礁。他们先看到沙滩上一个个海星和海胆，然后在他们挥舞的手臂之间出现了张开的、跳舞的海葵和色彩斑斓的鱼。他们得时不时停下来，把氧气管子里的水吹出来，这时他们就会发现，上面的天空是白色的，就像烧热的钢铁，海面就由一块块闪闪发光的玻璃板组成，空气嘶嘶作响，那是汽艇发出的声音，还有人们的声音，海浪发出的噪音。上面太吵了。

所以最好还是回到水里吧，女人这样想着，跟着男孩轻轻地往下游。她看到男孩纤细、苍白的身体，在水中展示出一种在陆地上看不到的优雅，绿色的脚蹼似乎成了这个新的水下化身理所当然的组成部分。男孩伸出一只手，向她指了指海底的东西——她的视线顺着这个方向向前，遇到了海胆明亮的蓝黑色的眼睛。

他们试图尽可能地下潜，但在某个地方还有另一个无形的边界——一到那里，人就会感到难以忍受的耳鸣，头部有一种不断扩大的空虚感，似乎立刻就会爆炸，这是大海守护海底宝藏的方式。色彩柔和的海葵昏昏欲睡，伴随着一种听不见的音乐节奏缓慢摇摆，仿佛在为海底洋流的比赛加油。活石上长满了小标记，那是一些重复了数百万次的美丽图案，聚集成一簇簇树枝状、一根根冰凌状的珊瑚树。正在参观海底城市里这些乳白色建筑的只有一些眼睛长在尾巴上的鱼儿和奇怪的不会动的黄瓜形生物，它们会在沙滩上留下规律的印迹。也许他们是在睡梦中徘徊？在某个非常难受的时刻，就必须回到水面，把自己像一个软木塞一样弹起，抛到水面上，吸入那些沉重的含有铅的空气，给自己的血液加氧。之后就再也回不到同一个地方，同一个原点——因为水下的世界是不稳定的，起伏波动，海底的一切都是不明确、不可信的。他们游得越远，珊瑚城就变得越宽、越大、越有趣，但同时也越遥远、越难以触碰。很快他们就只能从鸟瞰的角度看到它们——他们成了高高在上的观察者、猎人、卫星，他们只能用眼睛感知一切，对任何事情都没有影响力。

所以他们看到了一个无法想象的世界，一个做梦都想象不出来的世界，因为那其中没有任何为我们所熟知的东西——它根据完全不同的规则建造，对所有不是它自己的东西都一无所知。那个世界被镜子般的水面与天空隔开，凝视着自己。它有自己的水流和小径，冷漠的鱼群顺着它们游过。所有外来的生物都被忽略，被当作无生命的存在，被当作一块岩石、一块漂流的木头一样避开。凡是从外面进来的东西,都只是被随意地瞥上一眼,然后就丢在一边,任其自生自灭。只有珊瑚可以在这儿栖息、消化、溶解。这里的一切形状都是不稳定的,无法相信它们。生者可以假装死去,死者亦可复生。

他们像一大一小两颗彗星,悬在这片向深处敞开的宇宙上空,向它宣布一个好消息。宇宙对这个消息一无所知,并且这消息也永远不会实现。这是个无限的、不可复制的世界。这个世界不需要帮助。

她的体内正在生出寒冷。当她滑入温暖、慵懒的水层中游动,皮肤上便会形成微小的冰晶。那是一个来自冬日世界的陌生身体,被带到这片温暖的海洋之中,它是一片寒冷的空气,感染着周围的一切,创造出一股寒流——这寒流从现在开始将在炎热的潟湖周围流动,并慢慢改变气候。贝壳会变小,贝壳上的螺旋状花纹会被挤成混乱的迷宫,海葵也会萎缩,珊瑚的骨头会因风湿咯吱作响,鱼群会变成锋利的、发光的冰丝。

那个男人,那个魔术师,几乎总是坐在离人群最远的那张桌子旁。他蜷缩在藤制的扶手椅上,穿着长裤,衣服扣子一直扣到最上面的一颗——看起来很不真实。他的皮肤上布满了痣和胎记,晒成一种不好看的泥土色,五官也变得过于锐利——英俊的男人变老了就会这样。他的头发又短又卷,几乎贴着皮肤,呈灰白色,远远看去像是戴着一顶紧绷的小帽子。他把头发藏在一顶草帽下面,草帽几乎遮住了眼睛。当他一动不动地坐在桌旁,端起一杯果汁或者果味鸡尾酒送到嘴边,她就感觉他正在仔细而专注地观察着一切,就像一个倒霉的肉食动物发现岛上只有素食。她就是这么想他的:捕食者。她以为她认识他,并试着回忆在哪里见过他。她问儿子是否也想起了这个人。

"也许在报纸上见过?"

"似曾相识,"她说,"我觉得似曾相识。"

"矩阵故障①。"男孩回答。

如果他再胖一点,身体再柔软一点,苍白一点,他就会像她的父亲。他的脸颊和嘴巴的线条以同样的方式下垂——这表明他已经与放弃斗争了很长时间,而且失败了。这种挣扎的痕迹就是假装微笑但实为讽刺的表情,以及他们随时准备好打击别人的状态。人们通常会对这样的人自然地表示同情。他们感激地接受这种同情,就好像这是他们应得的一样。

---

① 即生活中出现像电脑显示屏或电视屏幕那样的画面延迟,人物出现多重影等的现象。

然后他们在不经意间轻视别人，伤害别人，看似心不在焉，只因为他们主要关心的是自己。

晚饭后，男人问他是否可以坐过来。他自我介绍他叫基什，这听起来像个假名字，仿佛只是为了做个开场白。他说着带有美国口音的英语，但声音中又带着某种异国情调，刚硬、刺耳。她咕哝着自己的名字：玛雅。

"你是波兰人？"他问。

"是的。"她不情愿地回答，开始思索着，寻找离开的借口。

他目光炯炯地看着她，脸上带着淡淡的笑意，带出眼角网状的皱纹。他比她预想的还要老。

"我认识这种语言。我有波兰朋友。"

那四个快乐、开心的女人加入了他们。显然，那天迈克为他们组织的旅行是成功的。死去的乌龟被埋葬，巧克力饼干也都被吃掉了。

无聊的男孩走向台球桌前，在那儿独自玩了一把游戏。她和基什的目光都随着孩子移动。男孩发明了自己的游戏——他把球摆成两排，就好像是两排台球在对阵。这也许是一场有关战争的游戏。

她记住了她们的名字：特雷斯、奥尔加、玛丽克和英格里德。她们彼此之间说的不是德语，而是佛兰芒语。女人们正在热情地谈论着她们的旅行和接下来的行程。一些航空公司有这样的优惠：环游世界的旅行，某些航线有特别折扣，不过需要转机好几次。只是有一个条件——必须始终朝着一个方向前进。你必须在一开始就选定：东方或西方。之后一切就很简单。她们选择了朝向太阳的方向，也就是一路向东。

她们颇为随意地念出那些带有异域风情的目的地的名称，谈论着门票和各种预订信息。她们对未知地名的反应是一样的——询问那里是否安全。"因为那是我们所熟知的安全的旧世界的最后时刻。"她们这样说。那是在一切正常的情况下踏上伟大旅程的最后机会。很快，边界就会被关闭，机场将被恐怖分子占领。所以只要还活着，就赶紧出发。现在还来得及。

在岛上这样的地方，每个人最终都变得相似起来。新来的人、旅行者、流浪者总是一副高高在上的姿态，因为他们没有对任何地方说"是的"，所以他们没有臣服于这里。他们离开后，他们的家园被暂时遗忘，甚至倒塌，不复存在。他们的国家也变得不再真实，这里的报纸不会提到他们，没有人在乎他们。那里的生活，在他们四散离开一段时间后，就不再存在。这给人一种错觉，以为这就是自由。他们没有归属地，也没有名字，他们不再记得自己的床，自己的衣柜，不再记得那些清晨醒来的时刻,不再记得浴室里放着化妆品的架子,不再记得他们咒骂时说出的话,他们在互联网上访问的网站。那么还有什么能定义人的存在?他们变得重复,一次次地。人被定义得越少,就越缺乏依赖。也就有了更大的错觉,认为自己面前有更多选择,头脑里盘旋着自己的各种可能性,还有那些潜在的、未被开发的事件链条。

发现并保持这种悬空状态是一门艺术,不为任何一方说话、出主意,像混在福尔马林中的化学制剂,不碰触容器壁,不在乎被别人打量,好像不过是被梦到。允许被梦到——这就是旅行的目的。

她们看着灯火通明的游轮从身边驶过,其中一位女士说,一定要去那个更大的岛屿。另一位回忆说,她玩过轮盘赌,甚至赢了不少钱。她对数字很有感觉,仿佛一直有人告诉她如何下注。于是每个人都排队等着,讲述一个关于她们自己或某个朋友的小故事。讲讲她们都经历过什么。没有规矩可循,也没有一个确定的主题,因为主题也在慢慢地滑入不断降落的夜色之中。

说话最多的是一个矮个子的荷兰女人,她头发剪得很短,发色发灰,脸庞浑圆。她就像一个苍老的孩子,坐在那里,双手交叉放在大腿上,身体挺得笔直,双臂似乎微微抬起,仿佛刚吸了口气就要吐出来，但似乎因为某些原因不能这样做。

"那么请听我说说，发生在我身上的事。"她总结之前发出的每一个声音，就像一个专心的、狂热的纺织女工，把其他人说过的话都拆开，织成自己的围巾，一个纺织作品。她从鼻子里发出一些英语音节，说得很快，这样就没人能打断她。"我，我，在我这儿，我的，我的，和我一起，我的，我的。"她变化着"我"这个词的各种形式，带着一种诗人的喜悦，诗人是享受词语声音的人。她昂着头，微微抬头望向天花板，这就是表示，她不是在冲着那些坐在沙发上的人说话，沙发已经塌陷下去，坐着并不舒服。她的听众是一些在他们上面，挂在天花板上的图画，又或者是一些看不见的存在——一个正在倾听的大耳朵。

玛雅不应该喝酒了，不应该。他把她轻轻地推到旁边，在她身边建造了一个用轻纱软缎做成的墙。

玛雅觉得，所有人都在不由自主地摆出和正说着话的这个女人——奥尔加或者玛丽克——一样的姿势，他们把头伸向棕榈枝编制的天花板，微微抬起脸，仿佛可以在灯笼里照出的昏暗光芒下晒日光浴，就连脸部皮肤疲倦、松弛、下垂的基什也直起了身体。可是这个对他来说并不自然的姿势让他脸上突然呈现出一种悲壮的表情，变成了一张有着深红色嘴唇和被棕色阴影放大了眼睛的面具。

这时玛雅产生了一种幻觉,她无法将这个形象从自己眼前移开,她不再听女人讲故事:水从大海涌向沙滩,静静地渗入一个木制平台,一厘米一厘米地将海滩吞没,把各种贝类从沙子的束缚中释放出来,将模糊的脚印逐渐填满。木台给洪流让步,最后海水出现在它们脚下,在可怕的寂静中升起来。海水不知不觉地汇流过来,已经没过了膝盖。可是没有人看到它,人们都专注于谈话或独白。或许只有身体保持着警觉,因为腿在寻找一个固定的地方,以免被水淹倒,这样才能抓住沙发,抱住桌腿,挺直身体和抬起头的动作本质上是一种无意识的反应,一种面对溺水威胁时的自我防御——是的,因为洪水冲到他们下巴下面的时候就停止了,而他们并不知道这一点,他们还把头露在水面上说着话。她看到他们闭合的眼睑和一开一合的嘴唇,看到他们颤抖的嘴唇正在说着以"我"开头的句子,带着重重的鼻音。平静的水面上发出回音。水面下,珊瑚和海葵静静地收割着他们的身体。

潜入水下,游入一片绿色空间,就像一个个无头的身体坐在桌边,毫无意识地紧紧抓住椅子的扶手,不情愿地臣服在温柔暖和的波浪里。她在它们之间游来游去,近距离地观察它们的皮肤,就好像在看珊瑚礁一样。她欣赏着她们衣服上反射着昏暗灯光的纽扣,以及她们手中海星状的戒指。她对这样奇怪的存在感到惊讶,就好像看到了鞋子中的脚。她把她们甩在身后,游向了广阔的大海。

如果那对情侣白日里在旅馆房间做爱,他们的柔情蜜意并不会打扰到其他人。下楼吃饭时,两人如胶似漆,连目光都不愿从对方身上移开。他常常仿佛不经意地把她挡在那些中国潜水员面前,就站在她的前面,让她消失在他的影子里。

可是晚上,他们一到点就大声地、颇有节奏地做爱,像两台柔软的机器。她不住地呻吟。他们的房间里亮着灯,显然他们必须能够一直看到对方。第二天吃午餐的时候,人们和他们打招呼,带着玩味的目光。所以,他们的爱情发生在众人面前,但这也没有让他们满足,因为他们每天晚上都要定时定点地缠绕在一起,穿透对方的身体,向身体内部发射探针。

玛雅常常无法入睡或半夜醒来,汗流浃背。她不由自主地听着这些,因着他人的爱情注定失眠。深夜读书对她毫无帮助,无论是书中写到的小勺和茶杯,还是远方的冬天。她没办法睡觉。

所以在下一次吃早餐时,她去找迈克,用手指着更远、更高处的那些破房子。迈克很惊讶。

"离海最近的那些房子更好。离吃饭的地方更近。"

"不,"她说,"我们想去高处那里住。"

于是,他们得到了一把钥匙,她和男孩背着两个背包走了过去。

这间房子更小一些,墙壁上的缝隙却更大。这房子看起来应该不经常被使用,不过淋浴看起来似乎更好一些。蚂蚁在光滑的白色瓷砖上成行地逡巡。干枯的树枝和杂草从木门裂缝里钻出来。她彻底地检查了床铺——床垫崭新、完整,不可能有什么东西进入它并在里面筑巢。现在他们不再能听到爱情的呻吟,只有在夜里徘徊的猴子们小小的咯咯笑声或者哭声。猴子们透过小窗户往里看。它们的脸孔看上去惊讶又苍老。其中一只最为大胆,坚持不懈地趴在窗口。它长着浓密的络腮胡,一定是只公猴猴王。或许这猴群里是母权制的?她故作轻松地坐在窗台上,注视着它们的一举一动,不断眨动的眼睛暴露了隐藏的紧张。要不是缺一支香烟,它看上去就和鲍嘉[①]没两样。女人冲它吼了几声,摇晃着蓝色的桌布,想要把它吓跑。

---

① 亨弗莱·德弗瑞斯特·鲍嘉,出生于美国纽约,美国电影男演员,他在过世的几十年后还在全球和电影界保留着传奇性的地位。他常常以手执香烟的英俊男子形象在荧幕上出现。

"你干吗赶走它?"小男孩喊道,"我们可以收留它,猴子很聪明。"

"猴子有可能很危险。"

"是的,是的,对你来说什么都可能很危险。这不过是只小动物,又好玩,又友善。为什么它就会不安全?"

男孩把自己穿好的一串串贝壳挂到了阳台上。从这里他们能看到整个栈桥和所有其他房屋,甚至可以看到另一个海湾边上的小渔村的边缘。露出来的海面光滑清澈。远处,在右边可以看到一个大岛的海岸,它在夜间闪烁着灯光。

她绕着这栋房子走了一圈,发现了一只死蜥蜴,干枯得好像一根木棍,还有一堆发黑的贻贝——有人在它们前面筑了一个土堆。当她靠近土堆的时候,感觉到许多眼睛都在注视她。她慢慢直起身子,看到了一群和猫差不多大的小猴子——它们正坐在树上,好奇地看着她,就像在看一个刚搬进来的邻居。

她开始友善地看待它们。她突然想到,它们并不是出生在北方的孩子,来自那个有茶匙和茶杯的国家,它们因为未能成为有生命的人而获得了奖赏。这里是另一种文明。小男孩以令人惊疑的速度轻而易举地学会了轮回理论,显然他喜欢这种简单的正义。然后,十一岁少年的头脑推断出,每一次痛苦,每一次苦难都是一种净化。

"这是燃烧业力①。"她告诉他。

"那么为什么人们不想受苦。"他们下海时,他反问道。

"这很奇怪吗?"

他沉默了。

"我并不感到奇怪。"他一边说,一边躺在蔚蓝的、波光粼粼的美妙的水面上,那天的水面看起来就像果冻糖果。

她正在阅读的这本书充满了细节。写这本书的人一定有心理虚幻症,像晕船一般——强忍着咽下呕吐物,以免真吐出来,他满嘴口水地描述着这些东西,一定是想要把它们吞下去,用这厚厚的压舱物填满他的肚子,变得更重、更稳定。他与读者交流——变成了一个人形磁铁,把勺子、装酱汁的小罐子、带表链的怀表、皮带扣和纽扣都吸到自己身上。还有各种票据、筹码和卡片。这是一种坚实的财富。女人开始想念祖国,她寄出明信片的目的地。

在那个地方还有另外一种记忆。在那里,她的生活只有例外和巧合。她住在一个自己并不喜欢的城市。她渴望着一

---

① 宗教名词,梵语,指直接推动生命延续的力量,是一种认为一个人的行为在道德上所产生的结果会影响其未来命运的学说。

个根本不存在的地方。她最想要的永远都不会实现。她不想要的却总是来到身边。于是她的生活充满了以下种种：需要准时办件事，闹钟却坏了；需要准确理解某个词，却没有听到；不小心删掉了电话留言，却没有人会重复这条讯息；需要去办一件不容延误的事，却丢失了车票；一本书正读到高潮处，却意外出现了空白页；终于能够沿着正确方向去旅行，行程却被取消了。

慢慢地，当她发现所有这些恼人的麻烦时，眼前出现了一个空洞，一个没有名字、没有边界的模糊的国家。在这片土地上，所有人说话都结结巴巴。这里的语言，每个单词都有无限多的含义，就像一口深不见底的井。

很显然，这个男人病了。他的动作小心而缓慢，仿佛已经预料到，自己的身体对于普通运动来说太脆弱了，它无法承受从楼梯的最后一个木台阶上跳下来，无法承受用棍子猛烈击球的动作抑或热烈的击掌。他常常通过迈克的短波与某人说话，但紧接着就开始向迈克示意，他并不想接收短波。他只在下午才离开他的豪华房间，那是唯一一间用石头而不是木棍建造的房子，而且里面有空调。他一直一动不动地坐着看报纸，邮政汽艇每天都会从大岛上把报纸送过来。所以所有的报纸都是前一天的。如果世界末日来到大岛上,那么他们在这里也会延迟一天才知道。他的眼睛藏在帽檐下,看起来就像一件家具,一个店主为吸引客人来喝酒而设置的人体模特。他的手从不安静。骨瘦如柴的长手指转动着一个小小的乒乓球或一枚硬币,就像小小的活物与这瘦弱的、一动不动的身体共存共生。看得出来,他并没有被炎热的天气或者海水里升腾起的像水烧开时的蒸汽一样闷热的微风打扰。有一次,她看到他在离岸不远的海水里淌水,裤子挽到了膝盖上面。他腿上的皮肤很白,就好像从来没有把他的瘦腿暴露在阳光下。

小男孩一直看着他的双手。目光随着他手里的乒乓球移动,又或者想跟上硬币的移动速度。

"那位先生答应了我,要给我变魔术。"

基什一直等着桌上的盘子被收拾干净,然后从口袋里拿出一枚硬币,用一种什么办法把它紧紧握在手里。

"我的手上有洞。"他一边说,一边假装难过地笑着。

她注意到,他的牙齿洁白、整齐、崭新。他吐出的每一个元音都十分圆润、富有韵律,过于刻意,仿佛厌倦了美式喉音。

"我能无中生有。"他又说。接着他的手掌上就出现了一个彩色的橡皮球。他把球扔给小男孩。男孩接住球,仔细地看着。

"这就是个普通的球。"男孩有些失望地说道。

"我给你造了个普通的球,现在你再看。"他把玻璃杯里的果汁喝完,用报纸把空玻璃杯包起来。过了一会儿,他紧紧地攥住这个纸包,玻璃杯就消失了。

小男孩惊叹地看着他。

"我教你几个魔术,想学吗?"

"当然想学。"他说着,眼睛里迸发出光芒。

"你能读懂英语吗?"

小男孩表示可以。

"我有一本书,上面写了一些最有名的魔术。我可以借给你。"

"哎呀,太好了,我很想要。"

"明天我给你拿过来。我把书放在行李箱里了。你再看一次,想一想,我是怎么做的,这其实很简单,看着!"他把球放在手掌上,用另一只手盖住。她不知道究竟是怎么一回事,过了一会儿球就不见了。小男孩惊讶极了,吐了口气。

"现在你再看,我把它变出来。"他的手掌里又出现了一个球,不过这次是绿色的。

"球消失的时候,是不是哪里有些什么机关?"小男孩问道。

基什神秘又无辜地笑了笑,就像个神父。迈克大笑了起来。

"你知道,这是不可能的。人不可能从无中变出有,也不可能把钱从手中穿过去。"她说。夜幕渐渐降临,他们在潮湿又炎热的空气中躺下来。

她觉得她让他不开心了,可是他在睡意蒙眬中说他当然知道。他还说,如果能相信这一切都是可能的,那该多好。她知道,他睡着的时候,手里拿着那个绿色的坚硬的球。

她意识到,从几个月前他们开始这段旅行以来,男孩发生了很大的变化。他长大了。他的身体慢慢有了力量。膝盖和手腕突然变大了,似乎大到不成比例,变得很重。他的脚固执地生长,每天长长一毫米,这只是她的感觉,也许更多。她现在可以直视他的眼睛,再也不用弯腰,也不用跪蹲在他的面前看他的脸。他的手指变得纤细,不过它们还不知道如何用力。他的手还是软软的,像孩子的手一样。他的动作慢慢地失去了速度和孩子气的那种激烈,变得缓慢,变得昏昏欲睡。她有一种奇怪的感觉,觉得他好像睡着了。也许青春期实际上就是陷入睡梦之中,是一种近乎梦游的状态。现在他经常在日落之后就立刻上床睡觉,一直睡到太阳出来。夜复一夜,日复一日。他还没像成年人那样破坏这个普遍划分的界限,他像动物一样保持着日出而作日落而息的节奏。睡梦中,他的身体会散发出一种新奇的气味,一种她之前并不熟悉的气味,就好像家里有个陌生人一样。睡梦中他会说一种模仿真实的语言,但毫无意义,至少对她而言。这种语言中存在着一些语法规则,词尾的变化似乎服从于某种变化法则,但他在夜晚说出的那些断断续续的话语毫无意义。睡眼蒙眬间,她觉得应该把这些话写下来,在白天看看这些神秘的文字,或许那时她就能从中找到某种意义,但由于睡意深沉,她出了很多汗,虚弱地没有力气起身去拿笔和纸。

猴子,或者是其他什么动物,整晚整晚在房子上面吵嚷。有时它们蹿过屋顶,展开激烈的追逐。她醒来又睡去,同时还能听到趴在天花板上的蜥蜴的磨牙声。清晨,当天光微亮之时,万籁俱寂。黎明让一切都平静了下来,东升的太阳日光灼灼,仿佛为世界拍下了照片,在一天真正开始之前,将这一切固定在漫长而紧张的等待之中。

男孩早早地起床,然后立刻跑去吃早饭。他在那儿等着基什,可基什并没有出现。她从上面看到了迈克和那些荷兰女人,他们一起登上了快艇,正打算去体验旁边那个更加文明的岛屿上的舒适生活。

给男孩上完课之后,她想沿着海边去村庄里走走。男孩不愿意,可能是仍然寄希望于基什会带着书过来。不过后来他勉强同意了。他们戴上帽子,抹好了防晒霜。她往一个小背包里装了点水和一些点心。

从海岸上看去,小岛就像一部罗曼电影的布景。如果能把这里的炎热关掉就好了。这儿的热气压得人喘不过气,还有腐烂的鱼和海藻的气味。如果能把这令人不愉快的片段剪下来,贴在一个凉爽的纪念相册里,那该多好。她真想要这么做。

他们沿着海滩,在没过脚踝的海水里走了大约一公里。他们在这里发现了很多漂亮的贝壳。迈克告诉过他们,不能带走这些贝壳,这是国家保护的财富。而且它们也太大了,根本无法放入口袋或背包中。所以他们只是看着这些贝壳,直到最后对上面重复的图案感到厌倦,于是离开了这里。然后他们上了岸,沿着一条狭窄的小路前行。不一会儿,他们就经过了一个散发着臭味的小港口,几艘简陋的摩托艇绑在打入海底的桩子上,几张渔网被放在那里晾晒。大海不断地抛出垃圾——和其他地方一样:塑料袋、糖果的锡箔纸包装、冰激凌杯的碎片,还有轮胎,就像一个正在自我清理的大伤口。

两个半裸的小孩儿专注地看着他们。他们没有回应,也没问好。村子里有十几间木屋,和他们住的平房旅馆差不多。其中两个房子上安装了卫星天线,几乎垂直地对着天空。天气太热了,他们不得不动作平稳地移动脚步,就像慢动作一样。他们的眼睛只能直视前方,没有任何突然的动作。男孩开始抱怨,他累了,他们应该回去了。他们甚至没有下到海里去凉快哪怕一小会儿。这里的大海被垃圾污染了,海里还有些破船的残骸,船身上满是被飞蛾划出的小洞,很臭。这里连个活人都没有,岛上的居民可能正坐在四面有窗的房屋里,在卫星天线接收器的阴影下乘凉。

他们在树丛里又走了一会儿,正要返回的时候,看到了一座与众不同的建筑,就在海角的一个大石头上。

那是一座石质的礼拜堂,甚至不是什么礼拜堂,就是一座被树木遮蔽的祭坛,面朝大海,对面是一个摇摇欲坠的码头和几只停泊在码头上的船只,以及一片散发着鱼粪气味的沙石滩。十几个神像被精心地放置在两级台阶上——有各种佛像,还有多臂的神仙,身着华丽长袍,身材苗条,有点像某个天主教圣徒,这是一种感人的、简单的混合主义。

小雕像旁边有一些新鲜水果,水果的数量似乎有些象征意味——一根香蕉、一个芒果。还有一包箭牌口香糖和一小卷曼妥思。一个小雕像旁有一个引人注目的东西——一个带奶嘴的塑料瓶,里面装着半瓶牛奶。这一定是个保护神,奶的保护神,那毫无疑问该是个孩子——大大的脑袋,小而笨拙的四肢,带着微笑的胖乎乎的脸。除了灿烂的笑容,还有一种类似盔甲的东西,一种孩子们的战斗游戏中用到的假的盔甲。谁会愿意和孩子打架呢?她拍了张照片,而男孩更是来了兴趣,把一颗桉树糖放在塑像光着的小脚边。

这个快乐的保护神看上去像是在邀请人们玩耍,让人们发笑。被他的剑划过的伤口只会发痒。我们查一下百科全书,看看他是个什么神,男孩向自己保证。

他们回来的时候太累了,男孩很快就睡着了。他们一点也不觉得饿,只是口渴得厉害。她躺在床上,听着正午时分的热浪让一切平静下来——仿佛刻意调低了音量。她在想,如果不吃饭自己能活多久。在热带地区应该比在北方坚持的时间长得多,北方的寒冷会让最强壮的身体发冷。可以在这里试试。直接从阳光里接受那种最纯净的能量,也许皮肤可以生产人体叶绿素。她可以把躺在沙滩上当成是吃东西。不同种类的光会有不同的味道。水面上的光影又咸又辣,树丛间的光斑味道甜美。天上的太阳会像牛奶一样倾泻而下,仿佛天空是巨大的蓝色乳房,源源不断地流出乳汁。牙齿上会长出一层薄膜,就像未使用过的家具上盖着的保护膜。舌头会变得干燥光滑,只专注于形成话语。食道会变厚,会消失。身体将关闭,任何外来事物都无法接近它,那会是一个真正完美的单分子。

回家,专注于一个想法——制定下一个旅行计划,准备护照,检查签证有效期,转乘汽车、火车和飞机。确定下一次旅行的目的地,选择一个生活费用不高的地方,至少不要比待在家里多,最好比在家少得多。这样就可以把钱省下来买机票。最好能够这样生活,所有费用正负为零。

不过她还做不到,还差一点。现在一想到要采取任何行动,她就心生厌烦。天气太热,无法专注于任何事情,每一个行动都在做了一半的时候就停止了,每一个计划只要一想到就会变得模糊。她看到的笔、关机许久的手机和钥匙同任何东西都没有关联。这都是些虚假的东西,什么用都没有,奇怪得就像来自海底的另一种生物。

他又坐在那里,像一个僵硬的人体模型。她知道他在看着她,感觉到他干涸而严厉的目光落在她细细的腿和手臂上。

当他不知道她在看着他的时候,她回赠给他同样冰冷的眼神。他和她一样,假装没有注意到这种仔细的观察。这种偷偷摸摸的对视,即刻让他们成了敌人。他们是定义上的敌人,是假设中的敌人。

尽管他的身高与常人无异,但他身上有一种矮小、精明的气质。也许是因为他后背浑圆,脖子精瘦,长满了皱纹。他的脑袋总是微微前倾,有点像乌龟,又像是下意识地在挑衅别人。有时他看起来像个老人,但当阳光透过棕榈树照出的光斑柔和些的时候,他看起来也不过四十几岁。她尽量不去看他的脚——它令她感到一种难以形容的恶心——长长的脚趾从凉鞋里伸出来,纤细得就像一只手。脚指甲呈现出一种令人不快的黄色。

她尽量不与他坐在同一张桌子旁边。但有时并未如愿。现在她正在喝茶,他坐到了她的身边。她装模作样地埋头阅读旅游手册。

"有人可能会说,您在逃避着什么。"他突然说道。

她没有抬头。这种话她听过很多次了,人们总是这样对她说,而且大家都说:我没有逃避,我很好,我是无辜的。或者其实是想说,我不让你走。

还有比那些慵懒的、待在一个地方不爱动弹的人群更糟糕的吗？他们时不时地离开家园，进行一次类似于旅行的活动——应该称之为旅游吧。他们拖着行李箱，似乎已经长进他们的身体和大脑中的房子被缝进了这个行李箱，箱子里面有装着最必需的药膏、棉球、药片和栓剂的化妆包，写满了其他房屋地址和各种数字、标志以及到达那里的方式的笔记本，还有信用卡，就像塑料铆钉，乍看不起眼，但实际上具有掠夺性和危险性。首先，精确的时钟将时间切割成不人道的小块，然后银行中隐密的信用卡将生活切割成连续的片段，并对每一段时间估算具体的价值。你必须支付无休止的订阅费，起床要花钱，入睡也要花钱，做与不做，积极与消极，相爱与孤独，这一切都需要付费。你必须买票才能参与自己的生活。版权一开始就被卖掉了，然后人们再每天花大价钱购买版权。

这些人只算是偶然的旅行者，他们在点与点之间沿着直线移动。他们坚守着陆地，每一次停下都是占有一块土地，哪怕只是片刻——他们在这里当家做主，其实不过意味着把衣服挂在酒店的衣橱里，把牙刷放在浴室的架子上。他们的旅程是表面的，因为总有一个预定的目标：要么寻找其他人的陪伴，要么被某些事物所吸引。他们就是参观或者观看。

但她不是。她是透明的，双脚触不到土地。她飘浮在空中——那些坚定地站在地面上的人，他们无论在哪里停留更长时间,就开始在那里生根发芽,这就是为什么这些人觉得她在逃避。

不,她没有逃避。她的家在路上,她在旅途中生活。她的旅途并不是连接空间中两个点的直线——那是另一个维度,一种状态。在那里没有什么是显而易见的,没有什么是不可能的;那里有一条条小路,又密又乱,在一些意想不到的地方相交,每天早晨的地图都显示着不一样的东西,这些地图都不可信。她像幽灵一样在地面滑行,没有留下任何痕迹。她只与跟她一样的同路人相遇,并且毫无遗憾地与他们分开;其他人她都看不到,这些人对她来说模糊不清——他们移动得太慢了。

"您也是一样的。"她说。

同时她心里想着:我还是可以说你不少好话的。

这时,他的食指碰了碰她的小臂,她惊讶地看着这个地方。

"我没有机会逃避了。"

"给您拿点什么喝的吗?"她问,同时向后缩了缩身体。

他猛地站起身,吃力地向他的小屋走去。她以为他不会回来了,打算去酒吧喝一杯。太阳在地平线上保持着平衡,又大、又红,还有些肿胀。她和一个女人闲聊了几句。

可是过了大约半个小时，基什又回来了。他变了样子，现在看起来已经放松了下来，脸颊红红的。

晚餐时，她尽量坐得离他越远越好。她看见，他在跟四个不知疲倦的游客说着什么。一阵阵热烈的谈话声从那个方向传来。他平静地冲她们笑着，眼睛里闪着光，就像一个走街串巷的货郎终于碰上了潜在客户。她看到，他的目光时不时地游移到她和她儿子身上，飘向离他最远的那张桌子。

这时她才意识到，他并不是看她，而是看她的儿子。

迈克并不知道，这个人是谁，这个小小的神，他是谁。他整天整天地给那些潜水器材做保养。擦干绳索，把氧气瓶上面的装备卸下来。

他说他是天主教徒，不认识那些神。

"不久海水就会涨潮，咱们就得离开这里。我有好多活儿要干。"

她问他关于基什的事。

"很显然这个旅游季令他疲惫不堪。他病得很重。他的助手好像正在那个大岛上结束业务，然后他们就准备回家。"

"回到哪里去？"

"我不知道。他是美国人。"

"他怎么了?"

"应该是得了某种热带病,来自北方的人有时候会得的一种病。"

"这病传染吗?"

迈克耸了耸肩。

"你们出发前不是打过疫苗了吗?"

她做了一个梦。

她的母亲对她说:

"我的妈妈死了。"

"可是她很早之前就已经死了啊!你为什么跟我说这些?"她回答。

"不,不,她现在刚刚死去。那一次死去并不是真实的。其实这些年她一直在荷兰生活,现在才刚刚死去。"

"那她为什么从来都不跟我们联系?"

"她在季末总是有很多工作。"

她想起很多年前,她的母亲把外祖母带回家。外祖母安静地去世了,走得十分平静。她把自己置于死亡之中,仿佛坐在横贯大陆的火车包厢里,舒适安宁。对于孙女来说,外祖母是一个陌生的女人,平生第二次见到,现在就躺在她妈妈的床上。她让她们把枕头放得很高,所以她几乎是坐着的,她看着眼前的一切,毫无兴趣。她假装这只是暂时的虚弱。母亲也是一样——她从没说过"死亡"或者"死去"这样的词。她们把外祖母送去医院之前,给她瘦弱的、变得像孩童一样脆弱的身体裹上了被褥。身体正在自动发生变化,干枯,毫无顾忌地越来越瘦。母亲对这一切不以为然,她只是头往后仰,微微皱了皱鼻子。她给外祖母削了个苹果,把果肉捣碎,然后用勺子喂给她吃。她还逼着外祖母吃了维生素,可是外祖母全都吐到了崭新的蓝色法兰绒浴袍上。

而她这个孙女,似乎与此事毫无关系。她只是想着,一个人死亡的过程能这么久,能有时间去感受每一次惊讶,每一个回忆,这倒真是件幸事。可以有时间被吓坏,有时间将惊恐分解为一个个只能称之为不便而不是死亡的碎片。

为外祖母举行葬礼的时候,她这个外孙女正碰上学期补考。之后,在这一切结束之后,她的母亲穿着外祖母的蓝色长袍,靠在同样的垫子上,继续削苹果,这次是给她自己削。她穿着死去外祖母的拖鞋,在公寓里走来走去。她说,浴袍和拖鞋都是新的,扔掉太可惜了。

玛雅醒来后,立即试着记下这段睡梦中的简单对话,不过她在背包里找笔找了很久。当她终于找到笔的时候,她就知道,有些梦中的内容已经丢失了。她用几句话写下了梦的内容,但这并不是全部。她几乎赤裸着身体坐在床上,盯着自己悬在笔记本上的手,和即将移动的笔,它留下了一条不安的波浪线。她举着的手等待着,希望那只手知道自己该写些什么,最好能记住,梦里都说了些什么。

人应该如何观察自己?谁在看,又在看谁?谁才是真正的所谓的"我"——是那个观察的人还是被观察的人?其实这两者都不应该是"我",那将是不合逻辑的,自相矛盾的。那意味着人是双重的,甚至可能是复数的。然而,总有个什么东西在注视着我们的身体,在观察我们颤抖的双手抑或眼袋。这东西比我们的身体更密切地从高处看着我们。但它同时也受到关注。谁在看着意识的消退和思想的昏厥?谁看到了梦?谁在做梦,又是谁在记录梦境?谁在说,"我有点不对劲"或"我很害怕"?谁在害怕,谁在确认这种恐惧?人是否会存在两次,就好像连体双胞胎那样?不过当他们以背靠背的方式连在一起的时候,可能是个阴谋的意外?他们永远无法相见,无法正视对方,但注定要互相扶持。

"我"和"我"——这种关系是不确定的、神秘的。它发生在内心模糊的独白之中,其中只有某些词句被仔细斟酌。其余词句则存在于语言的轮廓之中,是一个个被概括的、模糊的单词,最终总是被图像吸收。这是"我"对"我"说的话——这些独白就像是流淌而出的熔岩,凝固成具体的、可怕的身份形式。那是一些火山岛,从水中冒出并在表面石化,它们对自己的干枯和死寂感到惊讶。

当"我"转向外部,转向"你"时,内心的独白剧场必须让位于仪式性的对话。对话预示着模糊的符号、梦幻的象征和无形暗示的终结。你必须清楚、具体地说话。用语言适应思想。语言你来我往,永远都无法确定是否能被对方理解。理解的概率可以像阶乘那样清晰地表述出来。当出现无法理解的情况时,你可以装出一副好脸色,提前说明:我知道你的意思。可是你不知道,你不可能知道。没有任何科学实验阐明这个问题。我们是不同的,但我们不知道彼此之间有多少不同。我们乐观地假设,这不同只有那么一点点。

从"我"到"你"——这是最痛苦的除法。令人非常不适。"我"变得依赖于"你",必须每时每刻定义自己,保持警惕和清醒。我们对边界并不确定,对每一次触碰都很敏感,我们时而探索,时而退缩,就像蜗牛的触角。当不确定性变得难以忍受时,"我"便逃避,躲进面具里,其中许多面具变得厚实,变成囚笼。从"我"到"你",我们总是靠得太近,我们必须争取保持一定距离,掌控距离感。

所以最好把"你"换成"他",这样的关系最稳妥,这样"你"就永远不会靠得太近。"我"必须务实,专注于自己光滑的球形表面,向他人展示它的形状,但最重要的是反映外部世界,不允许任何事物进入内部。他可以从不同角度审视,可以评估——接受或拒绝。有一些事物被缩小,另一些被放大,他成为洞察力的统治者。把世界变成"他",然后我们就可以把它当作一个物体来用,把它像球一样从一只手扔到另一只手,对它施法,创造它,让它消失。

迈克在旅馆的大厅、餐厅和一些小屋周围挂上了反光的挂饰——这样就可以把猴子吓跑,最近它们变得越来越凶猛,尤其在中午。那些挂饰其实由绑在线上的镜子碎片组成。

它们在风中不安地摆动,审视着周遭的一切,就像没有眼皮、永远清醒的眼睛。它们把世界映照在碎片里,变成一片在高温炙烤下断断续续的、不稳定的、颤抖着的海市蜃楼。好像水面的波光,变成了偶然的光颤,变成了我们疲倦的眼睛所熟知的形状。现在到处都是游荡的光点,快速而贪婪地舔舐着一切。

她没有让男孩离开她的视线范围。她坐在椅子上，双腿伸开，膝盖上放着几天来一直在看的那本书，翻到任意一页。她其实根本没有在阅读。她看到了男孩的一举一动。她看到他踮起脚尖，好奇的目光追逐着镜瞳中反射的光点。她看着他是如何失去了兴趣，注意力又回到那些魔术技巧上，比如让乒乓球消失，或在绳子上打个结，然后用棍子碰一下就能把绳结解开。

基什拿着一捆报纸和杂志坐在他的座位上。他常常整个下午都呆坐在沙发上，有时他的帽檐会微微翘起，这时她就能确定，他又在看向他们。就像森林边缘的狼。当她和儿子去潜水时，就不得不经过他，对他说"您好"，或冷漠地说一句"你好"。他总会转过身，目光跟在他们后面。

"那本书怎么样？"他问小男孩。

"棒极了！我有几个问题。我可以晚一点过来吗？"

她感觉到他的目光落在她的背上。他看着他们沿着码头走进水里。

晚餐时，荷兰妇女谈论着她们在大岛上的旅行。那儿一杯咖啡要卖十美元。没有人在海里游泳，因为他们有湛蓝、透明的泳池。一个女人昨天在那儿把全部家当都输掉了。

"看！"男孩说，"这是世界上最狡猾的艺术。人体切割魔术。"

他给她看基什书中的一系列照片。上面有一个箱子,一个女人躺在里面,头从一侧伸出,脚从另一侧伸出。在第二张照片上,箱子是封闭的,一个身穿黑色礼服的恶魔般的魔法师正在用一把闪闪发光的大锯子将箱子劈成两半。在下一张照片上,被切成两半的箱子被分开。然后,当箱子的两半在下一张照片中被重新组合在一起时,女人微笑着复活。

"这就是个把戏。那里面有两个人,咱们看到的头和脚分别是两个人的。"

"这里可没写,他们是怎么做的。不过基什一定知道。你是怎么知道的呢?"

"所有人都知道。这是个老把戏了。"

"基什说不是这样的,他说这是真实发生的。他说,我们可以在旅行的最后搞个魔术表演。这样我们就可以迎接中国新年。"

"中国新年一个月之前就开始了。"

"没关系。"男孩高兴地做了总结,然后跑开了。

"你的作业做完了吗?"她在他的身后喊道。

他大声地回答了一句什么,她没听懂。

那群荷兰女人离开后,迈克开始用他的小船运来一些奇怪的、沉默的人,他把他们安置在餐厅后面最简陋的房子里。那是一些身材娇小的女人,长着吊梢眼,带着她们的孩子,孩子们也很安静。他帮助她们把行李——或者说是一些包袱搬到房间里。其中有三个女人年纪较大,头发灰白,另外两个较为年轻,应该是那几个小孩的母亲。她看着她们把洗干净的衣服挂在房子的栏杆上。他们没有和其他客人一起吃饭。服务员用两个大锅给他们端来食物。他们坐在露台的木板上,一起吃饭。

有一次下楼的时候,她路过了她们其中一个比较年轻的女人。那女人的脖子上有一个很大的伤疤,好像是烧伤。被疤痕撕扯的这一块皮肤把她的脸拉得垂了下去。当她们擦肩而过时,这个女人垂下了眼睛。她觉得她们是"受损害的",因为她很快意识到她们每个人都有某种缺陷,旧伤,疤痕。小孩子也是——湿疹或软骨病。他们来到这里之前所生活的那个世界会是什么样的?地狱吗?迈克让她不要问他关于这些人的事。

"你不问,我也不答。我们什么都不知道,也就没什么关系。"

夜里,她听到一艘小艇开了过来,然后这些女人便消失了。不过几天之后,又有新的一群人来到这些小屋。于是,她什么也不问。

小男孩现在在楼上楼下跑来跑去,一趟趟地去找基什,他告诉她,这些人是难民。这听上去没有任何歧义。来自某处的难民,去向某处的难民。

男孩拿走了她的棉质头巾去变戏法,还让她把所有的火柴盒都留着。

她告诉他,不能离开她的视线范围。

"我需要一直能够看到你。你不能进基什的房子。说定了?"

他点了点头,但他的目光中透着惊讶,和她把那只恼人的猴子赶出房间时一样。

她在迈克的小商店里买了五张明信片,所有的明信片都是一样的:温和平静的海湾,金黄的沙滩,岸边的棕榈树。蓝天绿水宛如《国家地理》上的精美照片。她把它们摊开放在自己面前,就像纸牌接龙一样。她拿出一张,给她妈妈写了几句话。上一张类似的明信片还是在圣诞节的时候寄出去的。她列出了旅程的各个阶段,在每一个阶段前面画上短破折号。妈妈一定把它放在书桌上了。剩下的四张一动不动地待在那里,等着自己被轮到,被写上字。她想,她可以把这些明信片寄给那些荷兰女人。她们给她寄了明信片。那些卡片会在她们寒冷的北方的家里等待她们,和其他信件、电话账单、银行流水单一起,等着女人们前往东方的旅程完成一个圆圈,旅行者们回到出发的地方。她还给妈妈写道:"信箱里会有一张保险费单据,请帮我支付,等我回来再把钱给你。"

空荡荡的公寓里,空气变成了混浊的果冻,里面粘满了一团团灰絮,光线无法穿透它、融化并顺着窗玻璃流下。狭小的厨房里,桌上放着一串钥匙和一张电车票。走廊的地板上,鞋底沾满干泥的儿童运动鞋散落一地。浴室的门微掩着,门后的黑暗中,蠹虫①缓缓滑行,像一滴有机金属元素。它在用触角探查浴缸下水管上的一团毛发。在房间的地毯上,紧挨着墙壁的地方,已经有一百二十四天没被打扫,形成了一团灰尘,是核桃的大小。这是一个谜,一种异常,一个与时间方向相反的过程,因为周围的一切都摇摇欲坠,渐渐瓦解。卧室的床上一直有一处轻微的凹陷——很久很久以前,有人在这里坐过。一只缩水的袜子躺在它旁边。

她看着那些猴子,它们因为她没有动作而胆大妄为,现在正在向露台靠近。它们快速而敏锐地瞥向她,试探似的龇牙

---

① 一种咬器物的昆虫,主要分布在热带、亚热带和温带地区。

咧嘴。有一些母猴的胸前还挂着小猴,孩儿们对母亲无比信任,并且对母猴的疯狂举动无动于衷。有时它们也会吵起来——突然间发出尖叫,打得不可开交,可是转眼之间又会忘记这一切。有一次,她下去吃晚饭的时候,不小心把浴室窗户打开了,结果回来的时候发现所有的化妆品都被打翻了。肥皂也不见了。

这大概是一种相互的关注。猴子们也喜欢绕着屋子,毫无规则地转圈,注视着她的一举一动。当她站起来时,它们以惊恐、警告的尖叫作为回应;当她坐回藤椅上时,它们开始安心地抓虱子。她试着想象,它们是怎么看待她的——一个苍白的女人,总是戴着墨镜,穿着彩色纱笼。它们有没有注意到她的脚指甲,上面涂着剩下的一点蓝色指甲油?有没有看到她骨瘦如柴,晒黑了的棕色膝盖,还有她腹部皮肤上的褶皱,以及她的肚脐?它们有没有注意到她的眼角纹——那晒黑的脸上一道道明显的皱纹?还有鼻环上平滑的孔?额头上的汗珠,绑头发的蓝色松紧发箍?它们是否觉得她很可怕,像个怪物,在笨拙地模仿猿猴的长相?也许她只是一个模糊的点,某种无法被定义的威胁,一个行走的、有两条腿的陌生生物?

男孩不想再去潜水,也不想和她坐在屋里摆弄那些贝壳。

他不情愿地做了数学作业,在日记中记下了这一天的经历。他只读了一本基什给他的书。她看了一眼,是附有图画的魔术师手册。现在他不是和潜水员打台球,就是和基什在一起练习魔术技巧。当基什在自己的房间里长时间休息时,男孩就会跑到厨房试着给自己做汉堡包。迈克允许他这么做。现在两个厨师大概在跟他一起尝试做汉堡。他向他们解释,汉堡应该怎么做,于是厨师把肉打成肉泥,然后用洋葱炒熟,而他们的脸上也并没有居高临下的讽刺的笑容。小家伙还要求用土豆做炸薯条,当土豆终于被船运来时,他就把它们切成适当的小条,然后一边教两个厨师烹饪顺序,一边把土豆条放在锅里炸。他们之间用简单的英语交流,用一些语义完全对等的句子。

他给他们带来了一首小诗:

是上帝战胜了死亡,

死亡杀死了屠夫,

屠夫喝了水,

水扑灭了火,

火烧了棍子,

棍子打了狗,

狗撕碎了猫,

猫杀了小山羊,

小羊是我父亲花两美元买的。

他一本正经地朗诵,不时看一眼草稿——他在手背上用钢笔写的几个字。她拽过他的手,念道:"死亡、屠夫、水、火、棍子、狗、猫、山羊。"

"必须把这些词的顺序记住。否则就没有意义。"他满意地说道,为自己的成功感到高兴。

他把她的帽子和纱笼拿走了。他不想告诉她拿这些东西做什么。五点钟左右,她沿着小路走来,看到迈克搭建了一个小小的舞台,幕布是用床单做成的。她的儿子穿着白色的百慕大短裤和白色T恤,正在一张小桌子上整理一些东西,专心致志,十分投入。基什坐在扶手椅上,背对着她。她听到了他的声音,正在向男孩和迈克发出指令。几天来,他们一直在打箱子、搭台子、悬挂一串串彩灯。迈克甚至带来了一些烟花,并在餐厅入口外的沙滩上搭了一些小礼炮。

傍晚时分,很久一段时间以来,天空第一次出现了云彩,但它们离小岛有点远,像一团团脏兮兮的棉絮粘在海平线上。

夜幕降临,西下的夕阳沉入云层,照射出奇妙的色彩——粉色、刺眼的绿色、紫色。只有四个人坐在沙发上,她和她的儿子,基什和迈克——潜水员们去看一些神奇的珊瑚礁,要外出几天。基什平静而放松。他的脸庞又泛出红晕。她甚至觉得,那红晕像是用口红涂上去的。是的,他站在浴室镜前,将腮红晕染成柔和的砖色。又或者,他正在服用某种药物。

他把纸牌摊开摆在男孩面前,让男孩想着其中的一张。然后他把牌洗乱,重新排列,直到抽出一张给男孩看。

"是这一张吗?"

"是的,就是这一张。"男孩吃惊地看着他。

"您是怎么做到的?"迈克问他。

基什满意地收起了牌。

"我最后再告诉你们,不过你们得保密才行。"

迈克从酒吧拿来几杯饮品和一盘热带坚果。

"您是哪里人,基什先生?"

"基什,这是个匈牙利姓氏,读音和'李施特'一样,也就是'李斯特'。就是那个作曲家。"

"您是匈牙利人?"她问。

"这有什么意义吗?这么说吧,咱们都来自中欧,您来自欧洲更中心的地方,我稍微远点儿,因为之前移民潮的时候我就走了。我在 1970 年的时候就走了。"

"我就是那一年出生的。"

"你看吧,我亲爱的孩子,我们是存储西方世界的人形仓库,是按照既定模式生产出的人类的温床。就像现成的衣服。我们身上都带着出厂型号:56 型①、68 型②、81 型③,"他喝了一大口,满意地笑了笑,"我不应该喝酒。我们是品种优良的人,精心打造的人,"他接着说,"我们和别人不一样。"

"您指的是什么?"她问。

"哦,我应该不需要解释什么,您了解那段历史。"

"到处都有不好的事情发生。"迈克开了腔,若有所思地瞥了一眼餐厅后面的小屋。那里的灯光早已熄灭了。没有人再接起这个话题。

---

① 1956 年 10 月 23 日至 11 月 4 日,匈牙利爆发了由群众和平游行而引发的武装暴动。在苏联的两次军事干预下,事件被平息。事件共造成约二千七百名匈牙利人死亡。
② 1968 年 1 月,亚历山大·杜布切克取代安东宁·诺沃提尼出任捷克斯洛伐克党中央第一书记,并于随后召开的中央全会上公布捷共《行动纲领》,提出要建立一个"新的、民主的、符合捷克斯洛伐克条件的社会主义模式",得到全国民众的热烈响应,西方称之为"布拉格之春"。
③ 1981 年 10 月,波兰统一工人党举行九届四中全会,选举雅鲁泽尔斯基为党中央第一书记。11 月底,波兰统一工人党六中全会通过决议,要求议会授予政府"采取非常措施"的权力,以制止团结工会的颠覆活动。为稳定政局,雅鲁泽尔斯基采取了强硬政策。12 月 13 日,他宣布波兰进入战时状态,成立由十五名将军和五名上校组成的"救国军事委员会",并在全国范围内实行军管。

这时,一只发光的、威严的巨兽,就像隐藏在海平线后面的那个世界的使者,静静地驶入被夕阳照亮的大海中。它是那样强大而陌生。他们静静地注视着它。

小男孩站在对面,表演了把圆球变没的魔术。

"我可真傻,我之前没想到这是怎么回事。"他认真地说道,"我以为那是魔法。"

"你不可以这么说,"基什警告他,"你记住了吗?这对其他人来说就是魔法。"

小男孩点了点头。

"这将成为我的特质。我以后就成为可辨识的人了。"他说,"每个人都有自己的特质,对吧?"他对基什说。"那你呢,迈克?你的特质是什么?"

迈克想了一会儿,然后将拇指弯曲到前臂上,让手指接触到手臂的皮肤。

"太棒了!"小男孩夸道,"你呢,妈妈?"

她想也没想,双手合十放在身前,然后慢慢地把它们绕过头顶放到了后背上。她的手现在看起来像翼芽。

"呵呵,"迈克笑道,"你像个体操运动员。你的骨头很软。"

他去酒吧拿酒,基什从男孩手中拿过那本书,找到那一页,用骨瘦如柴的手指指着上面的文字。

"你会读吗?"

男孩看着基什指出的段落开始朗读,那儿有一些较难的词,他读得结结巴巴:

"这时魔术师把一个木球拿在手里,木球上有很多洞,上面系着带子,把它扔了上去。球飞到空中,然后就在我们的眼前消失了。当魔术师的手里只剩下短短的一截皮绳,他对他的一个徒弟说了些什么,然后徒弟抓住皮绳开始往上爬,直到他也从我们的视线中消失了。魔术师叫了他三次,他都没有回答。于是魔术师拿起一把刀,似乎非常生气,顺着皮绳爬上去,直到他也消失了。接着他把徒弟的胳膊摔在地上,然后是他的腿,另一只胳膊和另一条腿,然后是躯干,最后是他的头。然后魔术师喘着大口的粗气下来,衣服上全是血。接着埃米尔[1]给了他一个新的命令,于是魔术师把徒弟七零八落的四肢放在一起,重新拼起来,用脚踢它们,然后小徒弟就毫发无伤地活了过来。当时我惊讶得心跳加速,就像我在印度国王的宫廷里,看到了类似的戏法……"

---

[1] 阿拉伯国家的贵族头衔。此封号用于中东地区、北非的阿拉伯国家,历史上突厥也曾使用过这个封号。

"够了。"基什把手放在书上。他看着坐在他对面的女人。

"那可能是我的特质。再读一下这个。"他对男孩说。她想把书从男孩的手里拿走。

"不要读了。这太可怕了。"她反对道。

但基什比她的动作更快。他将书重新打开,又翻到那一页,得意扬扬地看着刚刚端着酒回来的迈克。

"再读一段,"他说,"这里讲的是巫士的故事,他们也被称为'motetequi',意思是'自残的人'。自残者把自己切成碎片,放在盖子下面,然后刺破盖子,立刻跑出来,身上没有任何伤口。哦,接着读……孟加拉的魔术师也被记录了同样事件的过程:一个被切成碎块的人被用布盖住,魔术师在布上滑过,片刻之后,被砍碎的男人就站了起来……"

"请您不要再读这些胡话了!"她厉声说道,"您会把他吓坏的!"

基什大笑了起来,脑袋后仰,靠在了沙发高高的靠背上。

"妈妈,我一点都不害怕。"小男孩反对到。

"过来,小伙子,咱们玩一局。"迈克说着,和男孩走到台球桌旁。他回头看了她一眼。

她转动着手中的杯子,盘算着回房间去。

"您没看出来吗?您没注意到吗?我是个病人。您看!"

他拉起裤腿,"这是卡波西氏肉瘤①。您知道这意味着什么吗?"

她感到一股血液猛地涌上头,但她控制住了自己。

"那您为什么不去医院?该死!您为什么不治疗?"她生气地问。

他说:

"这只是时间问题,而不是地点问题。您也会死。而他就快要死了。"他指着小男孩,男孩儿正伸出舌头玩弹珠戏法。"还有他们,"他把头转向正在收拾桌子的两个侍者,"我为什么要在乎未来的十月或四月?会发生什么新鲜、不寻常的事情?另一次旅行?在赌场大赢一把?"

他顿了顿,又补充道:

"我是自由的,随时都可以做这些事。"

"我不明白。"

他讥讽地看着她。

"你很清楚。"

过了一会儿:

"你让我好奇。感情失败了,对吧?"

---

① 一种由人类疱疹病毒(HHV8)引起的肿瘤,又称卡波西氏肉瘤疱疹病毒,20世纪80年代被界定为艾滋病的并发症。

她有些恍惚。喝了一口酒,酒里的冰已经融化了。

"这就是你如此消瘦、苍白、死气沉沉的原因。您看起来精神紧绷。你有钱买美食,请按摩师。你应该绽放才对。"

她的喉咙发紧,心里有一种可怜兮兮的无力感,这些话仿佛将她拉离地面,将她托在半空,然后又像扔垃圾一样把她抛了出去。

"走开。"她说道,这让她好受了些。她感到一阵愤怒,而不是后悔:"滚开!"

可他抓住她的手,将他那骨瘦如柴的、可怕的手指伸进她的手掌中,隔着桌子向她靠过去。

"这有什么好丢人的?怎么了?你被抛弃了?那又怎么样?你也可以抛弃一个人。难道你没有注意到,你是遗弃和被遗弃的链条中的一环吗?"

她把手从他手里挣脱,然后平静地说:

"冷静点吧,去睡觉吧。你喝多了。"

被他抓过的那只手现在火烧火燎。她很想站起身去洗手。那上面有另一个人触摸过的痕迹。恶心的、充满暴力的、恶魔般的感觉。但是她没有站起来,而是点上一根香烟,深深地吸了一口。

"当然,"他讥讽地说,"人们相互联结,像链条中的一环又一环,我们像被判了无期徒刑,被永远捆绑在一起。A 爱 B,B 不爱 A 而爱 C。另一方面,C 更喜欢 D,而 D 则更喜欢某个 F 或者 G。如此种种。有时碰巧这种关系是相互的,那么这样一个圆圈在某一段时间内与其他圆圈分开并朝已知方向漂移。它迟早会回到池中。这些简单的关系中有一种可悲的规律。在金字塔最底部有些人,假设一个 A 爱上了另一个,这另一个又爱上另一个。但是没有人回来爱上 A。你明白吗?那个 A 就非常可怜。又有一个 Z,站在最高的顶点上,许多人都指向它,但它本身不指向任何一个。就像希腊神话中的那耳喀索斯①,全世界都爱他。如果上帝是公正的,他会把 Z 和 A 连接起来,形成一个闭合的圆圈,让它永远循环下去。但是人太多了,人的活动太复杂了。在一台计算机上对六十亿个因子执行这样的操作可能吗?谁最被爱,谁最不被爱,被剩下的若干个中的最后一个,独一无二?"

"晚安。"她说着站了起来。

"你知道魔法是什么吗?"他问她,然后继续往下说,根本不在乎她已经要走了,"给你所看到的事物命名。强迫一个人说出他眼前事物的名字。事实就是这样产生的。每个人都喜

---

① 希腊神话中一个俊美而自负的少年。

欢坚持现实的某一单一版本,即使那个版本是错误的。"

她走回山坡上的房间,不情愿的男孩被她推在身前。酒精使她的脚步微微踉跄,脚下的小路也变得歪歪扭扭。

她仰面躺下,在旁边的床上,生气的男孩正在看书。

远处传来一阵骚动,各种声音混合在一起:叮当声,轰隆声,震耳欲聋的雷声。声音从山上某处传来,应该是小岛的中心,她从未到过的地方,那里丛林稠密:到处都是藤蔓、腐烂的树叶、枯树、沙沙声和幻象。她坐在床上,心跳剧烈,呼吸急促,上不来气,仿佛身体上有好多孔洞,空气从洞中逃逸到虚空之中。她听到了动物的嚎叫声,觉得自己能感觉到成千上万的脚步声,仿佛一支混乱的野战军从山上向山谷俯冲,奔向大海带来剧烈的震动。树枝被折断发出咔嚓咔嚓的声响,树木在人群的横冲直撞下倾倒。猴子在尖叫,它们露出牙齿的时候和愤怒的小狗没两样。在这嘈杂声中,她感觉自己似乎听到了一串串的单词,半人半兽的声音,含糊不清,喘息不停。树上发出沉闷的撞击声,好像有人在用棍子敲打它们,然后是一声长长的"呜呜呜呜"的嚎叫。她被吓得呆住了,一动不动,连关上门窗、转动细小的锁头、关上松动的窗玻璃都做不到。

她有一种感觉,仿佛可以看到来自山上的猛攻,看到黑色的、流动的熔岩奔涌而下,除了海洋,任何事物都无法将它阻挡。一只只愤怒的猴子、一条条吱嘎作响的蜥蜴、成群的蛇、蠕虫、小啮齿动物,以及它们上方像一群猎人一样飞翔的鸟和柔软的飞蛾,所有幸存下来的,在潮湿的黑暗中一直保存到现在的东西。还有一些更大的生物,外形和人相似,像侏儒,由动物和人的肢体混合而成的嵌合体,潮湿的泥泞、在水坑中腐烂的残骸组成的毫无意识的巨型生物——这一切都发生在山下。它们不再行进,甚至不再奔跑,只是跌落、旋转,像一群狂呼乱叫的暴民。她觉得,在这一切之上,她似乎听到了一声震耳欲聋的笛声,两个简单、持续的音符交替演奏,单调地交织在喧嚣之中。还有尖笑声,在这疯狂的游行中存在的令人不适的欢乐和屈服于疯狂的喜悦,以及接近大海、被践踏、强暴和毁灭的喜悦。

她快速地爬上了男孩的床,用自己的身体护住他,把他的头压在床垫上,然后僵住不动,她听到猴群就在旁边跳来跳去,薄薄的镂空的墙壁都在颤抖。她能闻到刺鼻的动物的气味、它们喘气时呼出的青草发酵的味道,还有满是蝌蚪的池塘中腐水的味道和腐败血液、疾病、精液、热汗所散发出的甜腥味。她不敢移动,也不敢抬头,但她知道,她现在可以透过小窗户看到它们扁平、多毛、十分扭曲的脸,它们的眼白和一行行唾液,充满敌意地扬起的嘴唇下面是锋利的牙齿。它们在黑暗中闹腾着,践踏着周围的一切,将之前他们在地上摆好的贝壳踩得稀烂。它们撞破栏杆,拽断晾着内衣的绳子,然后用爪子把藤椅打翻,把沙发抓得千疮百孔。瓶子被打破,玻璃杯被摔碎,叮叮当当,乒乒乓乓,电灯也被撞碎,一闪一闪地发着光。

男孩从她的怀抱中挣脱,然后用力推她,直到她回过神来。

"妈妈,你怎么了?你在做什么?"他喊道。

他站在她身边,满头大汗,生气极了。

"你怎么了?"

她坐在地板上。

"对不起。没事了,我很好。对不起。"

迈克正在为演出做一张小桌子:用木棍搭出桌子的骨架,然后用棕榈叶做桌面。潜水员们再次出现,重新整理设备。他们晒黑了,水和太阳令他们疲惫不堪。

她和迈克确定了离岛日期。他与地面联系,预订陆上的汽车座位和酒店房间。

"接下来你们去哪里?"他嘴里含着钉子问道。

她说,他们要回家了,这会让她放松下来。

上午,基什没有下楼。她想象着,他在夜里死去了。他现在躺在四处透风的房间里,躺在一张狭窄的床上,沙沙作响的蜥蜴在他身上发出吱吱嘎嘎的声音,那是在为他举行葬礼。吗啡对他没有帮助。

可是他下午还是来了。他还是在属于他的沙发一角坐下,看着迈克处理事情。男孩高兴地跑到他身边。他们把自己的魔术设备摆开,在对方的监督下进行练习。她走到他们身边,但必须向他们保证,不会转过身偷看。

下午,基什的年轻助手带来了一个装满演出用具的盒子。他的脸上挂着僵硬的笑容,步履有些踉跄。大概是在大岛上告别的时候喝了不少酒。男孩兴奋地试穿了一件斗篷和一顶看起来怪诞的礼帽,他将斗篷盖在他半裸的身体上。棕榈树和沙子就是舞台的背景。

男孩会成为魔术的主演,这将是他的表演。基什穿着黑色长裤和黑色的印度式衬衫,纽扣一直扣到最上面一颗,坐在椅子上。她看到他伸出的脚,这次藏在黑色漆皮鞋里,还有他的手——完全无力地放在椅子扶手上。

观众有十几个人:她和迈克、侍者、几个潜水员、一对澳大利亚夫妇和那些难民——带着四个孩子的小个子妇女,显然迈克让她们也来了。太阳落入水中,天立刻黑了下来。迈克点亮了美丽的红灯笼。最后,灯都关掉了,只有所谓的舞台中央出现了一个由基什的助手操作的聚光灯打出的光圈。那肯定是他们在大岛上演出时用的设备——它投射出一圈明亮的光环,一会儿工夫从红色变成了紫色。

这时,一个男孩出现在光圈中。一开始,她没认出他来——他的脸颊涂成红色,嘴唇涂成深色,她被男孩与基什这种怪诞的相似之处吓坏了。他的金色长发紧紧地挽在脑后,藏在一顶超大的礼帽下。他仔细看了看观众席,皱了一下眉头。就在他的身后,基什出现了,仍是脸颊泛红,涂着口红,丑陋不堪。

"这是南海诸岛最大的法师。谁要是不相信,你马上就会知道!"基什喊道。

作为回应,男孩挥舞着他的斗篷,不知从哪儿变出一叠色彩鲜艳的手帕,一张一张地掉落在沙滩上。基什把手伸到男孩的耳边,这时一个白色的球就出现在了他的手中。

"每个大法师的耳朵里都有很多球,"基什说道,那个澳大利亚人放声大笑起来,"每个人都可以无中生有,也可以把有变成无。"

他把球放在男孩面前的桌子上。男孩用杯子把球盖住。

"球在哪里?"基什问,他的声音听上去很尖利。

"藏在杯子下面。"迈克在观众席上回答。

男孩快速拿起杯子,球当然已经不见了。他得到了雷鸣般的掌声。然后他表演了另一个魔术,把手帕打结连在一起,然后霍地解开了绳结。他又在基什的大礼帽和口袋里变出了鸡蛋。

她松了口气。

那个负责做汉堡包的服务员从一副牌里挑出一张,然后又放了回去。男孩走到前排,让她和澳大利亚人的女朋友切牌。他会意地向他的母亲眨了眨眼。他在整副牌上做了几个流畅的动作,然后准确无误地拿出了服务员之前选中的卡片。又是一阵掌声。他又变了几个类似的把戏。基什退出了光圈,双臂交叉在胸前,靠着一根木头柱子站着。他的脸只是黑暗中较亮的一块儿。

作为一场精彩的魔术表演,这些已经绰绰有余。观众开始鼓掌,但其实表演还没有结束。基什从阴影中现身,向助手做了个手势,助手将一个长条的厚纸箱放在了光圈中央,那纸箱看上去就像一口棺材。

"女士们先生们,现在大家将看到魔术艺术的最高成就。我们年轻的同行将在这里展示他真正的技艺。不是每个人都能成功,所以,请屏住呼吸!"

箱子上盖着一块幕布,用发光的蓝色布料做成。男孩和基什的助手各自拉着幕布的一端。基什消失在了幕布后面。片刻之间,幕布掉落下来。纸箱的一端伸出脑袋,另一端伸出了基什穿着漆皮鞋的双脚。男孩接过助手递给他的闪闪发亮的锯子,假装犹豫了一下,然后开始把纸箱切成两半。基什做了个鬼脸,翻了个白眼,最后尖叫起来,吐了吐舌头,僵住不动了。在大厅的尽头,一个脏兮兮的孩子神经质地笑了起来。刀刃已经掉到了地上,一滴滴红色的鲜血汇流成一条溪流,流到了沙地上。

男孩似乎在等待掌声,但只听到了犹豫的咕哝声。然后,很快,摇摇晃晃但心情愉快的助手再次把幕布盖到了纸箱上——男孩在上面做了一些神奇的动作。接着幕布落下,基什笑着从纸箱里站了起来。他的助手把他扶了起来。现在掌声响起,三人都以夸张的、剧场式的优雅姿势鞠躬谢幕。当他们离开舞台时,圆形的亮点在舞台上还停留了一会儿,直到迈克关掉了聚光灯。

她松了口气,终于结束了。

接下来,大家一起吃晚餐。甚至那些难民也参与到庆祝之中,但是他们单独坐在一张桌子旁,孩子们用手抓着那些美味的食物。

男孩不情愿地脱下斗篷,坐在妈妈身边,假装自己在吃饭。人们纷纷向他表示祝贺,并拍拍他的后背以示鼓励。他得意地看着她,带着一种绝对的胜利感。他用叉子戳着米饭,显然脑海中还在回放变魔术的顺序:球出现在空着的手掌上,一根剪断的绳子重新连接起来,分开的手帕合二为一。他对这些魔术的看法不同,他是从下往上看的,那么一切都不一样。这是他学到的:世界上存在着两种真相——一种是存在着的,另一种是我们以为存在着的。

迈克又拿来几罐淡啤酒,澳大利亚人点了香槟。烟花绽放。

演出带来的欢乐气氛慢慢被其他主题取代——木猴年就要来到了。这一年会像猴子一样古怪莫测。玛雅起身——走到基什身边,他像演出前一样坐在椅子里:双腿穿着漆皮鞋,双手放在靠背上一动不动。

"我也要走了。"他说。

他们远远地告别——她站着,而他坐着。她举起手,用这个手势向他说:"再见。"然后她就走了。接着,男孩来到他的身边。她用眼角余光看到他们聊了一会儿。她没听到他们聊了些什么,只看到基什向男孩探过去,然后在他的额头上温柔地吻了一下。她猛地抽动了一下,感觉自己的血液里有成千上万根针。她克制住暴怒的冲动,拉住男孩的手。他们回到山坡上。给男孩洗澡时,她用肥皂擦洗了很长时间。

"放开我!你疯了,知道吗?"他抗议道,然后放声大哭,好像相信自己所有的魔力都被水冲走了。

她慢慢地、小心翼翼地收拾好两个背包。把衣服卷起来——这样会占用更少空间。她把护照、疫苗接种证书、航班时刻表、一叠三种货币的钞票、信用卡和其他一些小零碎放在桌子上。她偷偷将一些漂亮的贝壳和一些被海水冲刷得光滑的浅色木片塞进背包的小口袋里。男孩遗憾地把他收集的贝壳包起来。他决定把它们送回海滩。

等男孩睡着了,她把背囊放在门口,拿着一本书走到露台上。她伸开双腿坐下,点了一根烟。她看到了远处迈克那小小的身影,关了灯。她看到挤在热带灌木丛中的一个个小屋,那里藏着些毫无防备的人的身体，正在沉入梦中。

她打开书。漫不经心地看着，渐渐地，寒冷的北方城市开始消失。起初它变得寂静——电车静静地滑行，车上代表线路的数字逐渐消失，听不到那种脚踩在雨中闪闪发光的鹅卵石上所发出的带着湿润气息的脚步声，也不再有汽车在街道上滑行的嗡嗡声，商店门口的铃声不再响起。塔楼上的时钟无声地显示整点的到来。

然后这些最细小的、最微不足道的细节开始模糊：更适合用来当作首饰的草坪四周的象征性的围链，商店橱窗里的木框和硬纸做的商品价签，阳台上满是锈渍的金属栏杆，窗户上的窗帘，还有屋顶那林立的天线上垂到窗户上的电缆。教堂的屋顶和塔楼在潮湿中融化。城市在阵阵潮湿的风中摇摇欲坠，仿佛一个由微小图块组成的脆弱拼图正在分崩离析，而它的下面，隐约可见一个越来越清晰的、熟悉的、几乎静止的海底景象，那是一群海葵，默默地随着洋流的节奏摆动，还有一些孤零零的海胆，它们蓝黑色的眼睛，一动不动地注视着那并不存在的天空。

那是一片纯净的、无邪的土地，一个没有思想、没有人、没有记忆的地方。一个被简单到不需要理解的规律主宰的国家，那里的时间像波浪一样，一会儿出现，一会儿消失。

住在那里的人是无限安全的。

一大早,吃早饭之前,他们把所有东西都收拾好后,就一起去了海滩。从那边她看到基什的小屋旁似乎有动静。迈克在那里,还有基什的助手和另外两个陌生男人。他们的摩托艇停泊在码头上。不一会儿,年轻的助手和一个陌生的男人把基什的尸体抬了出来,沿着下面的小路下去,餐厅的棕榈屋顶下放着一个担架。他们拖着他的腋窝和膝盖。远远只能看到,他穿着同样的黑色衣服,扣子一直扣到最上面的一颗。

她慢慢地转过头,寻找男孩的目光——他什么也没看见。他蹲在他收集的贝壳旁边,把最漂亮的挑选出来扔回海里。

她平静、放松地走近儿子,突然周身轻快,几乎是幸福地在他身边坐下,挡住了这不愉快的一幕。她用手指在沙子上画着各种图形,然后他们将贝壳摆到这些图形里,排列成复杂的圆形,直到基什消失在视线中。

两个小时后,当他们把行李装上了摩托艇,他们看到潮水把刚刚摆好的门达拉①都给冲走了。那些贝壳,带着对家的渴望,回到了大海。

---

① 印度宗教和哲学中的一个几何图形,通常是一个圆圈,其中刻有一个分成四个三角形的正方形,它是宇宙的象征,其中心是一个神圣的存在。

他们首先到达大陆,然后乘车几个小时穿过丛林。黄昏时分,疲惫的男孩把头靠在她的肩上睡着了。

她看到公共汽车的前灯在灼热的沥青上滑过,照出一个寂静的剧场:那里只有车轮投射在地面形成的半圆形影子不断向前滚动,仿佛所有人都在期待一个演员会从这黑暗中出现。在城市的边缘,这剧场变得苍白、模糊,然后在机场的灯光下永远地消失。

OSTATNIE HISTORIE
Copyright © Olga Tokarczuk 2004
This edition arranged with Olga Tokarczuk c/o Rogers, Coleridge and White Ltd.
Through BIG APPLE AGENCY, INC., LABUAN, MALAYSIA.
All rights reserved.
本书中文简体字版版权，浙江文艺出版社独家所有。
版权合同登记号：图字：11-2020-151 号

图书在版编目(CIP)数据

最后的故事/(波)奥尔加·托卡尔丘克著；李怡楠译.—杭州：浙江文艺出版社，2023.3(2024.11 重印)
ISBN 978-7-5339-7169-4

Ⅰ.①最… Ⅱ.①奥… ②李… Ⅲ.①长篇小说-波兰-现代 Ⅳ.①I513.45

中国国家版本馆 CIP 数据核字(2023)第 036466 号

统　　筹	曹元勇
策划编辑	李　灿
责任编辑	李　灿　顾楚怡
营销编辑	耿德加　胡凤凡
责任印制	吴春娟
装帧设计	汐和 at compus studio
数字编辑	姜梦冉　诸婧琦

最后的故事
[波兰] 奥尔加·托卡尔丘克　著
李怡楠　译

出版发行	浙江文艺出版社
地　　址	杭州市环城北路 177 号
邮　　编	310003
电　　话	0571-85176953(总编办)
	0571-85152727(市场部)
印　　刷	上海盛通时代印刷有限公司
开　　本	889 毫米×1240 毫米　1/32
字　　数	205 千字
印　　张	9.5
插　　页	1
版　　次	2023 年 3 月第 1 版
印　　次	2024 年 11 月第 4 次印刷
书　　号	ISBN 978-7-5339-7169-4
定　　价	52.00 元

版权所有　侵权必究

一本书打开一个世界

欢迎订购、合作
订购电话：0571-85153371
服务热线：0571-85152727

KEY-可以文化　　浙江文艺出版社　　京东自营店

关注KEY-可以文化、浙江文艺出版社公众号，及浙江文艺出版社京东自营店，随时获取最新图书资讯，享受最优购书福利以及意想不到的作家惊喜